UN CADAVRE DANS LA SALLE DE BILLARD

H.R.F. Keating, qui a été critique littéraire au *Times* (rubrique romans policiers) pendant vingt ans, est l'actuel président du Detection Club, poste occupé successivement par G.K. Chesterton, Dorothy Sayers et Agatha Christie. Outre une vingtaine de titres consacrés à son personnage célèbre outre-Manche, l'inspecteur Ghote, il a publié un livre sur Agatha Christie et un autre sur Sherlock Holmes. Il collabore également aux programmes éducatifs de la télévision anglaise.

DU MÊME AUTEUR

L'Inspecteur Ghote en Californie, Fayard, 1991.
Le Meurtre du Maharaja, Fayard, 1991.

H. R. F. KEATING

Un cadavre dans la salle de billard

ROMAN

TRADUIT DE L'ANGLAIS PAR
DENISE MEUNIER

Préface de P. D. James

FAYARD

PRÉFACE

C'est un grand plaisir pour moi de présenter aux lecteurs français cette première édition, chez Fayard, d'un des auteurs de romans policiers les plus estimés en Grande-Bretagne, H. R. F. Keating, avec son héros indien, l'inspecteur Ganesh Ghote. Harry, comme l'appellent parents et amis, est né en 1926 dans une famille héritière d'un long passé au service de l'État où se distinguèrent soldats, hommes d'Église et enseignants ; mais aucune de ces professions traditionnelles ne tentait le jeune H. R. F. Keating qui, à la fin de ses études universitaires au Trinity College de Dublin, avait décidé que son domaine privilégié était celui des mots. Après quelques années consacrées au journalisme en province et à Londres, il se dirigea vers le roman, beaucoup grâce à la puissante influence de l'actrice Sheila Mitchell, épousée en 1953. C'est elle qui mit au jour l'ambition jusqu'alors secrète qu'avait son mari de devenir écrivain et lui suggéra, puisqu'il aimait les romans policiers, de s'essayer à ce genre. C'est ce qu'il fait depuis lors, à la grande satisfaction de ses millions de lecteurs et l'admiration de ses confrères dans cette spécialité.

Ce n'est pourtant qu'en 1964 que le premier de la série des « Inspecteur Ghote », intitulé *The Perfect*

Murder (Le Meurtre parfait) a été publié. Jusqu'à cette date, ses livres, dont chacun met en scène une énigme policière dans le style classique, avaient eu un certain succès, mais sans qu'aucun trouvât un éditeur en Amérique où ils étaient jugés trop anglais. C'est alors que l'idée lui vint de situer l'action d'un roman en Inde, avec un héros indien que l'on ne pourrait pas accuser d'être trop britannique. Il ne savait presque rien de ce pays, mais avait beaucoup lu à son sujet, beaucoup parlé avec des amis qui, eux, le connaissaient bien, il s'était imprégné de la géographie, de l'histoire et des coutumes de ce continent inconnu, et c'est ainsi que l'inspecteur Ghote put voir le jour. Il était prêt. Selon les termes mêmes de l'auteur, « il serait effacé, il aurait les épaules maigres et serait assez naïf, non pas, selon ce que je pensais à l'époque, parce que je l'étais moi-même, mais parce qu'il pourrait ainsi risquer les questions que les lecteurs connaissant peu l'Inde auraient envie de poser. Plus tard seulement, je me suis rendu compte qu'en donnant la vie à ce personnage, j'avais mis beaucoup de moi-même dans ces pages ».

Ce premier livre avec Ghote, destiné à n'être qu'une unique incursion dans l'exotisme indien, accomplit tout ce que l'auteur en avait espéré. Il fut publié en Amérique, obtint un prix spécial des Mystery Writers of America, le Poignard d'Or de la Crime Writers' Association en Grande-Bretagne et consacra l'inspecteur Ghote comme l'un des détectives les plus originaux et les plus sympathiques dans le genre du roman policier. Et s'il est peut-être naïf et vulnérable, il n'est nullement inefficace. Grâce à son professionnalisme consciencieux, sa compréhension des êtres et son intuition, il parvient finalement au but.

Un des aspects les plus remarquables des premiers romans avec l'inspecteur Ghote, c'est leur fidélité dans le tableau de la vie, de la façon de parler et des méthodes de la police en Inde, à une époque où l'auteur n'avait jamais mis les pieds dans ce pays. Depuis lors il y est allé maintes fois, toujours reçu comme un hôte très honoré des services de la police à Bombay.

Comme tous les bons auteurs de romans policiers qui ne veulent pas se contenter d'échafauder et de présenter une énigme ingénieuse, H. R. F. Keating se sert de ses livres pour explorer les thèmes d'une importance éternelle qui le préoccupent : jusqu'où nous pouvons aller dans la voie de la perfection, le conflit entre le devoir et la fidélité envers un supérieur profondément respecté, les mensonges et les menteurs, la transition de l'idéalisme au réalisme qui devrait, du moins nous l'espérons, régir le cœur ou la tête.

Un cadavre dans la salle de billard, publié en Grande-Bretagne en 1987, est l'un des plus drôles et des plus séduisants de la série des « Inspecteur Ghote ». L'enquêteur est arraché à la chaleur moite de Bombay pour accomplir une mission dans la fraîcheur et la verdure d'Ootacamund, petite station d'altitude encore fortement imprégnée de l'héritage du Raj britannique. Là, dans le célèbre club d'Ooty, autrefois domaine ultra-sélect des officiers et des administrateurs britanniques, on a trouvé le corps d'un domestique étendu sur la table de billard historique, celle-là même où fut inventé le jeu de snooker. Ghote doit conduire son enquête sous l'œil et avec l'aide fort discutable de Mr Surinder Mehta, ancien ambassadeur et résident éminent du lieu, passionné de romans policiers anglais au point de compter sans cesse que Ghote égalera Poirot ou Sherlock Holmes — Ghote dont il aide ou peut-être compromet les investigations par de continuelles références à des œuvres de fiction célèbres. La solution, comme toujours avec Harry Keating, est vraisemblable aussi bien qu'ingénieuse et si, dans le livre, l'auteur n'aborde pas les problèmes plus graves qu'il aime explorer, *Un cadavre dans la salle de billard* constitue une charmante introduction à son œuvre. L'histoire est certes un aimable pastiche du roman policier des années 30 (jusqu'à son titre qui rappelle cette époque dite dorée du roman policier anglais), mais elle ajoute aux rassurants mérites du genre — mystère accrocheur avec une solution surprenante et crédible — l'apport qui n'appartient qu'à Keating : un enquêteur extrêmement original, un homme sympathique, sujet à l'erreur, dans un cadre superbement décrit où les couleurs et les odeurs de la petite station de montagne, de l'Inde elle-même, semblent se dégager des pages.

Mis à part les romans dont la vedette est l'inspecteur Ghote et qui sont les plus connus, la réputation littéraire de Keating est des plus distinguées. Pendant quinze ans, il fut le chroniqueur policier du *Times*, et sa connaissance des romans policiers, sur lesquels il a beaucoup écrit, est sans égale. Il a par ailleurs publié des romans romanesques et prend souvent la parole à des conférences littéraires en plus de ses interventions à la radio et à la télévision. Ancien président de la Society of Authors, il préside aujourd'hui le célèbre Detective Club, où il succède à des personnalités aussi prestigieuses que G.K. Chesterton, Dorothy L. Sayers et Julian Symons, et il est membre de la Royal Society of Literature. Mais il est surtout connu pour la série dont le héros est l'inspecteur Ghote et nul mieux que lui ne peut mettre en lumière la qualité de cette réussite : « Ces livres montrent, j'espère, que les valeurs vraiment fondamentales, l'amour d'un être humain pour un autre, la colère qui peut s'emparer de nous, où que nous vivions, l'ardent désir de perfection qui peut s'épanouir dans le cœur d'un Indien aussi bien que d'un

Britannique ou d'un Américain, sont notre héritage commun et quand ils en témoignent, ils gagnent, je pense, leur part dans la munificence du monde. »

P. D. James

NOTE DE L'AUTEUR

Le cadre de cette histoire n'est pas tant la station d'altitude d'Ootacamund, familièrement Ooty, dans le sud de l'Inde, qu'un rêve, un mélange d'Ooty tel qu'il devrait être, avec un peu de ce qu'il est et de ce qu'il a été. En conséquence, aucun des personnages mis en scène — pas même l'inspecteur Ghote lui-même — n'est autre chose qu'un jaillissement de l'imagination.

I

Kringg-kringg, kringg-kringg, kringg-kringg...

Les stridences du téléphone pénétrèrent enfin le crâne de l'inspecteur Ghote. Il reprit brutalement conscience, s'arc-bouta sur les mains et les pieds pour s'arracher à la position du lotus qu'il avait prise par terre et se dirigea, les jambes encore raides, vers le vieil appareil noir qui vibrait sous l'effort.

Avait-il bien atteint l'état de *dharana* tel que le définissait l'ouvrage du Dr Joshi sur le yoga dans la vie quotidienne ? Ses pensées avaient-elles abandonné les objets de jouissance pour se concentrer exclusivement sur le bout de son nez ? Avançait-il dans la libération de son esprit encombré par tout le rebut qui s'y était accumulé, pour mieux accomplir sa tâche dans la vie ?

Ou ses pensées avaient-elles erré en vagues tourbillons comme elles le faisaient si souvent quand il s'asseyait pour méditer ?

Impossible d'être sûr.

Kringg-kringg, kringg-kri...

Il souleva le combiné.

« Ghote, c'est vous ? Inspecteur Ghote ? » Il reconnut aussitôt les accents coupants : le commissaire divisionnaire, Répression du banditisme.

« Oui, monsieur. Oui, Commissaire Divisionnaire Sahib. Ici Ghote, monsieur.

— Ah, Ghote. Bon. Alors, écoutez. J'ai reçu une demande. On a besoin de vos services. Pour intervenir en qualité d'A.M.S.

— Agent en Mission Spéciale, monsieur ? »

Qu'est-ce que cela pouvait bien être ? Il avait déjà beaucoup, beaucoup à faire, bien que rien en urgence N° 1. Mais pourquoi était-il désigné comme A.M.S. ? Et de quelle mission spéciale pouvait-il s'agir ?

« Il faudrait que vous alliez à Ootacamund, inspecteur.

— Aller en mission, oui, monsieur. Quelle mission ?

— Pas en mission, inspecteur. A Oo-ta-ca-mund. Ooty. Ne me dites pas que vous n'avez jamais entendu parler d'Ooty.

— Non, monsieur. Si, monsieur. Si. J'entends beaucoup parler d'Ooty. Station d'altitude, monsieur. Inde du Sud. Très haut dans les Nilgiri Hills. Très-très appréciée, monsieur. »

Tout de même, avait-il bien entendu le commissaire divisionnaire ? Était-il possible qu'on l'envoie dans un endroit aussi éloigné qu'Ooty ? Plus de mille kilomètres de Bombay, en plein Tamil Nadu. Relevant donc de la police d'un autre État.

A l'autre extrémité de la ligne, le commissaire divisionnaire toussa très sèchement.

« Il semble, Ghote, dit-il, que vous avez une réputation excessivement bonne dans certains cercles. »

Si bonne que ça ? Ghote sentit son cœur bondir de joie comme un cabri.

« Il paraît que vous avez opéré autrefois une arrestation dans une affaire de vol et de meurtre à laquelle un écrivain anglais s'intéressait. Ensuite, il s'est répandu en chantant vos sacrées louanges.

— Oui, monsieur ? »

Prudence et discrétion semblaient être les seules réactions possibles. De quoi pouvait-il bien s'agir ?

« Enfin, tout ce barouf est arrivé aux oreilles d'un gentleman très influent qui réside depuis longtemps à Ooty, et il y a eu une affaire qui regarde la Section 302, là-bas.

— Un meurtre, monsieur ?

— Oui, Ghote, oui. Un meurtre. Un meurtre. Et ce gentleman, un certain Mr Surinder Mehta, M.C., considère que vous, Ghote, vous êtes le seul capable de trouver le coupable. »

Ghote sentit une nouvelle onde de plaisir tout rose l'envahir. Mais il y avait une petite épine au milieu des roses.

« S'il vous plaît, monsieur, M.C. ? Vous disiez bien les lettres M.C. après le nom de Shri Mehta, non ?

— Oui, oui. Elles représentent une décoration britannique quelconque, Military Cross ou quelque chose comme ça. Ce gentleman — il est assez vieux — l'a gagnée à la Deuxième Guerre mondiale. Je crois comprendre qu'il aime bien qu'on ajoute ces lettres-là après son nom, quand on lui écrit, etc. Et puis, il y a encore autre chose.

— Oui, monsieur.

— Il vaudra mieux l'appeler Excellence. Il a été ambassadeur après l'Indépendance, ambassadeur de l'Inde dans un foutu patelin quelconque, en Europe. Je ne sais pas s'il a encore droit au titre, mais il y tient, à ce qu'on me dit. Alors, employez-le.

— Oui, monsieur. Excellent. Je me rappellerai, monsieur.

— Excellence, Ghote. Excellence. Ne vous trompez pas.

— Oui, monsieur. Excellence. Excellence. Mais, monsieur, qu'est-ce qu'il veut exactement, ce gentleman ?

— Il veut que vous vous présentiez à Ooty et que vous trouviez la solution de son sacré meurtre. Le cadavre sur la table de billard. C'est là où on a trouvé la victime. Sur le billard du club d'Ooty. Très renommé. Je crois qu'il considère ça comme une sorte de sacrilège et il veut avoir ce qu'il y a de mieux pour s'en occuper. »

Ghote avala précipitamment sa salive. Est-ce qu'il était vraiment le meilleur, ce qu'il y avait de mieux ? D'après ce qu'il comprenait, il ne s'agissait pas d'un seul coup fatal, pendant une querelle ou quelque chose comme ça. Il devait y avoir des circonstances spéciales pour que cet ambassadeur ait fait jouer son influence afin que quelqu'un vienne depuis Bombay.

Quelqu'un, c'est à dire lui. Le meilleur. Et il ne l'était pas vraiment. Oh, il avait eu ses succès. Entre autres, l'affaire qui lui avait valu les louanges de l'écrivain britannique. Mais il n'était pas le meilleur. Non.

« Monsieur, risqua-t-il, monsieur, est-ce que vous êtes sûr à cent pour cent que c'est bien que j'aille là-bas ? Je veux dire, il y a déjà le problème des gens sur place. Ils pourraient se formaliser si un officier d'une autre police venait dans leur territoire, non ?

— Ghote, on vous a demandé. Nommément. Je ne vais pas refuser de vous envoyer, quoi que je puisse penser. Et de toute façon, vous y allez à titre privé. Pas question d'écraser les orteils de qui que ce soit. D'ailleurs, je compte bien que les wallahs du Tamil Nadu auront emballé et ficelé l'affaire avant même que vous arriviez.

— Oui, monsieur. Mais si je dois être là-bas à titre privé, qu'est-ce que j'aurai comme pouvoirs ? Monsieur, ce serait extrêmement difficile.

— Pas du tout, Ghote, pas du tout. Bon sang, les détectives privés, ça existe. Il leur arrive parfois de régler des affaires. Ou du moins, je le suppose. Eh bien, vous serez un détective privé à Ooty. C'est tout.

— Oui, monsieur. Mais... mais, monsieur, et les tâches que j'ai en cours ?

— Vous vous rattraperez en revenant. Comme je vous l'ai dit, vous constaterez sûrement que toute l'affaire a été réglée avant votre arrivée.

— Monsieur, mais...

— Ah, nom d'un tonnerre, Ghote, on vous offre un séjour dans l'une des plus belles stations d'altitude de l'Inde. Loin de la chaleur. Un climat excellent. Une villégiature de premier ordre. Et vous cherchez toutes les foutues difficultés que vous pouvez trouver.

— Oui, monsieur. Désolé, monsieur. »

Pourtant Ghote ne pouvait s'empêcher de réfléchir. Janvier était le mois le plus frais et le plus agréable à Bombay. Si on lui avait proposé un voyage à Ooty en mai ou octobre, évidemment...

« Bon, c'est donc entendu. Il y a un avion pour Coimbatore à midi exactement. Je vous fais retenir une place. Arrangez-vous pour être à l'heure.

— Mais... »

Le car d'Ooty, quand Ghote arriva pour le prendre, encore tout ankylosé après le vol jusqu'à Coimbatore, semblait déjà bondé. Obligé de lutter contre une sensation de désorientation cotonneuse en se trouvant transporté, en si peu de temps, dans un endroit où les voix jacassaient sans arrêt autour de lui en tamoul à peine compréhensible, il secoua la tête, complètement ahuri.

Comment se faisait-il, alors que l'avion avait atterri parfaitement à l'heure, que ce car emmenant ses passagers fût déjà plein ?

Cela faisait sans doute partie de l'illogisme général.

Avec chaque instant qui passait, cette impression, née de l'étrangeté du cadre, envahissait de plus en plus son esprit.

Pourquoi les choses ne pouvaient-elles être simples ? Pourquoi la vie ne se déroulait-elle jamais comme prévu ?

Tout, sauf ce dernier vol des lignes indiennes ?

Il se ressaisit brusquement, escalada le marchepied du car et aperçut de là un petit interstice, tout au fond, entre deux dames aux proportions généreuses, vêtues de riches saris soyeux. Il lança un dernier regard à sa valise, hâtivement bouclée, qui attendait d'être chargée dans la soute à bagages et se fraya un chemin dans l'allée bourrée de paquets. Sans faire la moindre pause dans les bruits de claquoir de leur conversation en tamoul impérieux, les deux dames s'écartèrent juste assez pour lui permettre de s'asseoir, ce qui ne laissa pas de l'étonner un peu.

Il venait de se glisser, avec force tortillements, dans cet espace restreint quand le car démarra abruptement, et au bout de quelques minutes, ils fonçaient déjà, avec une folle témérité, à travers une contrée dénudée dont la monotonie n'était rompue que par les essaims répétés de villages où chiens et enfants s'égaillaient en piaillant ou en aboyant à leur approche.

A l'intérieur du véhicule du moins, tout aurait dû être paisible. Les choses allaient enfin se dérouler comme prévu. Rien à faire qu'à rester assis, tranquille, jusqu'à l'arrivée à Ooty, quelque cinquante kilomètres plus loin, dans les lointaines Nilgiris bleutées, parfois aperçues au-delà de la tête impassible du chauffeur.

Mais Ghote ne parvenait pas à faire régner la paix dans ses pensées. Ce qui l'attendait dans cette station dont il avait lu des descriptions, ici et là, par le passé, sans jamais compter la voir, était trop plein de dangers inconnus. Quel genre d'homme allait être ce Mr Surinder Mehta M.C., si influent qu'il pouvait faire venir sans délai un inspecteur de la P.J. depuis Bombay ? Et plus encore, quelle était la nature exacte du crime — du meurtre — qu'il devait élucider au prix de cette course contre la montre ?

Il n'en savait presque rien. Le divisionnaire ne lui avait pratiquement donné aucun détail. Si ce n'est qu'il y avait un cadavre. Un cadavre sur un billard. Qu'attendait-on de lui, en fait, à Ooty ? Et où, où trouverait-il le gîte et le couvert quand il serait enfin arrivé ? On ne lui avait donné aucune instruction. Ni le moindre argent pour payer ses frais, d'ailleurs. Comment allait-il se débrouiller pour vivre ?

Alors qu'il attendait dans l'énorme hangar torride et puant qui servait de salle d'attente à l'aéroport de Coimbatore que sa valise fût déchargée de l'avion, il avait repéré, par terre, une brochure violemment colorée sur l'un des hôtels pour touristes d'Ooty, autrefois palais de maharaja. Mais ses prétentions échevelées n'avaient fait que l'accabler : *Chambres exubérantes de luxe,* restaurant *décoré au-delà-des-mots* et un Sentier des Amoureux, *intimement privé pour couples nécessiteux.* Qu'avait-il à faire de tout ça ?

Il fit un effort pour atteindre de nouveau à ce calme qu'il avait parfois connu au cours des récents mois en suivant les préceptes de K. S. Joshi, M.S.C., M.A., Ph. D., auteur du *Yoga dans la vie quotidienne,* Hind Pocket Books, prix 3 roupies. Mais il avait beau se concentrer sur le bout de son nez, ses pensées n'en tournoyaient que de plus en plus vite, de plus en plus vainement.

Mr Mehta. Surtout ne pas oublier de l'appeler Excellence. Ou Excellent ? Lequel ? Lequel était le bon ?

Il rougit de contrariété dans la touffeur torride du bus bondé et bringuebalant. Quel était le titre que le C.D.

lui avait si fortement recommandé d'employer ? Excellence ? Excellent ?

Il avait beau répéter les deux, les essayer inlassablement pour le son et le sens, aucun ne paraissait plus satisfaisant que l'autre.

Le bout de son nez. Le bout de son nez. Concentrer. Concentrer.

Il s'aperçut que la nature du paysage avait changé. Le car, qui avait ralenti sa course folle, commençait à grimper. Désormais, des deux côtés de la route, des plantations de palmiers alignaient leurs longues rangées bien régulières qui auraient dû calmer l'âme mais qui semblaient inhumaines, pas du tout comme les arbres d'autres endroits.

Excellent ? Excellence ? Bonsoir, Excellence ? Bonsoir, Excellent ? Excusez-moi, êtes-vous Son Excellent Mr Surinder Mehta ? Son Excellence ? Pourquoi, ah, pourquoi y avait-il des règles de préséance et de protocole si strictes ?

Tant pis ! Le moment venu, il dirait ce qui lui viendrait sur la langue en premier. Et si c'était faux, ce serait faux.

Mais tout cela n'était rien comparé à la vraie mission qui l'attendait. Appelé comme le meilleur d'entre les meilleurs pour enquêter — sur quoi ? un meurtre. Un cadavre sur une table de billard dans un club, un club qui avait quelque chose de sacré, apparemment. Il serait plein d'Anglais, de sahibs blancs.

Mais non. Non, sûrement, ils étaient tous ou presque tous repartis depuis longtemps pour le Royaume-Uni. Et même parmi ceux qui étaient restés, beaucoup devaient être morts. Plus de quarante ans depuis l'Indépendance tout de même. Morceau par morceau, le temps avait démantelé les règles et règlements, l'ordre et la dignité du Raj britannique.

Dehors, désormais, on distinguait dans le lointain des

plantations de thé et de café aux rangées d'arbustes bien droites. La nature sauvage était peu à peu domestiquée.

Pourtant, ce corps dans la salle de billard était jugé si important que lui-même avait été amené là avec la redoutable réputation que lui avait value un unique succès dont un Anglais, auteur de romans policiers, s'était trouvé témoin. Il devait donc y avoir des circonstances spéciales autour de ce crime — mais qui donc avait été tué ? — qui rendaient cette affaire particulièrement difficile et complexe. Sinon, le commissaire divisionnaire de Madras, ou même la police d'Ooty, aurait été capable de s'en charger.

La route avait commencé à serpenter au lieu de foncer droit devant elle. Le moteur du car haletait résolument sur une note invariable.

Et l'affaire, là-haut, à Ooty, n'allait-elle pas être aussi tortueuse que la route ? Jusqu'à leur destination ultime qui était devenue moins claire, d'une certaine façon. Le dernier panneau indicateur aperçu indiquait en lettres anglaises, au-dessus de l'écriture tamoul pour lui indéchiffrable, non pas *Ooty,* ni même *Ootacamund,* mais *Udhagamandalam.* Dans quel lieu mystérieux allait-il ?

Enfin, inutile de laisser ses pensées tourner en rond, sans but. Mieux valait, dans la mesure du possible, se préparer intérieurement à ce qui devait l'attendre. Quelles autres techniques, en dehors de la concentration sur le bout du nez, le Dr Joshi avait-il recommandées pour arriver à cet état de *dharana* pur où l'esprit rassemblait en lui sa véritable force ? Se concentrer sur le point médian entre les sourcils ? Ou sur une belle idole du Seigneur Shiva ?

Pas d'espoir de récupérer le livre dans la valise, quelque part sous le car ahanant.

De toute façon, la concentration soutenue ne semblait pas possible avec les virages en épingle à cheveux désormais presque continuels qui projetaient en vagues chaudes sur son corps osseux la chair molle de l'une ou l'autre des dames entre lesquelles il était coincé.

Il regarda par les vitres à l'avant du véhicule. Une nouvelle fois le paysage avait changé, les jardins de thé bien peignés cédant brusquement la place à la jungle. Des deux côtés, un inextricable fouillis de plantes grimpantes estompait et brouillait les arbres enchevêtrés dans un chaos de verts différents et de soudaines fleurs éclatantes. Au-dessus de la tête, de hautes branches interceptaient la lumière.

Et dans cette jungle débridée, y aurait-il des tigres ?

Peut-être pas, mais sûrement des panthères. Des panthères ramassées pour bondir. Et des serpents. Des serpents venimeux, imprévisibles.

Une fois encore, il ne put s'empêcher de penser que lui-même s'engageait dans quelque chose qui ressemblait à cette jungle. Il voyait des pistes de logique qui se perdaient presque aussitôt, tandis que d'autres se superposaient à elles. Il imagina les fugitives apparitions de la fleur éclatante du soupçon, mais sans pouvoir discerner de quelle plante elle jaillissait. Il envisageait, épandue sur le tout, une mystérieuse pénombre et, quelque part dans celle-ci, un meurtrier, au-delà de toutes les règles.

Des ténèbres aussi lourdes que la brume verdâtre sous l'ombre des grands arbres s'abattirent sur son esprit.

Le temps passait, le moteur du car rugissait sans interruption. Les dames endormies de chaque côté étaient alternativement projetées contre lui ou contre la paroi du véhicule, tandis que la route continuait à monter en zigzaguant.

Puis il vit, avec une brusque pinçure d'appréhension, un grand écriteau au bord de la route, en anglais :

Défense de dormir au volant. Il leva la tête et scruta les contours du chauffeur. Est-ce qu'il était bien éveillé ? Une défense suffisait-elle pour l'empêcher de céder au sommeil ?

Impossible de le savoir.

Calculant avec une sorte de désespoir, il se dit qu'ils devaient rouler depuis deux heures et demie, peut-être trois. Il aurait bien voulu regarder sa montre, mais son bras gauche était coincé par la dame en sari de soie à côté de lui.

Il essaya, une fois encore, de penser au bout de son nez.

Mais presque imperceptiblement, un autre changement se faisait sentir. Ghote l'éprouva d'abord comme un allègement progressif de son marasme. Puis il se rendit compte de la cause. A force de grimper, ils étaient entrés dans la fraîcheur. La chaleur des plaines bourbeuses, emprisonnée dans le car, cédait enfin à l'air limpide de l'extérieur.

Il avait lu cela quelque part. C'était la grande chose à Ooty. Cet air merveilleusement pur et frais.

Peut-être, après tout, s'en tirerait-il bien là-haut. Cré nom, il était officier de police à Bombay et ne saluait-on pas la ville comme la « capitale du crime » dans toute l'Inde ? Sa P.J. était la meilleure. Obligé. Lui-même, en admettant qu'il ne fût pas le tout meilleur, comme l'avait prétendu cet imbécile d'écrivain britannique, n'était nullement inefficace. Peut-être, en fin de compte, l'affaire qui l'attendait n'était-elle pas à la portée de la police locale. Mais lui, avec tout ce qu'il avait appris sur l'humanité criminelle au long des années, saurait assez facilement la débrouiller.

Les dormeuses s'éveillaient et reprenaient aussitôt leur conversation incompréhensible. Ghote libéra son bras pris au piège et se frotta vigoureusement les mains.

Bientôt, l'interminable montée prit fin, la jungle s'effaça et le ciel apparut clair et bleu.

Des deux côtés de la route, désormais droite, le paysage était extraordinaire. Le célèbre paysage d'Ooty, réputé si semblable à la lointaine Angleterre. Des kilomètres d'herbe rase se gonflaient doucement en petites collines aux contours arrondis, des forêts plus foncées blotties ici et là au milieu d'elles.

C'était donc Ooty. Quelqu'un ne l'avait-il pas qualifié de paradis ? Eh bien, il était au paradis alors, même si un unique serpent y était caché.

Mais il était là pour trouver ce serpent. L'attraper par la queue, le tordre et le tourner dans tous les sens. Et il le ferait. Officier de police expérimenté, il le ferait.

Puis, brusquement, au détour d'un virage, un panneau peint de couleurs vives : *Bienvenue à Ooty, reine des stations de montagne.*

Et bienvenue, se dit-il, au cadavre dans la salle de billard.

Par la fenêtre, sur sa droite, il aperçut la statue d'une silhouette familière, courbée, émaciée, mais rayonnante de bonté : Gandhiji lui-même. Il en fut déconcerté. La reine des stations de montagne n'était-elle donc pas aussi royalement éloignée qu'on le disait des soucis et des troubles du monde ? Tout ce que Gandhiji avait symbolisé, la lutte pour l'indépendance, le relèvement des intouchables écrasés, la cicatrisation de la fracture entre hindous et musulmans — tout cela, encore bien loin de la réalisation complète — avait-il franchi les deux mille mètres ou plus, depuis les plaines turbulentes et ordinaires, pour atteindre ce paradis ?

Pas le temps de méditer sur cette énigme.

« Charing Cross, Charing Cross ! » psalmodia le chauffeur. Le halètement du moteur se tut et le véhicule s'arrêta.

Déjà, les habitués de la ligne les plus expérimentés

s'étaient levés et se frayaient un chemin à coups de coudes vers la sortie, à l'avant.

Ghote décida de rester où il était jusqu'à ce que la bousculade fût calmée. La question du gîte et du couvert restait entière. Il lui faudrait se renseigner. Mieux valait attendre que les premiers arrivés se fussent dispersés.

Sur ses flancs, les amples dames s'étaient levées d'un bloc, et il frissonna quand la molle tiédeur qui l'avait si longtemps enfermé lui eut été retirée.

Désormais, la voie était libre, il pouvait sortir.

Il se redressa non sans peine et parcourut toute la longueur du car, les jambes malhabiles, épuisé. Au moment où il mettait pied à terre, il fut secoué par des frissons violents en sentant l'air froid frapper sa mince chemise de coton et son pantalon à peine moins mince.

Alors, une haute silhouette se détacha de la foule rassemblée autour du véhicule, celle d'un homme déjà âgé, visage tanné derrière une moustache blanche impeccablement taillée, veste de beau tweed aux coudes renforcés de cuir, souliers étincelants aux pieds.

« Enfin, s'exclama-t-il en marchant droit sur Ghote, le Grand Détective entre en scène. »

II

Le Grand Détective. Ghote sentit l'assurance qui avait fleuri en lui à la première bouffée de l'air froid et émoustillant d'Ooty se mettre en torche, puis sombrer dans ses talons.

Il n'était en rien un Grand Détective. Il espérait être un bon officier de police. Un enquêteur compétent. Mais les choses s'étaient apparemment passées comme il l'avait redouté, quand au téléphone, là-bas, à Bombay, il avait entendu le commissaire divisionnaire dire qu'un personnage influent à Ooty le considérait comme « ce qu'il y avait de mieux ». Ce foutu auteur britannique avait gonflé son importance bien au-delà de ce qu'elle était en réalité.

Un Grand Détective. Qu'est-ce que c'était qu'un Grand Détective ? Une manière de surhomme comme Sherlock Holmes ? Quelqu'un — sa mémoire fouillait dans les histoires à demi effacées de son enfance — qui avait réussi, en fumant sa pipe, à résoudre des énigmes qui tenaient tout Scotland Yard en échec ? Quelqu'un qui, avec un « Élémentaire, mon cher Watson » dédaigneux, avait élucidé, comme en se jouant, des événements totalement inexplicables.

Pouvait-il dire tout de suite à ce Mr Surinder Mehta,

ex-ambassadeur, ex-militaire distingué dans les armées britanniques, qu'il n'était en rien un Grand Détective ?

Il regarda plus attentivement l'homme qui l'abordait avec une assurance aussi dégagée. Il vit dans ce visage maigre, comme boucané, et impeccablement rasé même à cette heure tardive, deux yeux d'une férocité déconcertante. Il se rendit compte aussi que le maintien du vieux soldat (il avait peut-être plus de quatre-vingts ans) était toujours aussi rigide et son air de commandement, intact.

« Oui, mais, Excellence, commença-t-il, c'est-à-dire, Excellent. Je ne suis pas ce que Votre Excellence... »

Il s'arrêta.

Qu'avait bien pu penser ce personnage influent d'un tel bafouillage ?

Apparemment, il l'avait à peine entendu. Les yeux froids dans le visage maigre continuaient à le regarder avec un air de simple attente. Attente de la première déclaration du Grand Détective.

Ghote avala péniblement sa salive.

« Mais, Excellence, dit-il, pour remplacer maladroitement l'aveu qu'il jugeait presque impossible à faire, Excellence, je ne suis pas du tout sûr de trouver un logement à Ooty. Ootacamund, je veux dire.

— Oh, tout cela est réglé, mon cher. Vous descendrez au Club, ça va de soi. Seul endroit possible, en fait. Il faut que vous soyez sur place, n'est-ce pas ? Vous vous rappelez comment, dans *Mrs McGinty est morte,* Poirot avait été obligé de séjourner dans cette affreuse pension de famille ?

— Poirot ? » Ghote répéta les deux syllabes insolites, complètement dérouté.

« Hercule Poirot, mon vieux. Votre distingué prédécesseur, en quelque sorte. Vous êtes la réponse de l'Inde à Hercule Poirot, Lord Peter Wimsey et les autres. Beau travail, ce double meurtre que vous avez tiré au clair. Brillant. » Puis soudain, un regard rapide, presque soupçonneux. « Vous avez lu votre Agatha Christie, hein ?

— Non, dit l'inspecteur Ghote.

— Non ? Non ? Pas lu Agatha Christie ? Eh bien, mon cher, vous ne savez pas ce que vous perdez. Il va falloir que nous mettions bon ordre à ça. Figurez-vous que quand j'étais dans le Royaume-Uni — j'ai été ambassadeur en Youroglavie, vous savez, juste après l'Indépendance, mais je n'ai jamais poussé jusqu'à ce trou perdu, j'avais simplement un bureau dans India House à Londres — bon, quand j'étais là-bas donc, j'ai pris goût à ces bouquins. Un goût, non. Un amour qui m'a duré le reste de ma vie.

— Mais oui, répondit Ghote, qui commençait à se sentir lui-même emporté par ce torrent de souvenirs chaleureux. Je me rappelle maintenant, quand j'étais jeune homme, une fois, j'ai lu un livre de cette dame. Il s'appelait — il s'appelait — oui, *Le Meurtre de Roger Ockrent,* je crois. Mais, j'ai honte de le dire, je n'ai pas découvert qui avait commis le crime. Alors, comme j'allais entrer dans les services de la police, je n'ai pas essayé un autre de ces livres.

— Évidemment, j'imagine que *Roger Ackroyd* peut dérouter même quelqu'un comme vous, mon cher. Surtout si vous n'étiez encore qu'un novice à l'époque. Mais maintenant, il faut vous mesurer de nouveau avec Dame Agatha. Nous allons arranger ça. Je peux vous en prêter une douzaine quand vous voulez. Sinon, il y en a des quantités à la Bibliothèque des Nilgiris.

— Vous êtes bien bon, mais si je dois mener l'investigation sur un meurtre, je doute de pouvoir donner beaucoup de temps aux lectures amusantes.

— Oh, mais il ne faut pas dire ça. Des lectures amusantes ? Agatha Christie et les autres sont beaucoup plus que ça, vous savez. Ces livres-là vous montrent le monde tel qu'il devrait être. Mon cher, quand je les ai découverts, en Angleterre, j'ai eu l'impression de voir les choses exactement pour la première fois de ma vie. Un monde où le méchant, ou la méchante, parbleu, sont toujours obligés de rendre des comptes à la fin. C'est comme ça que ça devrait être, vous savez. Comme ça que ça doit être. Pas comme notre malheureuse Inde aujourd'hui, je peux vous le dire.

— Oui, mais...

— Non, mon cher. Ces livres-là sont merveilleux, tout simplement. Les pires crimes découverts par les meilleurs spécialistes, Sherlock Holmes, Lord Peter, Albert Campion, Hercule Poirot. Tous des héros.

— Mais... » Ghote crut voir une toute petite chance de présenter l'objection qu'il avait sur le bout de la langue depuis qu'il avait été acclamé comme le Grand Détective. « Mais, Excellent... »

Il s'arrêta ! Au mot *Excellent,* il avait vu l'ex-ambassadeur se raidir imperceptiblement.

Donc il s'était trompé ! Une mauvaise note. Mais il fallait pourtant qu'il dise ce qu'il avait à dire, quoi qu'il arrivât. « Si vous permettez, Excellence, reprit-il en appuyant lourdement, la vie n'est pas du tout ce qu'elle paraît être dans les livres pour un Poirot et les autres. Ce que je veux dire, c'est que les choses ne sont pas toujours bien *ordonnées* dans la vie que nous vivons. Voyez-vous, dans cette affaire dont je me suis occupé...

— Mais c'est justement ce que je veux vous prouver, mon cher, interrompit Son Excellence. D'après tout ce que j'en ai su, vous avez amené ce vaurien devant la justice dans un style absolument classique. Or, je vous avertis, vous avez en face de vous un adversaire tout aussi diaboliquement ingénieux. » La vieille carcasse très droite, impérieuse, se détourna. « Mais venez, venez, mon cher. Nous n'allons pas rester toute la nuit ici à bavasser. Nous allons monter jusqu'au club, c'est à deux pas, et j'enverrai un domestique chercher vos bagages. Ensuite, je pourrai vous mettre au courant.

— Merci », dit Ghote, reconnaissant sa défaite mais bien décidé à ce qu'elle ne soit que provisoire.

Ils se lancèrent en silence dans la pénombre qui épaississait rapidement. Il y avait sur la gauche une école appelée Bucks, très britannique avec son toit en tôle ondulée qui se dressait en pointe, un genre d'église chrétienne et puis, un peu plus loin, une autre avec une tour trapue derrière des grilles. Il y avait aussi, comme le proclamait un panneau, le centre administratif, avec arcades et multiples balcons. C'était bien Ooty. Ooty comme il en avait lu tant de descriptions. Une petite ville anglaise tranquille au milieu de l'Inde pullulante.

Son Excellence ne tarda pas à s'engager dans une allée. « Le Club », annonça-t-il.

Et là, au sommet d'une colline, c'était la scène du crime. Dans la lumière qui faiblissait rapidement, Ghote put encore voir un long bâtiment blanc très bas qui se distinguait surtout par quatre grands piliers très britanniques élevés en son centre à partir d'un large perron. Des deux côtés, le velours des belles pelouses était troué, ici et là, par d'énormes vieux arbres.

C'est alors qu'il remarqua, tout près de lui, un écriteau discret : *Privé — réservé aux membres,* obstacle rendu plus impressionnant encore par l'absence de menace. Il suffisait donc aux membres de cette auguste institution d'indiquer au commun des mortels, par le plus bref des messages, que c'était un territoire interdit.

Un territoire où lui, simplement parce que l'un des membres s'était mis dans l'idée que l'inspecteur Ghote de Bombay était un autre Sherlock Holmes, allait être introduit.

Et, à ce moment-là, juste derrière l'écriteau, il vit autre chose. Un yogin était assis par terre, si parfaitement immobile dans sa méditation qu'il en était presque invisible, boucles et barbe blanches ruisselant en cascades, poitrine nue, insensible à la fraîcheur piquante du soir.

Un saint homme en état de *dhyana,* se dit Ghote, soudain envieux. Toute une étape au-delà du *dharana* dont lui-même avait tant de mal à approcher. Les impuretés de la pensée bannies jusqu'à la dernière. Ou alors, cette forme immobile avait peut-être atteint le *samadhi,* toute conscience de soi oblitérée, dans un état de psychisme stable.

« Venez, mon vieux, dit Son Excellence, il faut que nous ayons le temps de parler avant le gong du dîner.

— Oui, oui. »

Il se hâta de suivre l'ex-ambassadeur le long d'une allée bordée d'arbres. Et avant qu'il eût le temps de se préparer vraiment, ils montèrent les marches usées, passèrent entre les piliers blancs, franchirent le portique où un énorme gong attendait le coup de marteau et se trouvèrent dans le Club lui-même.

Il semblait désert. Peintes sur du bois foncé, les listes de noms de soldats tombés au champ d'honneur ornaient les murs. De profonds divans étaient recouverts de toile bleue et blanche, une odeur de résine montée du plancher sous leurs pieds imprégnait l'air. Mais aucun mouvement, aucune activité, aucun membre faisant ce que font les membres d'un tel club entre ses murs sacrés.

« Koi hai ? » appela Son Excellence.

Silence.

Ghote regarda plus attentivement autour de lui. Tout près, un tableau de feutrine verte destiné aux petites annonces était constellé de bouts de papier pour la plupart jaunis par l'âge. Il en lut un. *On demande bonne famille d'accueil pour trois adorables chiots. Sans pedigree.*

Tiens, se dit-il avec une pointe d'irrévérence, même ici la nature peut faire fi des règles.

« Koi hai ? » cria de nouveau Son Excellence.

Et alors on entendit le bruit mat de pieds dans des sandales souples et un domestique apparut dans un uniforme bleu, raide d'empois.

« Sahib ?

— Ah, Patiyar. Il y a quelqu'un ? Mr Iyer ? Le commandant Bell ? » Son Excellence se tourna vers Ghote. « Iyer est notre secrétaire adjoint. C'est lui qui fait le travail. Et le commandant Bell est le secrétaire du Club. Un des derniers Européens à Ooty. Nous lui avons donné le poste il y a deux ou trois ans, mais bien entendu, il était membre depuis des années. » Il baissa la voix. « Sinon, il aurait fini au milieu des épaves de la Société des Amis dans le Besoin, j'en ai bien peur. Triste quand quelqu'un a fait partie de la vie d'Ooty pendant si longtemps, membre du conseil de fabrique à l'église et tout.

— S'il vous plaît, dit le domestique, Mr Iyer à sa résidence et commandant Sahib emmène Dasher pour promenade du soir, toujours.

— Ah, bon, ça ne fait rien, je voulais juste qu'on inscrive Mr Ghote comme Membre Temporaire, mais ça attendra. Ça attendra. »

Son Excellence se retourna vers Ghote, qui s'était interrogé pour savoir s'il pouvait demander ce qu'était un membre du conseil de fabrique dans une église et venait de décider que mieux valait laisser passer.

« Allons dans le salon de lecture. Si Ringer Bell est sorti avec son lamentable vieux chien — il sait très bien qu'il serait grand temps d'endormir cette bête — il ne sera pas en train d'y faire un somme et personne ne nous dérangera.

— Très bien », dit Ghote.

Il se mit à préparer dans son esprit quelques phrases

pour la déclaration qu'il se savait obligé de faire avant d'être entraîné plus avant dans les plans de l'ex-ambassadeur amoureux de romans policiers. « Un officier de police se fie beaucoup à sa connaissance des circonstances locales pour son travail » et « Presque cent pour cent des affaires criminelles sont très simples en réalité, elles exigent moins d'investigations que de vérifications de routine », voire « Il n'y a pas place pour les interventions d'amateurs quand on traite des crimes, de quelque type que ce soit. »

Son Excellence l'introduisit dans une grande pièce peuplée d'échos sonores. Des fauteuils de cuir étaient rassemblés par petits groupes de-ci de-là, le siège de l'un d'eux, près de la porte, zébré d'une large déchirure blanche. Des tables étaient rangées en bon ordre, séparées par des intervalles réguliers tout le long de la pièce, chacune portant en son centre exact une petite pile de papier à lettres vert pâle. De profonds rayonnages couraient sur un des murs, garnis de grands volumes verts. Ghote aperçut le titre de l'un d'eux gravé en lettres d'or : *La Meute d'Ootacamund — tableau généalogique 1920-1925.* A l'extrémité la plus éloignée un feu brûlait doucement dans une large cheminée.

Oui, c'était vraiment Ooty. L'ordre inchangé. L'air vif et pur du paradis réchauffé par les lueurs joyeuses du bois en train de brûler.

« Foutu feu ! dit Son Excellence. A moitié éteint. L'ennui, c'est qu'on ne peut plus se procurer de bûches aujourd'hui. Trop de gens dans les parages qui chapardent du bois. Vous savez ce qu'ils ont fait au vieux Ringer Bell, une nuit ?

— Non, Excellence.

— Ils se sont faufilés dans son jardin et ils ont déraciné tout un cerisier. Il était là quand Bell est allé se coucher. Le matin, plus rien. Mais enfin, je ne vous ai pas amené ici pour vous raconter comment Ooty va à vau-l'eau. »

C'était le moment. Sauter dedans à pieds joints et dire au vieil homme qu'il avait beau être influent, il n'avait pas fait venir un Grand Détective, que ce n'était pas ainsi qu'on tirait au clair des affaires criminelles. Que...

« Bon. Eh bien, vous savez, évidemment, que notre marqueur de billard, un type qui s'appelait Pichu, a été trouvé mort hier matin, à la première heure, étalé, pan, au beau milieu du billard.

— Oh, oui, glissa très vite Ghote, voyant là un moyen de se gagner la sympathie de l'ex-ambassadeur avant de présenter son plaidoyer, un vrai sacrilège, n'est-ce pas ?

— Un sacrilège ? Je n'en sais rien. Ce qui est sûr, c'est que le vieux Pichu était mort et bien mort. Coup de lame dans le cœur. Pas d'arme à proximité. Pas de mystère.

— Oui, oui, Excellence. Mais si l'affaire est aussi claire, pourquoi est-ce que la police d'Ootacamund ne peut pas la traiter ?

— Ah, vous avez mis le doigt dessus. Juste dessus. Je n'en attendais pas moins de vous. Bien sûr, tout est là. La police d'ici a mis les pieds dans le plat et les a remués. Comme toujours, les zigotos du coin, hein ? Chaque fois comme ça depuis l'époque de l'inspecteur Lestrade.

— L'inspecteur Lestrade ? »

Qui ça pouvait-il être ? Un officier du temps des Anglais ?

« Le type que Sherlock Holmes rembarrait continuellement, vous savez.

— Oh, oui, monsieur. Oui.

— Bon, eh bien, on a un type ici, avec un foutu nom tamoul qui n'en finit pas — Meenakshisundaram — et tout ce qu'il a pu faire, quand il est arrivé à bride abattue dès que le crime a été découvert, c'est de dire que ça devait être un dacoït, un simple voleur. Je vous demande un peu.

— Mais, est-ce que ça n'est pas...

— Bien entendu, ça ne peut pas être quelque chose de ce genre-là. Est-ce que ça serait vraisemblable qu'un dacoït, qui en aurait tout juste voulu à l'argenterie du Club, commette un meurtre ?

— Heu, non, je...

— Exactement. Je savais que vous alliez piger ça tout de suite. Mais l'inspecteur ne voit pas plus loin que le bout de son nez. Même quand je lui ai fait remarquer que le corps était absolument au centre du billard, allongé à plat sur le dos, il n'a pas vu ce que ça pouvait signifier. »

Ghote sentit le défi.

« Oui, si l'homme avait été tué pendant un vol, ce serait bien extraordinaire et même invraisemblable que son corps se soit retrouvé dans une position pareille. Et aussi, il a pu avoir été placé de cette façon-là pour faire une sorte de déclaration, pour vous dire quelque chose.

— Bien sûr, mon cher, bien sûr. Mais il faut un type de votre calibre pour apprécier une subtilité comme celle-là. »

Ghote maudit son caractère impulsif.

« Mais, monsieur, dit-il, en espérant regagner le terrain perdu, ça aurait pu être aussi un simple hasard.

— Ouais, peut-être... Peut-être. Mais on ne s'y laisse pas prendre, hein, ni vous ni moi. Le Grand Détective et son fidèle Watson, hein ? Ou, comme Poirot l'avait dit une fois au capitaine Hastings, le détective et son compère. J'espère que vous me laisserez être votre compère, Ghote. Je veux dire, vous accompagner pendant vos investigations. Non pas savoir ce que vous en pensez, bien entendu, mais poser des questions de temps en temps.

— Oui, monsieur... mais, Excellence...

— Je savais bien que vous verriez les choses comme ça. Vous êtes épatant. Donc, maintenant, je vais vous parler des suspects.

— Des suspects, il y a déjà des suspects ?

— Ma foi, oui. Je n'ai pas perdu mon temps, vous savez. J'ai pris quelques renseignements discrets et tout avant que vous arriviez. Et il y a une chose qui est tout à fait claire.

— Vraiment ?

— Oui. Très évidemment, Pichu a été tué parce qu'il faisait chanter quelqu'un. Seul mobile possible. Et le type était un sacré scélérat, en somme. Il ne faut pas dire du mal des morts, etc., et il était au service du Club depuis un demi-siècle ou plus. Mais la vérité, c'est que c'était un assez vilain bonhomme. Bien capable de faire du chantage.

— Si vous croyez...

— Oui, oui. Pas de doute possible. Mais — et c'est ça l'important — nous pouvons faire un pas de plus pour rétrécir le champ. Je veux dire, dans un cas comme celui-là, à qui penseriez-vous d'abord ? »

Ghote réfléchit. Brièvement.

« Dans des cas comme celui-là, nous envisageons d'abord les domestiques, dit-il.

— Non, non, mon cher. Règle n° 1, ça. Vous savez ce qu'Hercule Poirot a dit, dans *Témoin muet,* je crois : " J'ai éliminé les domestiques. De toute évidence, leur mentalité n'était pas adaptée à un tel crime. "

— Mais, Excellence, dans l'affaire pour laquelle vous me faites tant de compliments, c'était un domestique qui était l'un des meurtriers.

— Ah, ça c'était différent. Tout à fait différent. Non, ici, au Club, vous pouvez m'en croire, pas question qu'un domestique soit impliqué. D'abord, ils étaient tous bien tranquillement chez eux. Dehors et portes bouclées. Et c'est ça le point essentiel, vous comprenez, le Club était complètement isolé par les neiges.

— Comment ? Vous voulez dire qu'il a neigé il y a deux jours à Ooty ?

— Non, non, mon cher. Je ne voulais pas parler de vraie neige. Je voulais parler de ce qu'on pourrait appeler de la neige métaphorique.

— Métaphorique ?

— Oui, exactement comme dans les livres. Les circonstances qui font que seul un nombre limité de suspects a pu commettre le crime. Dans *Cinq heures vingt-cinq,* c'était de la vraie neige. Une maison dans la lande de Dartmoor entourée de neige, des empreintes de pas tournées vers l'extérieur, forcément quelqu'un de l'intérieur qui avait fait le coup. Mais quel était le secret de Dame Agatha, hein ?

— C'est une histoire d'Agatha Christie ?

— Vous avez trouvé du premier coup, mon vieux. Du premier coup. La situation ici est exactement celle d'une histoire de Christie. Vous comprenez, Pichu a été tué pendant la nuit, à un moment où toutes les portes étaient fermées à clef, et comme nous sommes certains que les coupes du Club qui manquent et les fenêtres forcées dans la salle de billard étaient uniquement destinées à nous égarer…

— Mais, s'il vous plaît… interrompit Ghote.

— Non, non, laissez-moi finir. Comme nous sommes certains de ça, il s'ensuit que le meurtre a dû être commis par une personne à l'intérieur du bâtiment. Et ça n'est pas la saison en ce moment ; je veux dire que si c'était arrivé pendant la semaine des planteurs, où tous les chefs d'exploitation à des kilomètres à la ronde affluent au Club, la situation aurait été tout à fait différente. Mais la nuit du meurtre, il y avait en tout et pour tout cinq personnes dans ce bâtiment bouclé à clef.

— Seulement cinq ?

— Oui, mon cher. Cinq. Je sais bien que dans les meilleurs romans policiers, il y a six suspects, voire sept. Il y en a même un qui est intitulé comme ça, *Sept suspects* de Michael Innes. Mais ici, il faudra vous contenter de cinq. »

Ghote cilla.

« Et l'inspecteur Meenakshisundaram a questionné chacune de ces personnes ? demanda-t-il.

— Non, non. Bien sûr que non.

— Bien sûr que non ? Mais pourquoi ?

— Parce qu'il est l'inspecteur Lestrade. Et ce qu'il nous faut ici, c'est Sherlock Holmes. Ou Hercule Poirot. Bref, vous, mon cher.

— Mais, monsieur. Mais Excellence... »

Ce que Ghote serait parvenu à dire, il ne le sut jamais, car à ce moment-là, à travers les espaces vides du Club, la voix puissante d'un gong se fit entendre, roulant comme un tonnerre.

« Le dîner, dit Son Excellence en se levant allégrement. Le dîner, et avec un peu de chance vos cinq suspects seront alignés en bon ordre pour vous dans la salle à manger. »

III

Les vibrations du gros gong sous le porche bourdonnaient encore dans l'air que Ghote se levait déjà du large fauteuil en cuir dont il n'avait occupé que l'extrême bord. Il se sentait pris au piège et il se sentait ridicule. Comment le commissaire divisionnaire avait-il pu consentir à l'envoyer ici ? Participer à ce qui semblait être une sorte de roman policier ? Mais il connaissait la réponse. On l'avait envoyé parce qu'une personne influente l'avait demandé.

Pourtant ici, à Ooty, Ooty-Paradis et Ooty-Enfer, comment s'était-il laissé engluer dans les théories invraisemblables de cette personne influente ? Il croyait bien avoir la réponse, là aussi. Parce que, mis au pied du mur, il ne pouvait pas s'opposer bille en tête à quelqu'un qui avait autant d'influence et d'autorité.

Et peut-être avait-il eu raison de rester muet. Après tout, s'il s'était regimbé, l'ami haut placé que l'ancien ambassadeur avait alerté au départ aurait été vite averti. C'était peut-être même un ministre. Ou le président d'un énorme empire industriel avec des contacts au sommet. Ou un très-très haut fonctionnaire. Et s'ils étaient mis au courant, sa propre carrière pourrait se trouver compromise à jamais.

Non, d'une certaine façon, mieux valait laisser cette

histoire ridicule suivre son cours. D'ailleurs, était-elle si ridicule que ça ?

Il y avait tout de même quelque chose à retenir dans ce qu'avait dit Son Excellence.

Les circonstances du meurtre ne concordaient pas à cent pour cent avec celles d'un « accident » pendant ce cambriolage que l'inspecteur tamoul tenait pour certain. Ce corps au beau milieu du billard, si tel avait bien été le cas, était certainement un fait étrange. Et d'ailleurs, l'assassinat ne faisait pas du tout partie du modus operandi d'un dacoït ordinaire.

Donc, laisser les choses aller leur train pendant un peu de temps encore. Voir ce qui se passait et saisir la première occasion pour avoir un entretien avec Meenakshisundaram. Il pourrait peut-être remettre d'un mot les choses au point.

Mais d'abord les cinq suspects de Son Excellence. Les cinq prétendus suspects. Se trouver confronté à eux dans ce club ultra-chic.

« Venez, venez, mon cher, j'ai le ventre creux, pas vous ? »

Pourtant, passer à table se révéla plus difficile que ne l'aurait cru Ghote, qui s'aperçut qu'il avait très faim. A la porte de la grande salle à manger, un serveur du Club leur barra la route.

Il regarda Son Excellence avec un air où se mêlaient détermination et désolation.

« Sahib, c'est paragraphe 13, dit-il.

— Paragraphe 13 ? Ah, pas de cravate. Pas de cravate, oui, bien sûr. »

Son Excellence se tourna vers Ghote.

« Désolé, mon pauvre vieux, vraiment désolé, dit-il. Pas vu que vous n'aviez pas de cravate. Et, bien sûr, aucune personne en costume européen ne peut entrer dans la salle à manger du Club s'il n'en a pas. Mais pas de panique. Juste une minute. »

Il disparut.

Ghote attendit sur le seuil de la pièce, en détaillant du regard les boiseries sombres et les tables rondes semées de-ci de-là. Auxquelles les suspects étaient-ils assis ?

Il faisait de son mieux pour ne pas voir le serveur en uniforme bleu qui ne semblait pas vraiment sûr que ce visiteur inconnu ne ferait pas d'autre tentative pour violer le paragraphe 13. De son mieux aussi pour chasser les odeurs carrément appétissantes qui flottaient par les portes ouvertes.

Heureusement, Son Excellence réapparut au bout de quelques minutes, une longue cravate de soie verte unie pendue au bout des doigts.

« Pas très réussi, avec votre chemise, dit-il. Mais c'est la seule que j'aie qui n'appartienne pas à un quelconque club ou régiment et que vous n'auriez pas le droit de porter.

— Merci tout de même », se borna à dire Ghote en nouant la soie luxueuse autour du col de sa chemise en coton à carreaux roses qui l'était beaucoup moins.

Une fois cette formalité accomplie, le serveur fit un pas de côté et avec un salaam, leur permit d'entrer.

« Ah, dit Son Excellence à voix basse, je suis content de voir que l'effectif est au complet, tous les suspects jusqu'au dernier sont présents. Vous allez les examiner à loisir et après le repas je vous présenterai et vous pourrez bavarder avec eux. Vous vous rappelez ce que Hercule Poirot a dit de la conversation ?

— Non, dit Ghote, incapable de réprimer un petit mouvement d'irritation en entendant une fois de plus le nom du détective d'Agatha Christie. Non, je ne me rappelle pas du tout.

— Ah, oui, j'oublie toujours que vous ne connaissez pas les bouquins. Il va falloir que j'arrange ça avant que la soirée soit finie. Ce que Poirot disait, c'est quelque chose comme ça : “ Je crois profondément que si vous pouvez amener quelqu'un à vous parler pendant assez longtemps sur n'importe quel sujet, tôt ou tard il se trahira. ” Très fort, hein. Jamais oublié ça.

— Mais... mais... »

Ghote décida d'abandonner ses objections à ce curieux mode de détection. Il était plus ou moins aux ordres de Son Excellence, en somme, si bizarres ou inquiétants qu'ils fussent.

Il se plongea dans l'étude du menu où les côtelettes d'agneau fraternisaient avec les légumes au curry, comme le biscuit roulé aux confitures et le croquant aux pommes faisaient pendant au kheer et au kulfi, c'est-à-dire au gâteau de riz et à la glace au lait.

Mais il constata vite que son appétit n'était pas aussi grand qu'il l'avait cru. La perspective de parader dans cette pièce sombre, impressionnante, pour faire la conversation avec des membres d'une institution aussi sélecte qu'il était également censé considérer comme des meurtriers éventuels, lui pesait aussi lourd sur l'estomac que s'il avait déjà consommé une énorme part de biscuit roulé.

« Bon, alors, voyons, dit Son Excellence en mettant prestement de côté son menu pour regarder avec avidité autour de la pièce, par où commencer ? Hum, oui. Le couple, là-bas dans le coin. Maharaja de Pratapgadh et sa Maharani, la deuxième ou troisième, je crois. »

Ghote regarda dans la direction indiquée par son hôte — et son Dr Watson.

Il vit un bel homme d'une quarantaine d'années au nez aquilin, déjà un peu empâté, en blazer bleu à boutons dorés agrémenté d'une cravate qui, d'après la combinaison de ses affreuses rayures, ne pouvait être que celle de quelque organisation sportive ultra-chic. Un Rajpoute typique, se dit-il.

Son épouse, la deuxième ou troisième, portait une blouse de soie bleu foncé couverte de chaînes d'or et des pantalons blancs extrêmement ajustés. Sur ses genoux, un pékinois hirsute, l'air dyspepsique. Le mot « voluptueuse » fit tilt dans l'esprit de Ghote.

« La Maharani ? demanda-t-il à Son Excellence. Elle fait partie de vos cinq ? Il y a des dames aussi qui résident au Club ?

— Oui, oui. Il peut accueillir les couples mariés et les dames seules. Ce qui m'amène à cette personne là-bas, Mrs Lucy Trayling, veuve installée depuis longtemps à Ooty et qui séjourne ici pour le moment parce que sa vieille ayah, la seule domestique qu'elle ait encore, est malade. »

Ghote regarda Mrs Trayling.

Elle ressemblait beaucoup à la memsahib anglaise dont il se souvenait depuis sa plus tendre enfance, dans une version un peu plus âgée cependant. Son tailleur de tweed usagé avait pris une teinte vert brunâtre indéfinissable et ses cheveux gris ébouriffés lui faisaient comme une auréole. Sur une table à côté d'elle, un gros sac à main avachi gisait large ouvert, et de l'autre côté, un sac à ouvrage encore plus gros, en étoffe à fleurs épaisse, était surmonté par une paire d'aiguilles menaçantes, piquées dans une pelote de laine mauve pâle.

Une criminelle, se dit Ghote. Sûrement pas. Pourtant, les vieilles dames commettaient parfois des meurtres. Et Mrs Trayling avait l'air assez forte et musclée malgré son âge.

Mais le candidat présenté ensuite à l'inspection par Son Excellence paraissait presque aussi peu vraisemblable.

« Maintenant, deux tables plus loin. Petit bonhomme avec le nez plongé dans ce sacré gros bouquin. Godbole, un genre d'universitaire. Pas ici depuis longtemps, une dizaine de jours. Mais au Club la nuit en question. »

Le petit homme ainsi désigné, maigre et vif, avec quelque chose de presque simiesque, portait de grosses lunettes à monture de corne sur un nez crochu que dominait une calotte de cheveux noirs ondulés. Avec ce physique et ce nom, un brahmane marathe. Il était, comme l'avait dit Son Excellence, profondément absorbé par un gros livre relié de cuir, presque accroupi sur lui. Tandis que Ghote l'observait discrètement, il prit un robuste coupe-papier en ivoire et sépara deux pages qu'aucun regard indiscret n'avait encore vues. Devant lui, un plat végétarien de phool gobi ki bhaji (choux-fleur) restait intact.

Bon, se dit Ghote, voilà un suspect qui n'en est pas un. Le type de l'universitaire distrait. Non, un des cinq suspects au moins de Son Excellence pouvait être écarté tout de suite.

Tout contre lui, un serveur murmurait quelque chose.

« Quoi, quoi ?

— Monsieur, je demandais militaire ou brahmane ?

Une sensation de stupeur hébétée envahit Ghote. Ce garçon lui demandait-il quel était le meurtrier probable du marqueur ? Le Maharaja descendant d'une longue ligne de princes rajpoutes belliqueux ou le pédant brahmane voûté ?

« Ça veut dire menu anglais ou indien, expliqua Son Excellence. On emploie toujours ces termes, ils datent de l'époque britannique, évidemment.

— Oh. Oh, oui. Végétarien. Euh, brahmane. Oui, brahmane.

— Très bien, Sahib. »

Dès que le domestique se fut éloigné, Son Excellence se pencha en avant et murmura de nouveau dans l'oreille de Ghote.

« Le gros musulman, là-bas ?

Ghote se retourna en essayant de ne pas en avoir l'air.

« Habibullah. Mr Ali Akbar Habibullah. A Ooty depuis un an ou plus. Habite au Club. Cadre des chemins de fer en retraite. »

Mr Habibullah ressemblait à un ballon, comme si d'un moment à l'autre, malgré le biscuit roulé qu'il enfournait allégrement — mais pourquoi mangeait-il déjà le dessert ? —, il pourrait s'élever dans les airs et s'en aller en flottant doucement. Tout en blanc, depuis la calotte ronde ajourée jusqu'aux éléphantesques pantalons de mousseline, il n'avait guère l'allure du fonctionnaire dont Son Excellence avait parlé. Avec sa grosse canne d'ébène appuyée contre une chaise à côté de lui, il faisait plutôt penser à un poète ourdou, toutefois plus enfoncé dans la matière que beaucoup — comme il se délectait de ce biscuit ! — et lui aussi, on avait peine à se le représenter en tueur.

Mais enfin, impossible de détecter un criminel d'après son apparence physique, se dit Ghote. Il avait vu trop d'hommes à l'air insignifiant et bonasse envoyés à la prison de Thana afin d'y être pendus le deuxième jeudi du mois pour avoir le moindre doute à ce sujet.

« Voilà, vous les avez au complet, dit Son Excellence. Cinq suspects. »

Ghote garda le silence. Les serveurs revinrent avec des bols de potage au céleri, apparemment commun aux militaires et aux brahmanes. Ghote remarqua les épais récipients blancs qui portaient les écussons du Club. Ils semblaient étinceler d'assurance.

« Et vous êtes sûr, Excellence, demanda-t-il, qu'une de ces cinq personnes seulement peut être le meurtrier dudit Pichu, marqueur de billard à ce Club ?

— Ah, mais non, mon cher, on ne me prend pas en défaut aussi facilement. Cinq suspects, oui. Mais un seul pour faire le coup, pas forcé, pas forcé du tout. Agatha Christie m'a enseigné ça. Vous vous rappelez *Les Vacances d'Hercule Poirot.* Deux personnes qui travaillent ensemble, hein ? Peut-être les deux qui semblent le moins faites pour avoir des rapports entre elles ? Mr Habibullah, fonctionnaire des chemins de fer indiens qui, si je me rappelle bien, travaillait à Cochin, assez loin d'ici, et, disons, Mrs Trayling qui, à ma connaissance, n'est pas sortie d'Ooty depuis que le général Trayling a pris sa retraite en quittant l'armée indienne. Ou, ou... non, il y a toujours l'*Orient Express*.

— Mr Habibullah a des rapports quelconques avec ce train ?

— Très juste, mon cher. Lui et Mrs Trayling et le Maharaja et la Maharani et le petit Godbole, tous ensemble, hein ? Une possibilité. Une possibilité qu'il ne faut pas négliger. Mais en supposant qu'il n'y ait qu'un meurtrier dans notre affaire, lequel allez-vous viser, maintenant que vous avez vu l'ensemble du champ de tir ?

— Je ne viserai personne, nulle part, parvint enfin à placer Ghote.

— Très bien, très bien, mon vieux. Le Grand Détective ne livre jamais ses pensées, même à son Watson ! »

Mais Ghote était bien résolu, cette fois, à finir ce qu'il avait commencé.

« Oh, ce n'est pas du tout ce que je voulais dire, déclara-t-il. Je voulais dire qu'aucun détective ne s'arrêterait à un criminel en particulier sans avoir de preuves.

— Très juste, mon cher, très juste. Observation aussi bien que déduction logique, hein ? Bon, alors dès que nous en aurons fini ici, nous irons jeter un coup d'œil à la salle de billard.

— Ce serait une très-très bonne idée », dit Ghote, pensant que voir de ses yeux les lieux du crime pourrait faire apparaître des indices un peu plus valables que ces idées extraordinaires puisées dans les livres.

« Oui, poursuivait Son Excellence. Et là, vous découvrirez ce qui nous a échappé à tous, hein ? L'observation des détails, de ces choses que personne d'entre nous n'avait jugées dignes de la moindre attention. »

Ghote sentit une nouvelle dépression l'accabler, comme si lui aussi mangeait les pesantes pommes de terre bouillies accompagnant les côtelettes militaires de Son Excellence.

Mais des ennuis plus immédiats n'allaient pas tarder à fondre sur lui.

Ils mangeaient en silence depuis un petit moment quand Son Excellence releva soudain la tête.

« Habibullah ! s'exclama-t-il.

— Mr Habibullah ? Vous avez pensé à une circonstance qui lui est défavorable ?

— Non, non. Pas cette chance, mon cher. A moins que vous pensiez que manger seulement le dessert est le signe d'une culpabilité quelconque.

— Le dessert, le biscuit roulé, oui ? C'est un signe de culpabilité ?

— Non, non. Mais ça signifie que ce type va se lever et filer d'un moment à l'autre. Je l'ai vu faire ça cent fois. Imprévisible, vous savez. Imprévisible. Alors, faites donner la Garde et en avant !

— Vous voulez dire qu'il faudrait aller lui parler ? Maintenant ?

— Tapé dans le mille, mon cher. La technique Poirot. Je me réjouis de vous voir à l'œuvre. »

Sur ce, Son Excellence se leva d'un bond et plongea dans la direction de la table où, en effet, le gros musulman se préparait à soulever sa masse.

Ghote suivit.

Mais que dire à ce retraité des chemins de fer ? Quel était donc la profonde conviction de ce Poirot que Son Excellence ne cessait de ramener sur le tapis ? Parler assez longtemps de n'importe quel sujet et le suspect en question laissera échapper une indiscrétion qui le perdra ? Oui, mais quel sujet ? Et pendant combien de temps ?

Il n'avait encore trouvé aucune réponse quand il arriva devant l'énorme musulman vêtu de blanc. Son Excellence fit brièvement les présentations.

« Mr Ghote, conclut-il, énigmatique, est ici pour quelques jours à mon invitation.

— Ah, dit Mr Habibullah, un large sourire gonflant davantage encore ses joues comme des ballons. Je suis persuadé que vous trouverez comme moi Ooty délicieusement agréable, Mr Ghote. Vous savez, c'est l'irréalité pure.

— Irréalité ? répéta Ghote en écho, se demandant où pouvait aller une conversation aussi bizarrement engagée.

— Oui, oui, vous avez déjà dû le remarquer, bien que vous soyez parmi nous depuis si peu de temps. C'est l'Angleterre ici, mon cher monsieur. L'Angleterre, n'est-ce pas ? Et nous sommes, du moins le supposons-nous, en Inde. Voilà qui est irréalité. Une irréalité délicieuse, déconcertante.

— Ah, oui, dit Ghote prudent. Je remarque bien des choses qui ont l'air très anglaises. Alors, oui, il doit y avoir une part d'irréalité, oui. Je vois très bien ce que vous voulez dire. »

Les yeux du Bibendum musulman pétillèrent.

« Vraiment ? Vous êtes une âme sœur. Quel heureux hasard. Un heureux hasard dans un monde qui me semble souvent trop réglé, trop ordonné. »

Il regarda Ghote, rayonnant.

Et Ghote qui, dans l'ensemble, était justement persuadé du contraire, n'eut pas le cœur de lui refuser un sourire d'assentiment. D'ailleurs, il lui fallait entretenir la conversation à la Poirot.

« Je suppose, risqua-t-il, que c'étaient vos tâches quotidiennes qui vous donnaient cette impression. Vous travailliez dans les chemins de fer, si je ne me trompe ?

— Exactement, mon cher, exactement. C'est moi, figurez-vous, et personne d'autre que moi qui ai eu la responsabilité, quand j'étais à Delhi, de composer le chapitre sur « Objections et rejet des réclamations » dans le manuel intitulé *Administration et Finances des chemins de fer indiens*.

— Non, dit Ghote, je ne savais pas. Puis-je me permettre de vous féliciter ? Cela a dû être une très grosse affaire ?

— Oh, non, non. Surtout pas de félicitations. La commisération serait reçue avec beaucoup plus de reconnaissance. Tous ces ordres, ces règlements, ces dispositions à mettre au point, ils ont gâché ma vie. Totalement, en fait. C'est seulement l'idée que la majorité de ces règles étaient destinées à être systématiquement ignorées et violées qui m'a sauvé par moments du suicide.

— Oui, je vois », dit Ghote, incapable de trouver un moyen, subtil ou non, d'orienter la conversation vers le meurtre dans la salle de billard du Club.

Il aurait pu signaler que sa propre vie était pour l'essentiel gouvernée par la nécessité de veiller à ce que le code pénal indien fût strictement respecté, avec toutes ses sections et sous-sections. Il aurait pu aussi ajouter que cette tâche ne pouvait être remplie qu'en mettant de côté les dispositions tout aussi strictes du code de procédure criminelle. Mais par le soin mis à ne pas mentionner la qualité d'enquêteur de l'invité qu'il avait amené à Ooty, Shri Mehta avait exclu ce recours.

« Un ami, une âme sœur », psalmodia l'éléphantesque musulman.

Enfin, se dit Ghote, je me suis au moins fait bien voir de ce bonhomme. De ce suspect. Mais jusqu'à présent il n'a rien trahi qui puisse faire penser à des instincts criminels. Alors, maintenant, qu'est-ce que je fais ?

« Une famille ? lança-t-il enfin, conscient que le silence durait depuis trop longtemps. C'est-à-dire, vous avez les membres de votre famille ici, à Ooty aussi ?

— Oh, non, non, mon cher. J'avais des enfants. Oui. Trois. Peut-être quatre. Disons quatre fils. Mais ils sont allés leur chemin. A dire vrai, j'ai trouvé les devoirs de père un peu trop lourds. Après avoir peiné de longs jours à réglementer les allées et venues des passagers complètement irréglementables des chemins de fer indiens, je n'ai pu assumer la réglementation des allées et venues de mes fils. Alors ils sont partis. Oui, ils sont partis. Je ne sais pas où. »

Ghote se sentit un peu plus que stupéfait. Est-ce qu'un père pouvait être irresponsable à ce point ? Mr Habibullah l'était-il vraiment, ou était-ce quelque blague échevelée ? Et une fois encore il se demanda comment poursuivre une conversation qui avait pris une pareille tournure.

Il avala sa salive.

« Et Habibullah Bégum, demanda-t-il. Elle est ici ?

— Non, mon cher ami. Une épouse qui exige perpétuellement que chaque chose ait sa place et qu'il y ait une place pour chaque chose ? Non, non. Une fois libre de mes chaînes dans les chemins de fer, je me suis placé devant elle et j'ai dit : *Talaq, talaq, talaq*.

— Le divorce ? A la musulmane ? bégaya Ghote qui se demandait de plus en plus si ce qu'il entendait pouvait être vrai.

— Mon cher, la seule solution possible. Finis tous les soucis. Finies toutes les chaînes. Et maintenant, Ooty, magique, irréel. Oh ! je ne peux pas vous dire à quel point je jouis de la vie ici. »

Les délices d'Ooty. Les délices d'Ooty, pensa Ghote. Qu'en dire ? Le golf. Il y en avait un. Le tennis ? Les promenades aussi. Et puis, est-ce qu'il n'y avait pas une grande-grande exposition florale ? Des courses en saison ? Quelles questions poser sur les délices d'Ooty ?

Il aurait pu éviter de se creuser les méninges.

Avec un brusque sourire, deux fois plus rayonnant encore, le gros musulman avait fait un pas de côté et se propulsait hors de la pièce avec l'aide de sa lourde canne à pommeau d'argent.

Ghote lança un coup d'œil inquiet à son Watson et ici, à Ooty, son patron. Mais il n'eut à subir aucune critique sur sa personnification de Poirot.

« Toujours la même histoire, dit Son Excellence en haussant les épaules. Il commence à parler avec quelqu'un de choses vraiment intéressantes, comme par exemple les romans policiers, et qu'est-ce qui arrive ? Pan, il se tire au beau milieu. Extraordinaire. Tout à fait extraordinaire. »

En effet, assez extraordinaire, se dit Ghote. Trop peut-être. Tout ce que lui avait dit cet individu — son esprit commençait à s'emballer — était-ce de la frime ? Destiné à donner une impression d'irresponsabilité totale juste pour masquer l'exécution d'un acte criminel bien préparé ?

Peut-être après tout n'était-il pas lui-même un si mauvais Poirot. Seulement, quatre autres conversations du même genre l'attendaient.

IV

Il s'avéra pourtant que le moment n'était pas venu de poursuivre les conversations dans le style Hercule Poirot. Pendant que Ghote s'attaquait non sans appréhension à un grand plat de riz crémeux et que Son Excellence démolissait une magnifique part de croquant aux pommes, un homme assez jeune, vêtu d'un costume européen très boutonné, avec cravate, la moustache bien taillée, le visage en partie dissimulé par une paire de grosses lunettes qui lançaient des éclairs, entra dans la pièce.

« Ah, Iyer, aboya aussitôt Son Excellence. Un mot, s'il vous plaît. » Il s'inclina vers Ghote pour lui confier : « L'Efficace Baxter. Version Ooty.

— Je vous demande pardon ?

— Ah, vous ne connaissez pas plus P. G. Wodehouse qu'Agatha Christie, hein ? Il va falloir s'occuper de votre éducation. Baxter, le secrétaire dans les œuvres du grand homme. Iyer est exactement comme lui, toujours en train de fourrer son nez partout. Le Club a failli perdre un bougrement bon cuisinier, une fois, parce qu'il s'amusait à vérifier les comptes dans les cuisines.

— Ah, oui, je comprends », dit Ghote.

Ainsi donc, l'Efficace Baxter était là, à côté d'eux,

lunettes étincelantes projetant des interrogations, mains qui se lavaient et se relavaient dans un irrésistible désir que les choses fussent faites jusque dans les derniers détails avec encore un petit plus.

« Iyer, dit Son Excellence, mon ami Mr Ghote souhaiterait devenir Membre Temporaire. Il est monté à Ooty pour quelques jours. Des vacances. Des vacances, vous comprenez. Nerfs un peu fatigués. Fait une pause pour souffler. Sur la recommandation, pourrait-on dire, du Dr. Moore Agar, de Harley Street. »

Il se tourna vers Ghote en clignant discrètement de l'œil.

« Je suis sûr que vous connaissez au moins Sherlock Holmes, murmura-t-il, *Aventure du Pied Fourchu* si je ne me trompe. Holmes envoyé en Cornouailles pour éviter un effondrement complet dû au surmenage. »

Ghote eut un pâle sourire.

« Ah oui, oui, Membre Temporaire, dit Mr Iyer, en redoublant de vélocité pour se laver les mains. Je vais aller chercher la formule nécessaire immédiatement et veiller à ce qu'elle soit affichée au tableau pour que les membres existants puissent en prendre connaissance avant demain aux aurores. Oui, oui, demain avant que le jour se lève. »

Et il fila à toute vitesse.

Ghote se tourna vers Son Excellence.

« Monsieur, vous dites à tout le monde, je l'ai noté, que je suis une personne relevant de maladie, mais si je dois enquêter sur le meurtre de l'homme Pichu, ce n'est pas ce que je veux.

— Comment, ce n'est pas ce que vous voulez ? Mais il ne faut pas faire savoir au coupable ou à la coupable que le Grand Détective est sur ses traces.

— Oh, mais si, monsieur. Dans la mesure où je suis cette personne, il vaudrait mieux que le meurtrier sache qu'il y a quelqu'un qui se livre à une enquête en plus de l'inspecteur Meenakshisundaram. Alors, au lieu de rire tout le temps dans sa barbe, il ferait peut-être quelque chose qui le trahirait.

— Parbleu, vous avez raison, bien sûr, dit Son Excellence, l'air un peu déconfit, à la grande satisfaction dissimulée de Ghote. Bougrement bête de ma part. Exactement ce que Poirot a dit dans l'affaire McGinty. Faire lever le criminel, hein ? Mais vous et Poirot, vous êtes de la même trempe, n'est-ce pas ? »

Le plaisir de Ghote disparut comme par enchantement.

Cependant, il fut dispensé de poursuivre le sujet par l'arrivée rapide de Mr Iyer brandissant une formule de demande pour l'admission comme Membre Temporaire.

Il fallut un certain temps pour la remplir, surtout en raison des excès de zèle commis par Mr Iyer. Mais la longueur de l'opération donna à Ghote la possibilité de se faire discrètement une idée du secrétaire. Il croyait bien connaître le type : hyperconsciencieux, méticuleusement pointilleux, qui pourrait peut-être faire un témoin très utile.

Aussi, quand le questionnaire fut rempli jusqu'à la dernière virgule, le retint-il.

« Un instant. Son Excellence a fait allusion à Mr Sherlock Holmes et à une affaire de pied fourchu, une histoire dans laquelle ce détective illustre est mis au repos pour se rétablir d'une sorte de maladie nerveuse. Je suppose néanmoins que c'était aussi une affaire sur laquelle il était en train d'enquêter et qu'il a résolue avec son brio habituel.

— Certes, certes », glissa Son Excellence.

Ghote regarda fixement l'Efficace Baxter pour voir si l'allusion avait été saisie.

« Donc, ajouta-t-il, cela ne vous étonnera sans doute

pas trop si je vous pose des questions sur le meurtre d'un certain Pichu, marqueur de billard à ce Club. »

Mais cela parut au contraire étonner grandement Mr Iyer, malgré l'avertissement soigneusement lancé par Ghote.

Il recula brutalement de la table comme s'il s'était fait tomber sur les pieds le savon enduisant ses mains sans cesse frottées.

« Mais, dit-il, mais...mais, je croyais que Pichu avait été tué par des voleurs, tout simplement. C'est ce que disait Meenakshisundaram. Mais... mais, est-ce que maintenant on soupçonne quelqu'un... quelqu'un du Club d'être le coupable ? Peut-être même un Membre ?

— Une telle possibilité vous étonne beaucoup ?

— Mais personne ne devient Membre, même Temporaire, sans la recommandation de quelqu'un qui est déjà Membre. »

Ghote arbora un sourire lourdement cynique.

« Peut-être, dit-il, n'est-ce pas toujours la garantie d'un comportement irréprochable. »

Mr Iyer avala péniblement sa salive.

« Vous avez peut-être raison », dit-il d'une voix si basse qu'elle n'était guère qu'un murmure.

Il eut l'air d'opérer des calculs et Ghote pensa qu'il faisait défiler dans son esprit rapide et précis comme une machine la liste de tout l'effectif du Club.

« Alors, Mr Iyer, enchaîna-t-il, dites-moi si vous vous rappelleriez la moindre circonstance anormale — de quelque façon que ce soit — concernant un Membre du Club qui couchait ici la nuit où Pichu a été tué. »

L'expression du secrétaire se figea tout à coup comme si la calculatrice ronronnant dans son cerveau s'était bloquée sur une combinaison particulière.

« Eh bien ? demanda sèchement Ghote.

Mr Iyer se pencha plus encore sur la table.

« J'ai lu un article dans *The Hindu,* il y a environ un an, dit-il.

— Oui ?

Mr Iyer toussa comme si on l'étranglait.

« Oui, Mr Iyer ? dit Ghote.

— Eh bien, je ne sais pas du tout si ça a un rapport quelconque avec l'affaire dont nous parlons.

— Il faut me dire ce que vous savez. »

Mr Iyer avala. Une fois.

« Une histoire de contrebande. De la drogue. A Cochin. Il y avait eu un arrivage de poissons-chats, une odeur très forte, comme vous le savez certainement. Mais grâce à un renseignement, la police locale a pu opérer une descente et découvrir de l'héroïne cachée dedans. Seulement... »

Autre toussotement étranglé.

« Seulement le cerveau de la bande a pu se soustraire à la justice, aux termes de la L.D.S.I.

— L.D.S.I ? interrompit Son Excellence. Je ne peux jamais me rappeler ce que c'est. Je vois pourtant assez souvent ça dans ces foutus journaux.

— C'est la Loi sur la Défense de la Sécurité Intérieure, expliqua Ghote, furieux de voir couper l'élan de son interrogatoire.

— Et ledit contumace, poursuivit fort heureusement Mr Iyer, était décrit comme un musulman d'une taille et d'un poids considérables. »

Ses mains, tournées et tordues convulsivement pendant qu'il racontait son histoire, retombèrent alors sur ses flancs.

« C'est tout ? demanda Ghote.

— Oui. Non.

— Non ? Qu'est-ce qu'il y a encore ?

— C'est que Pichu, le défunt, avait toujours trop d'argent à mon avis pour la situation si humble qu'il occupait. Il possédait un poste de radio à transistors de grande puissance qui lui permettait de prendre les commentaires des matches dans les pays étrangers. Et moi-même, j'étais obligé de lui consentir quelques faveurs pour pouvoir écouter aussi.

— Je vois », dit Ghote.

Donc, pensa-t-il, la thèse de Son Excellence avait plus de poids que je ne le croyais. Il semble vraisemblable maintenant que le comportement de Pichu pue le chantage et cela peut-être depuis des années.

« Il y a encore quelque chose, chuchota Mr Iyer, penché toujours plus bas.

— Eh bien, vous êtes tenu de dire ce que vous savez, absolument tout.

— C'est la boisson. Souvent Pichu absorbait des boissons fortes. Provenant peut-être de quelque source illicite dans le bazar, peut-être même d'un des bars du Club.

— Grand Dieu ! s'exclama Son Excellence.

— Je n'ai jamais pu en établir la preuve à cent pour cent, poursuivit Mr Iyer. Sinon, c'était le renvoi immédiat. Mais j'avais des soupçons très forts. Toutes les fois où j'étais en mesure de le faire — le soir — je sentais l'alcool sur les lèvres de cet homme quand il se retirait chez lui pour dormir.

— C'est bien tout, maintenant ? Définitif ? demanda Ghote.

— C'est tout.

— Très bien. Vous avez eu raison de dire ce que vous saviez. Bien raison. »

Le secrétaire sourit, salua, se frotta une fois encore rapidement les mains et s'en alla.

« Eh bien, dit Son Excellence, Habibullah qui arrive ici il y a un an environ, cette affaire de drogue à peu de chose près au même moment, le cerveau de la bande qui s'échappe, Pichu ici qui avait besoin d'argent pour boire, j'imagine, et maître chanteur confirmé, tout ça coïncide, vous savez. Tout ça coïncide à n'en pas douter. »

Il lança un coup d'œil admiratif à Ghote.

« J'avais fait un petit pari avec moi-même que vous auriez réglé toute l'affaire en vingt-quatre heures, Ghote, mais je n'aurais jamais cru... »

Ghote intervint fermement.

« Un officier de police ne procède jamais sur des allégations seulement, sans vérifier la véracité des susdites.

— Très juste, très juste, mon cher. Et quelles mesures comptez-vous prendre pour y parvenir ?

— J'irai voir l'inspecteur Meenakshisundaram dans la matinée. »

Son Excellence cilla.

« Meenakshisundaram ? Ce niquedouille ? Mon cher, je ne crois pas...

— Mais si, c'est nécessaire. Et d'ailleurs, j'y suis absolument tenu, tant que je suis sur son territoire. »

Le nez de Son Excellence s'allongea visiblement.

« Je suppose que vous avez raison, dit-il. Alors vous ne voulez pas aller parler maintenant aux autres personnes qui étaient sur votre liste ?

— Non », dit Ghote en essayant de contenir son soulagement.

Et puis, presque sans le vouloir, il ajouta quelque chose :

« Ce que j'aimerais faire, dit-il, c'est examiner la scène du crime.

— La salle de billard ?

— Oui, la salle de billard.

— L'observation des détails les plus minimes, hein ? Les derniers clous plantés dans le cercueil ? Je me réjouis de voir un Grand Détective au travail là-dessus. Oui, et comment ! »

Ghote maudit son excès de conscience. Il lui était

venu à l'esprit que si l'inspecteur Meenakshisundaram était absolument sûr que le crime avait été commis par un dacoït, il avait pu négliger quelque indice complémentaire important dans la salle de billard. Mais il n'avait pas compté du tout faire une démonstration de ses talents pour l'observation fine.

Maussade, il sortit à la suite de Son Excellence. Il eut une impression fugitive de murs sombres avec des têtes d'animaux suspendues et des cadres partout — pâles aquarelles d'Ooty, photographies de groupes aux visages blancs qui souriaient largement, scènes de chasse où des Anglais en habits rouges tombaient gaiement de cheval. Et puis, ils se trouvèrent devant la porte de la salle de billard.

Là, Son Excellence marqua un temps d'arrêt.

« Attendez le coup », dit-il, répétant ce qui était inscrit sur une notice fixée au large battant.

Il se pencha et regarda par une manière de hublot ménagé dans le panneau.

« Bon, ça va. »

Il ouvrit la porte et précéda Ghote dans la pièce.

Elle était inoccupée.

Il n'y avait là qu'une table, son vert autrefois brillant visiblement passé sous la lumière déversée par un long abat-jour à franges. Autour des murs, encore des têtes d'animaux qui regardaient la scène silencieuse — grands bisons cornus ou fretin plus menu, abattus autrefois par les fusils de sahibs blancs. Ici et là des tableaux commémoraient pour la plupart des faits d'armes accomplis à des époques lointaines dans des pays lointains — dont l'inévitable « Charge de la Brigade Légère ».

« Oui, dit Son Excellence, voyant Ghote s'attarder devant cette dernière où tout le sang et le gâchis d'un lointain passé avaient été transformés en épisode de gloire militaire immuable. Oui, pas mal de choses historiques ici, d'une manière ou d'une autre. Vous savez que c'est dans cette pièce, sur ce billard, que les règles du snooker * ont été définitivement mises au point avant d'être transmises à travers le monde pour les générations futures ?

— Non, dit Ghote. Non, je ne savais pas du tout.

— Eh bien oui, c'est ici très exactement qu'un certain lieutenant Neville Chamberlain, futur Sir Neville et Premier Ministre de Grande-Bretagne, l'homme qui a essayé d'endiguer le torrent de la guerre en concluant un arrangement avec Hitler à Munich, c'est ici qu'il a baptisé Snooker sa version d'un jeu primitif qui s'appelait Black Pool. »

Emporté par l'enthousiasme, il empoigna le bras de Ghote.

« Venez voir. Tout est inscrit ici et encadré. »

Ghote se sentit propulsé vers le râtelier — deux des queues étaient cassées et d'autres tordues — où Son Excellence lui lut, pour son édification, le récit fait par Sir Neville de ce moment historique.

« Un de nos joueurs n'étant pas parvenu à faire une boule de couleur tout près d'une blouse d'angle, je lui criai : " Mais vous êtes un vrai snooker. " Vous comprenez, mon cher, à la Royal Military Academy, en Angleterre, les cadets de première année étaient appelés " snookers ". Tout ça concorde.

— Très intéressant », dit Ghote.

Un manque d'intérêt évident qui ne troubla en rien Son Excellence.

« Vous ne savez pas, mon vieux ? Vous allez jouer quelques coups sur le billard, ici et maintenant. Simplement pour pouvoir dire que vous avez poussé une boule sur la table même où le snooker a été inventé. Une histoire pour vos petits-enfants. »

* Billard anglais. *(N.d.T.)*

Bien qu'il ne doutât pas de s'en tirer avec honneur, parce que le don de viser juste était l'un de ceux qui lui avaient été accordés à la naissance, Ghote se rebiffa violemment à cette suggestion.

Elle lui semblait faire partie d'une attitude frivole et désinvolte dont il avait déjà eu des aperçus. Elle allait de pair avec une certaine façon de considérer que commettre un meurtre était moins tuer une personne vivante que fournir matière à des récits imaginaires.

« Non, excusez-moi, monsieur, dit-il fermement. A la date d'aujourd'hui, j'enquête sur un crime très sérieux.

— Tout à fait juste, tout à fait juste, mon cher, répondit Son Excellence de façon assez inattendue. Sans aucun doute le succès de vos réussites. Une concentration de tous les instants, hein ? »

Ghote se retourna pour regarder le billard, aussi nu et monumentalement inanimé que quand il l'avait vu pour la première fois.

« Et le corps du marqueur Pichu était exactement au centre ? demanda-t-il.

— Vu de mes yeux vu, avant qu'on emporte le pauvre type. Couché là sur le dos, coup de lame dans la poitrine, petite tache de sang sur sa veste blanche. Au beau milieu de la table. Il n'avait pu être mis là que pour une seule raison : le meurtrier a dû vouloir dire en quelque sorte : " Il a mérité la mort. " Revanche contre un maître chanteur, vous pouvez m'en croire.

— Mais comment se fait-il que Pichu était dans cette pièce au milieu de la nuit ?

— Ah, oublié de vous expliquer. Très simple, en fait. Il y couchait.

— Ici ? »

Ghote jeta un coup d'œil autour de lui. Il y avait certainement les bancs d'où des sahibs du temps passé avaient suivi avec enthousiasme des parties passionnantes. Quelques confortables fauteuils en osier aussi, bien que désormais secs et cassés. A côté de lui, un siège plus robuste portait une plaque de cuivre indiquant qu'il avait été offert en 1875 par le capitaine Winterbotham des Madras Sappers. Pichu aurait pu dormir assez confortablement dans n'importe lequel d'entre eux.

« Mais vous m'avez dit que le Club avait des logements pour tous les domestiques. Qu'aucun n'avait pu accéder au lieu du crime.

— Très juste, mon cher. Je vois que vous ne laissez pas échapper grand-chose. Ha, ha ! Mais Pichu était l'exception qui confirmait la règle. Il couchait ici pour garder les trophées du Club. Depuis des années. Sur ce rayonnage devant l'armoire, là, où ils étaient rangés. Vous pouvez voir l'endroit où les dacoïts ont forcé les portes pour faire croire à un vol et tromper cet imbécile d'inspecteur Meenakshisundaram.

— Ces objets en argent avaient beaucoup de valeur ? demanda Ghote.

— Oh, mon cher, oui, ils avaient sûrement une certaine valeur, mais ce n'est pas pour ça que le vieux Pichu couchait ici. »

Ghote fut étonné.

« Pas à cause de la valeur de ces objets ?

— Non, non. Ou alors seulement à cause de leur valeur sentimentale. Vous comprenez, certains portaient le nom des vainqueurs gravés sur de petits écussons d'argent vieux d'une centaine d'années ou plus.

— C'étaient des trophées tournants, en quelque sorte ?

— C'est ça. Vous gardiez celui que vous aviez gagné pendant six mois, par exemple, et puis il revenait au Club pour être remis en jeu. Sur certains il y avait des noms historiques, vous savez. Le commandant Jago, entre autres — on a donné son nom à une pièce ici. Des tas d'autres.

— Le commandant Jago ?

— Comment ? Vous n'avez jamais entendu parler de Bob Jago ? »

L'espace d'un instant, il parut douter des talents de l'homme dont l'acquisition avait mobilisé toute l'influence dont il disposait et Ghote sentit un minuscule éclair de soulagement. Mais l'instant ne dura pas.

— Oui, je suppose que du côté de Bombay on ne connaît peut-être pas Jago, concéda Son Excellence. Maître d'équipage des Nilgiri Hounds. Un des plus grands chasseurs de tous les temps. »

Il rejeta la tête en arrière et entonna une curieuse mélopée. Ghote se rendit compte juste à temps qu'il s'agissait de poésie.

« Oh chasser avec la meute des Nilgiris à trois —, le commandant Bob avec le cor et un chac qui file droit !

— S'il vous plaît, dit Ghote après une pause convenablement révérencieuse, qu'est-ce que c'est qu'un chac qui file droit ?

— Oh, un chacal, mon vieux. Un chacal. On ne peut pas chasser le renard, ici, vous comprenez. Mais le chacal des montagnes a toujours fait un bon remplaçant. Pas comme son cousin des plaines, rien de sournois chez notre chacal des montagnes. »

Ghote n'estima pas qu'il avait le moindre commentaire à faire.

Son Excellence poussa un grognement.

« Plus beaucoup de chasse, d'ailleurs, aujourd'hui, dit-il, avec les usines qu'on a construites sur les Downs. Et plus beaucoup d'argent non plus, sauf quelques gros bonnets de l'armée dans les casernes à Wellington. »

Il soupira profondément, au souvenir d'un passé révolu, d'un temps où les loisirs étaient sans hâte et les existences, ordonnées.

Désireux de se mettre à son travail de policier, Ghote s'écarta de lui et alla à la fenêtre qui, d'après ses vitres encore absentes, devait être celle que le voleur avait brisée. Ou celle qui avait été brisée pour mettre sur une fausse piste.

Il regarda de très près l'endroit endommagé, mais tous les morceaux de verre subsistants avaient été ôtés et toutes les traces des éclats, balayées. Rien à glaner.

Il se rendit alors à l'armoire où avaient été pris le trophée portant le nom célèbre du commandant Jago ainsi que les autres.

« Si vous voulez vraiment vous rendre compte de la valeur sentimentale de ce qui a disparu, dit Son Excellence en le rejoignant, parlez donc avec le vieux Bell. Son nom est sur une coupe depuis qu'il a gagné un championnat de snooker au début des années cinquante. Une année bougrement mauvaise, d'ailleurs. » Une lueur de malice cancanière éclaira ses traits boucanés. « Oui, continua-t-il, des tas de types encore dispersés après la guerre. Je crois bien que jusqu'au dernier coup personne ne voyait un triomphe pour lui. Et depuis, le vieux Ringer n'a jamais poussé une boule. Il n'ose pas, je suppose. »

Mais Ghote était fort occupé à examiner l'armoire ravagée. Était-il possible de dire si le dommage avait été causé par un vrai dacoït ou par un amateur qui l'imitait ?

C'était un meuble solide avec des portes vitrées à la partie supérieure et une moitié inférieure plus large qui formait un grand rebord. Il était évident que les portes du haut avaient été forcées récemment. Le bois autour de la serrure avait éclaté, encore tout frais et plus clair que le reste du meuble. Il semblait aussi qu'on eût fait usage de quelque instrument pointu.

Mais là encore, impossible de dire si les dégâts

avaient été faits par un voleur déterminé ou un habile maquilleur.

Cependant, Ghote se demandait s'il était possible que le vol n'eût été qu'un subterfuge. Après tout, malgré ce qu'en disait Son Excellence, l'argent avait de la valeur et il n'était donc nullement invraisemblable qu'un dacoït local eût entendu parler du coup profitable à faire au Club ; si des voleurs de bois pouvaient déraciner un arbre entier, alors on ne pouvait plus considérer que les trophées du Club étaient en sûreté.

Et puis, examinée dans une lumière sereine, la théorie de Son Excellence était sûrement trop tirée par les cheveux. Tuer un vieil homme pour quelque raison que ce soit, puis briser la porte de l'armoire aux trophées, faire semblant de forcer la fenêtre et prendre toutes les coupes simplement pour que l'on croie à une bavure pendant un cambriolage, c'était vraiment bien compliqué.

Alors, est-ce que ce n'était pas — l'idée lui était traîtreusement passée par l'esprit — que Son Excellence voulait un mystère ici au Club ? Un mystère qu'un Grand Détective viendrait résoudre ?

« Vous voyez la marque de graisse là où le vieux Pichu posait la tête, dit Son Excellence, si abruptement que Ghote sursauta. Je crois bien que la cire ne pourra jamais l'enlever. »

Ghote se tourna vers lui.

« Ce placard est astiqué tous les jours ?

— Oh oui, certainement. Le Club garde ses bons principes, vous savez. Des armées de femmes montent de la ville basse aux aurores tous les jours. Une sacrée flopée.

— Alors, il ne restera pas beaucoup d'indices.

— Ma foi, non. Non. Je ne pense pas. »

Puis le visage de Son Excellence s'éclaira de nouveau.

« Mais c'est sur la psychologie qu'il faut compter, ici, dit-il. A moins, bien sûr, que vous ayez déjà remarqué quelque chose dont l'importance a échappé à tout le monde. »

Ghote se tourna vers son compagnon à l'air implorant et le regarda droit dans les yeux.

« Comme vous l'avez dit vous-même, Sahib, répliqua-t-il, le Grand Détective ne livre jamais ses pensées. Pas même à quelqu'un que vous appelez son Watson. »

V

Pendant une demi-seconde, Son Excellence avait paru déconcertée devant un tel signe de rébellion venant du Sherlock Holmes que, tout Watson qu'il fût, il avait fait venir sur place pour trouver la solution du mystère. Une petite rougeur de colère avait même commencé à monter sur ses joues tannées, mais elle fut vite effacée.

« Eh bien, dit-il aimablement, je pense que c'est tout pour le moment. Vous devez être fatigué, inspecteur. Le voyage et tout ça. »

Ghote, tout en sachant très bien que c'était une excuse pour un comportement à peine acceptable, se rendit compte qu'il était en fait extrêmement las. Épuisé. Décidément, être un Grand Détective n'était pas de tout repos.

« Oui, dit-il. J'aimerais beaucoup pouvoir me coucher de bonne heure. »

Mais il ne se mit pas au lit dans l'immense chambre qui lui avait été attribuée — le contenu de sa valise rendu parfaitement dérisoire par les deux énormes almirahs entre lesquelles il l'avait réparti — avant d'avoir fait entrer un domestique qui frappa puis lui dit avec force salamalecs : « Bouillotte, Sahib », et glissa l'objet soigneusement sous les couvertures du vaste lit aux draps blancs.

Il ne put pas non plus jouir de la paix et de la solitude avant que Son Excellence lui ait offert un exemplaire de *Mrs McGinty est morte* d'Agatha Christie.

« J'ai pensé que c'était le meilleur pour commencer, lui dit le vieil homme. D'une part, Poirot est au sommet de sa forme, et d'autre part l'affaire ressemble d'une façon assez remarquable à la nôtre. Dans les deux cas, vous comprenez, la question essentielle, c'est : quelle a été l'arme utilisée ? »

Ghote faillit répondre qu'à Ooty, la question ne se posait même pas. Selon toute probabilité, c'était ce que le dacoït qui était entré et avait tué Pichu se trouvait avoir en main. Mais il était trop éreinté pour se risquer à entamer une discussion.

« L'arme ? dit-il simplement.

— Oui, mon vieux. Un instrument tranchant. Par opposition à contondant. Cet imbécile de Meenakshisundaram rabâchait continuellement que le crime avait été commis avec une épée. Bien obligé de dire ça, évidemment, pour appuyer son idée idiote de responsabilité d'un dacoït. »

Ghote étouffa le gémissement qui lui montait à la gorge.

« Mais je préfère, enchaîna Son Excellence, toujours prête à rebondir, considérer cette arme comme un simple instrument tranchant. D'un type encore indéterminé, que le meurtrier devait pouvoir dénicher facilement et cacher tout aussi rapidement une fois le sang nettoyé. »

A cela Ghote, trop éreinté, ne put qu'opposer une réponse dilatoire.

« Alors, il sera très important d'étudier ce problème demain. »

Après quoi, il avait escorté Son Excellence jusqu'à la

porte, grimpé dans le grand lit, écarté les couvertures et ouvert *Mrs McGinty est morte.* Mais il n'avait pu en lire que les deux premières pages quand, la tête pleine des lamentations d'Hercule Poirot sur le manque d'ordre et de méthode dans le monde, il avait sombré dans les vagues du sommeil.

Ensuite, plus rien jusqu'à ce qu'il soit réveillé par un domestique au pied léger qui lui apportait — luxe tout à fait inusité — son thé au lit. Et même à ce moment-là, ce ne furent pas des spéculations sur l'arme plus ou moins extraordinaire utilisée pour tuer le marqueur du Club qui lui vinrent à l'esprit, mais la simple nécessité de voir dès que possible l'inspecteur Meenakshisundaram, représentant local des rudes tâches élémentaires autant que quotidiennes de la police.

L'heure trop matinale et la chance de consommer un énorme breakfast anglais retardèrent un peu la consultation. Mais avant longtemps Ghote se lança en direction du commissariat de police lesté d'un bol de porridge fumant (très particulier et sombre rappel du fait appris à l'école de la police que c'était la seule substance dans laquelle on pouvait dissimuler de l'arsenic), suivi par des croquettes de poisson, moins particulières, et qui avaient à peine besoin de la sauce tomate obligeamment fournie, puis une grosse pile de toasts fraîchement grillés servis avec une épaisse confiture d'oranges provenant d'un endroit dans le Royaume-Uni appelé Dundee (dévorés jusqu'au dernier).

Le commissariat de police, autre bâtiment d'allure britannique, non loin de l'impressionnant centre administratif surchargé d'ornements, avait trois corps dont chaque toit pentu était percé d'une grande fenêtre ronde encadrée de pierre blanche. Ghote, qui rassemblait son courage avant d'entrer, eut l'impression de trois yeux bienveillants qui surveillaient l'ordre et le calme de la ville autour d'eux.

Derrière l'une d'elles, l'inspecteur Meenakshisundaram à son bureau serait-il aussi typique d'Ooty, aussi fidèlement calqué sur le modèle britannique ? Non pas, bien sûr, un officier de police britannique de l'ancien temps, mais un vrai successeur indien, réservé, juste, digne ?

Deux minutes plus tard, il avait la réponse. Assis à une table devant le tableau endémique dans les postes de police du sous-continent avec la liste des ressources disponibles soigneusement énumérées : *Personnel en service, Personnel en permission, Personnel en congé annuel, Véhicules disponibles, Véhicules en réparation, Chiens disponibles, Chiens au chenil,* il se révéla être un homme assez grand et vautré qui tournait en graisse. Et d'un contact chaleureux.

« Ouah, un Bombay wallah ! Enchanté de vous voir. Là-bas, vous en connaissez un vieux bout, les gars ! »

Ghote secoua la tête, modestement.

« Oh, je connais, je connais, tonna le gros homme en se rejetant en arrière dans son lourd fauteuil. La gratte et les enveloppes super-classe. Un fils à instruire, une fille à marier et qu'est-ce que c'est pour vous ? De l'argent qui vient d'en haut et hop, l'affaire est réglée. TV couleurs depuis le début. La vidéo aussi. Les liqueurs étrangères, ça coule comme du lait de bufflesse chez vous, les gars.

— Non. » Ghote explosa. « Non, je vous assure.

— Oh, pas besoin de vous cacher avec moi, collègue. Je m'en tire gentiment, moi aussi. Mais c'est toutes ces occasions que vous avez que je vous envie. Tous ces criminels qui ont besoin de vous ménager et tout cet argent qu'il y a à Bombay. La capitale du crime en Inde, c'est ce qu'on dit, hein ?

— Nous avons des criminels, je ne le nie pas. Et oui, il y a des pots-de-vin offerts et acceptés, ça non plus je ne le nie pas. Mais il y a aussi des officiers qui n'acceptent pas. Ça aussi, je l'affirme. »

L'inspecteur poussa un gros rire qui lui secoua le ventre.

« Bon, bon, il faut de tout pour faire un monde, c'est le vieux dicton britannique, n'est-ce pas ? Mais vous, inspecteur, je suis bien sûr que vous ne vous sauvez pas quand on vous apporte des occasions sur un plateau. »

La première réaction de Ghote fut de repousser véhémentement cette suggestion. Mais tout aussi vite, il se dit qu'il lui fallait être en bons termes avec cet individu. Il lui fallait discuter d'homme à homme, sans rien dissimuler ni omettre, afin de déterminer la valeur de l'hypothèse du cambriolage pour expliquer le meurtre. Il ne pourrait pas y parvenir si Meenakshisundaram le regardait avec mépris.

Il hocha donc la tête une fois de plus de manière ambiguë et réussit un petit sourire qu'il espéra sournois.

« Mais dites-moi donc, collègue, glissa-t-il rapidement avant que le sujet des pots-de-vin pût aller plus loin, qu'est-ce que j'apprends à propos du meurtre au Club, ça ne serait pas du tout un cambriolage ? »

L'autre éclata d'un rire tonitruant.

« Vous avez parlé-parlotté avec ce Surinder Mehta, je vois. Maboul-baboul comme pas deux. Il vous a raconté, hein, que le type du billard a été victime d'une tentative de chantage qui a raté ? Qu'un de ces sahibs du Club est un meurtrier caché-bâché ? Je vous le demande, qu'est-ce qu'il peut y avoir de plus insensé ?

— Oui, bien sûr, dit Ghote avec tact, ça paraît être une histoire bien invraisemblable. Et vous avez des preuves solides en faveur du cambriolage, inspecteur ?

— Évidences-zévidences à la pelle. Regardez un peu : vous avez en numéro un une fenêtre forcée. En numéro deux des portes d'armoire forcées. En numéro trois tout un lot de coupes et de trucs en argent qui a disparu. Et un type qui se fait tuer pendant que tout ça se passe ? Qu'est-ce qu'il y a de plus probable ? »

Sur ce dernier point, pourtant, Ghote faisait des réserves. Pichu était très vieux. Malgré toutes ces nuits passées sur des portes d'armoire, il n'aurait vraisemblablement pas opposé une résistance désespérée pour sauvegarder l'argenterie du Club. Mais même en admettant qu'il l'ait protégée de son corps, ce dacoït de Meenakshisundaram se serait contenté de lui assener un bon coup sur la tête et cela aurait bien suffi. Un meurtre à l'arme blanche n'était pas la conclusion que l'on aurait attendue pour un affrontement de ce genre.

« Mr Mehta me disait, reprit-il d'un ton aussi détaché que possible, que selon vous la victime avait été tuée avec une épée. L'autopsie a confirmé ?

— Post-mortem-piss-partem, répliqua gaiement Meenakshisundaram. Ce type était mort-mort, non ? Pourquoi est-ce que j'aurais fait tout ce cirque ? Il a reçu un coup de lame. Pas besoin d'un foutu toubib pour me dire ça. »

Ghote enregistra.

« Dites-moi donc, collègue, vous pourriez mettre un nom sur ce dacoït ? Vous espérez le pincer bientôt ?

— Nom-crénom. Un nom, qu'est-ce que ça fait ? Il y en a une douzaine que je pourrai épingler le jour où je voudrai. Quinze-seize.

— Donc, vous ne comptez pas opérer une arrestation tout de suite ? »

Meenakshisundaram haussa les épaules.

« Oh, si le terrain devient trop brûlant, je pourrai toujours en sauter un en moins de deux. Et lui tirer des aveux à la trique en moins de trois. »

Ghote se dit qu'il en avait assez appris pour le moment. Il ramena la conversation vers des sujets moins controversés, allant jusqu'à laisser entendre qu'il devait son propre réfrigérateur à une pincée d'argent non blanchi. Puis enfin il se risqua à aborder avec précaution le cas de ce musulman particulièrement obèse que l'on disait en fuite depuis le grand raid contre les trafiquants d'héroïne à Cochin.

« Je suppose que vous n'avez rien à voir avec cette affaire, inspecteur ? demanda-t-il.

— Hélas, non, et comme je le regrette ! répondit l'autre. Ce type qui en jouait, il a dû payer et payer pour savoir à l'avance ce qui allait se passer.

— Pas de doute, pas de doute. Et où est-il maintenant ? Il y a encore des bruits à son sujet ?

— Oh, oui, beaucoup-beaucoup. On le voit tous les jours à Madras. Du moins à ce qu'on raconte. »

Ghote se demanda quelle confiance on pouvait accorder à ce genre de propos. Mais il conclut qu'il ne gagnerait rien à poursuivre sa prospection et demanda où il pourrait se procurer le bon chandail bien chaud dont il allait certainement avoir besoin, comme il s'en était rendu compte en venant au commissariat, l'haleine en panache dans l'air froid du matin.

Puis, ayant noté avec un soin faussement méticuleux l'adresse du fripier établi sur le pavé du Bazar qui, selon Meenakshisundaram, lui fournirait un vêtement de première qualité avec crainte et tremblement à la seule mention du nom de l'inspecteur, il s'en alla.

Mais il ne rentra pas directement au Club, lieu du crime.

Il avait appris trop de choses qui demandaient réflexion.

Il déambula donc à travers la ville et ses alentours, heureux de la chaleur fournie par l'épais jersey vert qu'il avait acheté sans attendre un instant au grand magasin Chellaram, parmi tous les souvenirs attrape-touristes. Il avait pensé acheter aussi pour sa femme un des bracelets faits par les aborigènes de la région, la tribu Toda. Mais il se doutait déjà que pendant les années à venir il ne tiendrait pas à ce que lui soit rappelé trop vivement le souvenir d'Ooty. Ooty-Paradis, Ooty-Enfer.

Il déambula donc dans le vieil Ooty, promeneur au milieu des autres promeneurs avec leurs souliers bien suifés, leurs cannes tournoyantes, leurs écharpes en tartan et leurs chiens bien dressés sur les talons. Et il réfléchissait.

De temps en temps, les efforts de son esprit confronté au dilemme qui le hantait de plus en plus depuis son entrevue avec Meenakshisundaram étaient interrompus par quelque spectacle insolite. Le nom d'un des petits cottages bien soignés avec leurs microscopiques tourelles, ou leurs colombages décoratifs, ou leurs fenêtres à meneaux enchâssant les losanges des vitres, images de la lointaine Angleterre : Iris Cottage, Rosemead, Hillside, Apple Cottage. Ou encore Rembrandt & Vandyke, Photographes, avec les portraits en sépia d'officiers britanniques depuis longtemps disparus, raides comme des piquets, en tenue de gala, flanqués de leurs épouses presque aussi militaires dans leurs longues robes de bal.

Une boîte aux lettres l'arrêta, le plongeant dans une longue rêverie pétrifiée. Étonnamment différente des pacotilles de Bombay, écrasées sous un dôme avec leurs cadenas pendant, elle se dressait robuste, haut pilier de fer peint en rouge vif surmonté d'un minuscule ananas en fer, et même, oui, la couronne britannique en relief sur la porte, encore visible malgré les couches de peinture superposées au cours des années. Juste audessous, on distinguait à peine les initiales V.R. Elles devaient représenter Victoria Regina, impératrice des Indes, la reine Victoria. Il songea aux nombreuses décennies d'ordre et de paix, durant lesquelles le courrier avait été expédié en confiance vers toutes les parties du monde depuis cette mince fente protégée de la pluie.

Mais trop vite des pensées moins agréables s'imposèrent à sa conscience. Le cadavre sur le billard. Et les deux explications qu'on lui avait données pour justifier cette présence.

Et il avait beau faire des efforts exténuants, il ne parvenait pas à la moindre conclusion à leur sujet.

Certes, tout semblait indiquer que Son Excellence avait concocté sa théorie de roman policier simplement pour distraire sa vieillesse irresponsable. Mais, d'un autre côté, Meenakshisundaram n'était très évidemment pas l'enquêteur diligent qu'il aurait dû être. Bien loin de là. Alors, n'avait-il pas sauté sur la conclusion facile qu'indiquaient les indices apparents ? Quoi de plus probable ?

Aucune explication n'était complètement satisfaisante. Mais aucune n'était à écarter complètement. Et chacune se trouvait en complète contradiction avec l'autre.

Impossible, absolument impossible que les deux fussent exactes. Alors, laquelle l'était ? Laquelle ?

VI

Ghote soupira. Il était évident que ni les promenades solitaires ni la contention acharnée de l'esprit n'apporteraient de solution à son dilemme. Une seule chose à faire finalement : retourner au Club, voir Son Excellence et lui rapporter (le moins possible) ce que croyait l'inspecteur.

En fait, il rencontra l'ex-ambassadeur bien avant d'arriver au Club. Il s'entendit appeler et vit son partenaire si peu souhaité, un livre précieusement serré entre les mains, qui se rendait à la bibliothèque, juste en face de la profonde véranda des magasins Spencer à l'intérieur plongé dans une somptueuse pénombre.

« Ah, Ghote. Quelque chose vous a donné furieusement à penser, comme dit le vieux Poirot ? »

Touché, songea amèrement Ghote. Mais il voulait bien être pendu s'il lui disait ce que c'était.

« Non, non, Excellence, bredouilla-t-il. Je prenais un peu de temps pour regarder ce coin d'Ooty.

— Ah, on tâte le terrain, hein ? On s'imprègne de l'atmosphère ? Je pense que vous avez lu hier soir ce passage, vers le début de *Mrs McGinty,* où Poirot dit que pour une fois ce n'était pas la voix de la victime qui l'intéressait, puisqu'il ne s'agissait que d'une femme de ménage, mais la personnalité du meurtrier. Tout comme ici nous avons un domestique comme victime. »

Son Excellence regarda Ghote, la tête penchée sur le côté comme un oiseau, attendant. Ghote ne dit rien.

« Alors, demanda enfin Son Excellence, le pesant Meenakshisundaram vous a appris quelque chose sur de quelconques fugitifs musulmans ?

— Oui, en effet, répondit Ghote, assaisonnant la stricte vérité d'une agréable goutte de fiel. Il y a une chose que je suis en mesure de vous dire. L'inspecteur assure que le sujet musulman recherché par la police a été vu à Madras. »

Son Excellence parut très déconcertée.

Spectacle gratifiant.

« Donc, ce n'est pas notre ami sous un déguisement, en fin de compte. Bien, bien. »

Et puis, tout de suite, il retrouva une grande partie de son allant.

« Donc, retour à la case départ. Tous les cinq sont encore possibles.

— Vous devriez peut-être dire quatre maintenant. » Ghote était assez agacé par cette jovialité.

« Oh, non, non, mon vieux, nous connaissons tous le truc de celui qui est mis hors de cause dès le début, n'est-ce pas ?

— S'il vous plaît ?

— Ça signifie toujours que les choses ne sont pas ce qu'on pourrait croire, quelles que soient les circonstances qui ont mis le suspect hors de cause. Je ne pense donc pas que nous puissions considérer notre ami Habibullah comme tiré d'affaire. Non, sûrement pas.

— Ah, dit Ghote, soudain éclairé. Vous faites allusion à des romans policiers ?

— Oui, oui, je suppose. »

Mais l'embarras de Son Excellence ne dura qu'un instant.

« Vous savez, mon vieux, cette affaire, *c'est* un roman policier. Un roman policier devenu réalité. Jamais cru que je verrais ça de ma vie, mais nous y sommes. Situation parfaite. Cadavre sur le billard, arme disparue, fausse piste, et sept suspects. Enfin, non, cinq, en fait. Mais ça revient à peu près au même.

— Oui, dit l'inspecteur Ghote.

— Et, ajouta Son Excellence avec délectation, vous l'avez apportée, hein ? La réponse de l'Inde à Hercule Poirot.

— Mais...

— Eh, parbleu, voilà une occasion de vous voir à l'œuvre. Regardez la personne qui entre chez Spencer. »

Accablé par l'appréhension, Ghote se tourna vers l'intérieur sombre de la grande épicerie et aperçut, juste au moment où il s'y engouffrait, un dos mince vêtu de tweed. Il reconnut, surtout grâce aux cheveux gris fer qui s'échappaient dans toutes les directions d'un robuste couvre-chef en coton imperméable vert, celui de Mrs Trayling. Lucy.

« Oui, dit Son Excellence, Lucy doit se réinstaller dans sa maison et elle a besoin de faire des provisions. Sa vieille ayah est sans doute remise sur pied. A mon avis, Lucy n'attend que la mort de cette antiquité pour rentrer chez elle.

— Mais si... si son antiquité meurt, dit Ghote, une fois de plus complètement dérouté, est-ce que Mrs Trayling ne restera pas au Club ?

— Ah non, mon cher. Quand je dis chez elle, je veux dire en Angleterre. D'après tout ce que j'entends dire, Lucy n'a qu'une idée : rentrer en Angleterre. Mais je crois qu'elle aura un rude choc quand elle y sera. Le pays ne ressemble plus du tout à ce qu'il était dans les livres de Christie, vous savez.

— Mais Trayling Memsahib reste ici, reste à Ooty,

simplement à cause de sa veille ayah ? demanda Ghote, piqué par une pointe de curiosité.

— C'est ce qu'on me dit. Vous savez, quand le vieux Spot, son terrier, a dû être endormi, il y a quelques mois, elle n'a rien fait pour se procurer un autre chien. Significatif, hein ? Non, moi je vous le dis, Lucy estime qu'elle ne peut pas abandonner une vieille domestique qui est dans la famille depuis que les Trayling ont eu leur garçon. Je comprends bien son point de vue, encore qu'elle soit bougrement plus fidèle que beaucoup d'entre nous le serions. Mais ça, ce sont les Britanniques.

— Oh, oui », dit Ghote poliment.

Au cas où Mrs Trayling, si peu vraisemblable que cela parût, pourrait être soupçonnée d'avoir manié « l'instrument tranchant » qui avait mis fin à la vie de Pichu, il ne semblait pas que la mort prochaine de sa vieille ayah ou la récente exécution de son chien Spot eussent le moindre rapport avec cette éventualité.

« Oui, poursuivit Son Excellence, s'échauffant au fil de ses commérages à la manière d'Ooty, bougrement droite et fidèle, Lucy. Fidèle contre vents et marées à cet effroyable mari qu'elle avait. Vents et marées.

— Le général Trayling était une personne effroyable ? demanda Ghote, sentant là l'infinitésimale possibilité de quelque chose qui n'était pas ce que l'on aurait pu croire.

— Eh bien, il ne faut pas médire des morts, admit Son Excellence, mais enfin tout le monde savait que dans les derniers temps, Roly Trayling pintait épouvantablement.

— Il pintait des liquides alcooliques ?

— Du whisky. Du whisky indien, la plupart du temps. Moins cher que le Scotch pour s'abrutir, et le pauvre vieux Roly avait l'air d'en avoir de plus en plus besoin. C'était ça, le drame. Un homme qui avait été actif. Commandé des troupes. Des exercices. Un rien de vraie guerre de temps à autre. Et finir ici. Qu'est-ce qu'il pouvait faire ? Promener ses chiens, venir au Club, voir les mêmes foutues têtes soir après soir, aller au Centre culturel tous les derniers samedis du mois pour écouter bavasser sur l'art ou autre chose. Vous voyez pourquoi il a fini aussi mal. Et bien sûr, il n'aimait pas les romans policiers, alors que Lucy en est presque aussi fana que moi. Et puis, elle avait l'Exposition florale aussi. Ses géraniums remportaient des prix tous les ans.

— Le général a mal fini ? demanda Ghote, coupant court aux réminiscences florales.

— Enfin, oui, il est tombé une nuit dans le lac. En rentrant du Club. Rond comme un manche de pelle, évidemment.

— C'est sûr ?

— Oh, oui. Le serveur du bar a témoigné à l'enquête publique et le vieux Pichu aussi, j'y pense. Il a vu le pauvre type qui titubait en longeant le lac. Et puis il y a eu le rapport du médecin. Plein comme un boudin, plein comme un boudin. Enfin, tout ça nous éloigne de notre petite affaire, hein ?

— Quelle affaire, s'il vous plaît ? demanda Ghote.

— En bien, entrer chez Spencer pour parler à Lucy Trayling, bien sûr. Je croyais que c'était de ça qu'il s'agissait. La vieille méthode de Poirot, amener les gens à parler et ils lâchent quelque chose. Ils lâchent quelque chose, hein ? »

Et empoignant fermement Ghote par le bras, l'ex-ambassadeur se dirigea à grandes enjambées vers la large véranda de Spencer.

Des pensées angoissées tournoyaient dans la tête de Ghote comme les chevaux de bois d'un manège aux couleurs criardes à une foire. Il avait réussi à s'entretenir pendant un petit moment avec Mr Habibullah et même constaté que les propos tenus lui avaient donné quelques motifs à de vagues soupçons. Mais de quoi parler avec cette memsahib britannique ? De son chien mort ? De son ayah mourante ? Des quantités d'alcool absorbées par son mari mort ?

Il eut l'impression fugitive de gens et d'objets entassés dans la grande véranda sous les consoles en fer forgé. Il y avait un tableau noir avec des prix écrits à la craie, un gamin au large sourire avec un grand panier de fraises dans une collerette de feuilles, une pancarte indiquant « Entrée interdite aux chiens », une réclame pour l'encre Stephen sous forme d'un monstrueux thermomètre haut d'un mètre cinquante, un homme accroupi tenant une petite boîte d'aluminium, l'air sournois comme un pickpocket. Et puis, ils étaient à l'intérieur et Son Excellence saluait Mrs Trayling d'une voix qui résonnait dans la vaste salle haute de plafond, avec son long comptoir étincelant ponctué par des balances de cuivre bien astiquées et veillé par une file d'employés zélés.

Et un instant plus tard, Mrs Trayling tendait une main qu'il fallait serrer.

« Je vous ai vu au dîner hier soir au Club, dit-elle. Les amis de Surinder Mehta sont mes amis.

— Très heureux », répondit Ghote.

Mais il ne trouva rien à ajouter et se demanda ce qu'Hercule Poirot aurait imaginé en pareille circonstance.

« C'est un très joli endroit que vous avez ici à Ooty, risqua-t-il enfin. Je m'y plais beaucoup. Ici, vous avez beaucoup d'ordre et de méthode.

— Vous êtes bien bon, répondit Mrs Trayling. Je ne suis pas très forte pour l'ordre et la méthode moi-même, hélas ! Du moins, c'est ce que mes amis me disent toujours. N'est-ce pas, Surinder ? »

Son Excellence rit, l'air coquin.

« Oui, oui. Nous disons continuellement à Lucy qu'elle a oublié quelque chose. Ou fait tomber quelque chose. Ou c'est elle qui nous dit qu'elle a oublié quelque chose. »

Une autre idée vint alors à Ghote et il commença à se demander s'il n'avait pas, après tout, quelque chose de l'art d'Hercule Poirot pour entretenir la conversation.

« Mais Son Excellence me disait que vous songiez à rentrer en Angleterre. Et à quitter Ooty.

— Ma foi, tout va à vau-l'eau, ici. Regardez un peu ce qu'on vend dans ce magasin aujourd'hui. Des ballons. De gros ballons en plastique vulgaires chez Spencer. Des ballons et d'affreux petits sièges de pique-nique en aluminium. »

Ghote regarda.

Oui, éclipsant les bouteilles de jus de citron Rose et les boîtes de sablés écossais sur les rayons derrière le comptoir, des ballons violemment colorés s'entassaient à même le sol. Ooty commençait peut-être à aller à vau-l'eau, ou du moins à devenir un terrain de jeux pour vacanciers comme n'importe quel autre.

Son Excellence semblait être de cet avis. Il intervint pour dénoncer les uns après les autres certains aspects de la vie apparus au cours des années récentes, l'énorme usine à la lisière de la ville qui fournissait en pellicule la production torrentielle d'opérettes à grand spectacle moulinées par les studios de Madras et de Bombay, les nouvelles maisons, les immeubles à étages construits sans considération pour le style britannique traditionnel d'Ooty, les gens de ce qu'il appelait les « quartiers à risques » qui installaient des baraquements dans les rues.

Ghote écoutait, heureux que l'effort de parler pendant assez longtemps sur n'importe quel sujet eût été assumé par d'autres. Mais rien d'important ne semblait être dit. Rien qui eût la moindre apparence d'un rapport même lointain avec le billard du Club, et le cadavre qui avait profané sa table historique. Bientôt, son esprit revint une fois de plus à ce qu'il avait appris de l'inspecteur Meenakshisundaram : malgré la déplorable attitude du Tamoul, son explication du crime n'était-elle pas plus ou moins conforme à la réalité ?

C'est alors qu'un développement dans la conversation lui fit dresser l'oreille.

« Oui, avait dit Mrs Trayling, et puis il y a cette Maharani de Pratapgadh. Autrefois, elle n'aurait certainement pas été admise au Club.

— Une femme extraordinaire », admit Son Excellence, bien que sans cette conviction qui déplace les montagnes.

Ghote se dit qu'il y avait enfin là quelque chose d'utile même si cela ne révélait rien sur Mrs Trayling. Mais il lui semblait que Son Excellence n'exploitait pas cette chance. Ma foi, si Watson n'en était pas capable, l'Hercule Poirot indien, lui, l'était.

« S'il vous plaît, dit-il, se lançant dans l'arène, s'il vous plaît, pourquoi Son Altesse la Maharani de Pratapgadh n'aurait-elle pas été autorisée à pénétrer dans le Club aux jours d'autrefois ? »

Mrs Trayling le regarda d'un œil sévère.

« Hum ! Moins on en dit et mieux cela vaut, à mon avis.

— Oh, oui, ajouta Son Excellence, prenant traîtreusement le parti de son propre suspect. On ne parle pas des dames dans le fumoir, vous savez.

— Mais, s'il vous plaît, nous ne sommes pas du tout dans le fumoir et je demande pourquoi la Maharani est une personne qu'on n'aurait pas accueillie. »

Cette fois le regard de Mrs Trayling se fit carrément réprobateur et, se tournant vers le vendeur qui attendait, patient, au comptoir, elle se remit à faire sa commande d'une voix particulièrement forte et appuyée.

Au bout d'un moment, Ghote, profitant de ce dos résolument tourné, chuchota d'un ton pressant à Surinder Mehta :

« Excellence, qu'est-ce qui aurait empêché la Maharani de descendre au Club autrefois ? Excellence, c'est important d'y réfléchir, non ? »

L'ex-ambassadeur, qui s'était plongé dans la contemplation des chaises de pique-nique bariolées, se tourna vers Ghote à regret.

« Je suppose que c'est important, d'une certaine façon, mon vieux, dit-il. Mais la vérité, c'est que je n'en sais trop rien moi-même. La vieille Lucy a dû ramasser un ragot quelque part. »

Ghote prit une décision.

Abandonnant Son Excellence, il sortit dans la véranda et se posta carrément sur le chemin que Mrs Trayling serait obligée de prendre en s'en allant.

Dès qu'elle apparut, il l'aborda.

« Mrs Trayling, s'il vous plaît, je suis très intéressé par la Maharani de Pratapgadh. Voudriez- vous avoir la bonté de me dire ce que vous savez à son détriment ?

— Certainement pas », répondit Lucy Trayling.

Elle passa devant lui en coup de vent et descendit dans la rue à la fraîcheur encore émoustillante malgré le soleil. Suivie un instant plus tard par un des vendeurs qui brandissait au-dessus de sa tête le sac à ouvrage qu'elle avait oublié dans le magasin. Il en tomba avec un tintement prolongé, tel le glissando de quelque rengaine de film, une grosse aiguille à tricoter qui roula jusque sur la route, où une bande de petits gamins flairant le bakchich se précipita sur elle en braillant.

Ghote resta figé dans la véranda à côté du grand thermomètre avec ses chiffres alarmants qui montaient jusqu'à 150° Fahrenheit et ses grosses lettres indiquant

Temp. du sang et *Fièvre.* Il était dans une telle rage qu'il en serait presque arrivé à ce dernier stade. Rage contre Mrs Trayling qui lançait des allusions et puis se dérobait, mais surtout rage contre lui-même pour avoir gâché la conversation qui aurait dû produire des révélations.

Et puis, il sentit qu'on tiraillait une manche de son jersey neuf.

Aussitôt irrité, il pivota sur ses talons. A côté de lui, accroupi sur le plancher de la véranda, il vit l'individu à l'air sournois qu'il avait déjà remarqué vaguement avec sa petite boîte en aluminium. Il vit cette fois, peints sur le côté en lettres rouges flageolantes, les mots *A. T. Ramamirtham — Maladies des chiens (toutes espèces) traitées par meilleures méthodes homéopathiques.*

L'individu le tenait toujours par la manche.

« Qu'est-ce que tu veux ? lui dit-il furieux. Tu crois que j'ai un chien malade ?

— Non, non, sahib. Ce que je veux, c'est dire à toi ce que tu as envie de savoir.

— Un diseur de bonne aventure aussi ? Je n'en ai pas besoin. Ma fortune est trop mauvaise.

— Sahib, j'apporte la chance seulement. C'est d'un chien malade que je guéris avec mes méthodes que je voudrais parler.

— Je ne m'intéresse à aucun chien guéri ou pas guéri, par tes méthodes ou par d'autres. »

Il arracha son bras à l'empoignade de l'individu et se dirigea vers les marches menant à la rue.

« Sahib, même si c'est le chien de la Maharani de Pratapgadh ? »

Instantanément, Ghote se retourna. Il regarda très vite d'un côté puis de l'autre.

« Si tu as quelque chose à dire, souffla-t-il, suis-moi jusqu'à un endroit où on ne nous verra pas ensemble. »

VII

Après avoir jeté un coup d'œil derrière lui pour s'assurer que le douteux médecin pour chiens le suivait, Ghote se dirigea rapidement vers le Bazar. Il espérait que là, au milieu du tohu-bohu d'humanité qu'il n'avait guère perçu jusqu'alors que comme le bruit d'innombrables timbres de bicyclettes mêlé aux avertissements de camions klaxonnant furieusement et aux mélopées geignardes déversées par d'innombrables sources discordantes, il pourrait trouver où se dissimuler. Catastrophique, se disait-il, si quelqu'un du Club les voyait tous les deux, Grand Détective et misérable médecin pour chiens se concertant apparemment comme larrons en foire. Un tel observateur de rencontre pourrait bavarder et donner au suspect la possibilité de faire disparaître ses traces.

Il avait à peine plongé dans la bruyante pagaille de la basse ville qu'il vit son affaire. Une gigantesque palissade proclamant les séductions d'un vieux film — sur laquelle quelqu'un avait collé un prospectus jaune vif — dissimulait commodément un terrain vague.

Encore un regard rapide derrière lui pour s'assurer que l'homme à la petite boîte en aluminium était en vue, et repli rapide dans la cachette.

Une minute plus tard, son éventuel informateur était à côté de lui.

« Eh bien, lui demanda-t-il aussitôt, qu'est-ce que tu as à dire ?

— Sahib, je suis un pauvre homme. En ce moment même je devrais être en train de donner un traitement au chien d'un client dans un bel hôtel chic. »

Ghote soupira, plongea deux doigts dans la poche de sa chemise et tira un billet, juste assez pour voir qu'il était orange — vingt roupies. Il le laissa ainsi, dépassant à peine de son jersey neuf.

Le médecin pour chiens prit aussitôt un air de désappointement poignant.

« Pas un paisa de plus », dit Ghote, qui regrettait déjà de ne pas avoir pêché un plus petit billet.

L'autre haussa les épaules, résigné.

« Sahib, j'entendais ce que tu demandais à Trayling Memsahib. Trayling Memsahib allait toujours chez ce docteur science occidentale qu'ils ont, alors son chien du nom de Spot mourait tout de suite.

— Il est mort de vieillesse, coupa brutalement Ghote. Qu'est-ce que tu peux me dire que Trayling Memsahib ne me dirait pas ?

— Sahib, c'est ça. Il faut aller à l'hôtel Bengale Végétarien. Là, tu verras une certaine personne.

— Quelle personne ? Ça ne suffit pas. »

Ghote fit mine de renfoncer le billet orange dans sa poche.

« Sahib, il s'appelle Mr Amul Dutt. Il vient tout le chemin depuis Calcutta jusqu'à Ooty, Sahib, et pourtant il est seulement étudiant et pas du tout riche. »

Il s'arrêta, espérant évidemment en avoir assez dit pour faire reparaître le billet de vingt roupies.

« Continue, dit rudement Ghote.

— Sahib, tu dois te demander pourquoi il est dans un endroit troisième classe comme ça. Et aussi, à qui était un pékinois qui lui faisait faire tant d'histoires. Je l'ai vu. »

Cette fois, Ghote sortit complètement le billet. Le temps d'un éclair et la main habile du médecin des chiens se referma sur lui.

Ghote laissa filer l'individu. Il avait l'impression d'en savoir assez. Il décida d'aller à l'hôtel Bengale Végétarien où qu'il soit et de voir si ce qu'on lui avait dit était vrai. Après cela, il pourrait peut-être affronter une fois encore Son Excellence.

Quelle chance, se dit-il, d'avoir réussi à le laisser au milieu des sablés écossais et des ballons en plastique !

Il sortit de l'ombre projetée par la grande palissade barbouillée — il le découvrait seulement — de la publicité pour un film policier avec une étoile filante appelée Sarla Kumar, film qui avait connu un échec mémorable à Bombay plus d'un an auparavant, et poursuivit sa descente vers les bas quartiers. L'hôtel ne devait pas être situé dans le vieil Ooty.

De fait, dès qu'il commença à demander son chemin, on le dirigea, non sans quelques avis divergents, vers une ruelle à l'extrémité la plus éloignée du Bazar.

Il s'y rendit, notant au passage, avec une brève poussée d'exaspération, que les réfugiés tibétains accroupis là derrière des amoncellements de vêtements de laine annonçaient des prix inférieurs de moitié environ à ce qu'il avait donné pour son jersey, presque identique.

Puis, tandis qu'il se frayait un chemin à travers les foules agglomérées autour des étals croulant sous les légumes et les fruits — il reconnut la belle qualité, la qualité d'Ooty, les fruits du paradis —, il s'arrêta brusquement.

En train de marchander un régime de petites bananes encore vertes, un Européen assez âgé, visage rouge sous le casque colonial fané, portait un costume de tweed qui rappelait beaucoup — en visiblement plus râpé — celui de Son Excellence, vu le matin même. Écroulé en tas à ses pieds, un très vieux chien laineux haletait patiemment.

Le commandant Bell. Il ne savait pas pourquoi il était si sûr que ce devait être le secrétaire du Club d'Ootacamund. Mais il en était sûr. L'homme correspondait exactement à la description qu'en avait faite Son Excellence lorsqu'il était arrivé, jusqu'au « lamentable vieux chien » dont on devrait abréger les misères.

Nemrod, c'était son nom. Dérisoire aujourd'hui, si mérité qu'il ait pu être autrefois.

Puis une sueur froide lui coula dans le dos. Et si le maître de Nemrod l'avait surpris en train de parler avec ce médecin pour chiens ? Et s'il n'avait pas eu le bon esprit de se cacher derrière cette palissade ? Quelqu'un comme ce commandant Bell — si c'était lui — serait tout à fait du genre à aller cancaner au Club. Peut-être avec la Maharani, dont le pékinois avait été vu dans un hôtel de ce quartier insalubre.

Il l'avait échappé belle.

Il se glissa derrière un étal surmonté d'un gros tas de pommes de terre roses, puis, tête baissée, en longea un autre, chargé celui-là de grosses tomates orangées, et un troisième sur lequel le marchand, dans une héroïque tentative pour imposer une forme au désordre, avait disposé de longues courges vert pâle de manière que leurs extrémités arrondies édifient un mur haut de près d'un mètre.

Estimant alors qu'il était hors de danger, il se redressa et se rendit rapidement là où le consensus populaire avait situé l'hôtel Bengale Végétarien.

Le consensus avait eu raison, bien qu'il eût manqué la maison au premier passage, tant son apparence était minable. Elle semblait avoir été construite depuis peu d'années, dans le style qui déplaisait tant à Son

Excellence et à Mrs Trayling, toit plat et lourdeur cubique. Mais bien qu'elle ne pût être ancienne, elle était déjà fort abîmée. La façade blanche était désormais zébrée de longues traînées verdâtres, son revêtement de ciment écaillé laissait apparaître ici et là des sombres taches irrégulières. Le V de Végétarien manquait sur son enseigne autrefois audacieusement colorée, cependant que les pluies et les brouillards d'Ooty avaient réduit le reste à quelques hiéroglyphes aléatoires.

Sur le pavé défoncé, un cercle de jeunes gens accroupis jouaient gaiement aux cartes. A côté d'eux, un rémouleur qui avait installé son appareil composé essentiellement d'une vieille bicyclette faisait hurler l'air alentour chaque fois qu'il frottait une lame sur la pierre vrombissante.

Ghote entra dans le vestibule étriqué du bâtiment. Derrière un comptoir dont le revêtement en plastique rouge ondulait comme une mer houleuse, un petit homme grassouillet vêtu d'une longue kurta blanc sale, qui dépassait sous un chandail tricoté de motifs hurlants très raccommodé, somnolait, éboulé sur son siège. Son visage presque parfaitement rond avait la teinte sépia caractéristique du Bengali.

Ghote réfléchit un instant, puis toussa très fort et s'approcha de lui.

« Bonjour, avez-vous des chambres ? lui demanda-t-il en anglais.

— Oh oui, monsieur, dit l'autre, réveillé en sursaut et dont l'enthousiasme croissait de minute en minute. Bien sûr, oui. Très-très bonnes chambres, spacieuses et modernes. Des plus respectables aussi. Pas de mauvais boniments, non, non. Et à la salle à manger, la meilleure cuisine bengali. Oh, vous jouiriez, monsieur. Aussi ma femme et mes trois filles chantent tout le temps très délicieuses chansons bengali. Vous suivez le bengali ?

— Malheureusement non, dit Ghote. Mais dites-moi, vous avez beaucoup de résidents bengalis ici en ce moment ?

— Oh, oui, monsieur. Oui, oui. Mes chambres sont pleines d'heureux clients de mon lointain pays natal.

— Alors, dit Ghote, sautant sur l'occasion d'échapper aux conséquences de sa première demande, vous n'avez pas de chambres libres du tout ?

— Non, non, non, monsieur. Juste le contraire. Vous auriez la meilleure chambre de tout l'hôtel, avec salle de bains attachée. Presque avec salle de bains attachée. Nous avons une seule personne en ce moment exact, et pas du tout un client de première classe. Il a notre chambre la moins chère, c'est tout.

— Ah, oui ? Et je peux vous demander son nom ? J'ai un jeune ami bengali qui parlait de venir à Ooty et je suis sûr que s'il est ici il sera descendu dans votre hôtel. »

Le gros petit propriétaire se frotta les mains.

« Alors, vous resterez aussi ? Peut-être vous aimeriez que votre ami, Mr Amul Dutt, ait une meilleure chambre à côté de la vôtre ? Il partagerait sa salle de bains et ça ne lui coûterait pas beaucoup plus cher.

— Peut-être, peut-être », dit Ghote.

Puis, se penchant sur le comptoir rouge ondulé, il adressa un large clin d'œil au propriétaire de l'hôtel sans boniment.

« Dites-moi donc, est-ce que mon ami voit la dame qu'il attendait, très moderne, très belle, un peu plus âgée ? »

Le propriétaire lui retourna le clin d'œil.

« Oh oui, monsieur, ça se produit de temps en temps. Oui, ça se produit. Une dame très chic, avec un très joli chien pékinois. Vous avez les mêmes arrangements aussi ? »

L'espace d'un instant, Ghote se demanda si, dans l'intérêt de ses investigations, il ne s'était pas risqué plus loin qu'il ne l'avait prévu. Puis l'inspiration vint.

« Donc, dit-il, mon ami, Mr Dass, est très heureux ici.

— Oh, oui, monsieur, oui. Mr Dutt est très-très heureux d'être dans mon bel hôtel première classe, tout à fait végétarien et pur. Vous seriez aussi heureux. S'il vous plaît, quel est votre beau nom ? »

Il commençait déjà à sortir un registre éculé de sous le comptoir déjeté par le temps.

Mais Ghote avait la parade toute prête.

« Dutt ? dit-il. Dutt ? Vous avez dit Mr Dutt ?

— Oui, votre bon ami, Mr Amul Dutt.

— Mais mon ami s'appelle Amul Dass. Vous n'avez pas bien entendu. Il faut que je le cherche ailleurs. Oui, oui, ailleurs certainement. »

Et peut-être un peu plus vite que ne l'eût voulu la dignité, il sortit dans la rue bruyante.

Le hurlement de la roue du rémouleur l'assourdit, mais il le supporta gaiement. Enfin, il avait découvert un fait qui pourrait bien marquer un pas vers la solution de la mort du vieux Pichu.

Si vraiment le marqueur de billard avait eu un penchant pour le chantage — et d'après le témoignage de Mr Iyer, il semblait que l'assertion de Son Excellence eût quelque fondement —, alors n'était-il pas tout à fait vraisemblable qu'il eût découvert d'une façon ou d'une autre l'intrigue clandestine de la Maharani de Pratapgadh avec un pauvre étudiant bengali dans un hôtel de troisième classe et menacé de prévenir le riche Maharaja ? Ce qui aurait provoqué sa fin subite sur la table de billard.

Oui, il était désormais possible d'aller trouver Son

Excellence avec quelque chose qui en valait la peine. Peut-être pourrait-il même accepter d'être qualifié de Grand Détective, bien que ce qu'il avait appris eût été extirpé à un témoin par les procédés assez douteux qu'employaient parfois des enquêteurs ordinaires.

Il repartit d'un pied léger dans la direction du vieil Ooty.

Il se rappelait que l'ancien ambassadeur tenait un livre quand il l'avait rencontré devant chez Spencer. Il se rendait certainement à la Bibliothèque des Nilgiris. Ghote se dit qu'il allait voir s'il pouvait l'y trouver.

Il la localisa sans difficulté, juste après la boutique d'un cordonnier chinois, vieux bâtiment de briques en hauteur, aux fenêtres étroites entourées de pierres blanches en relief, qui lui rappela certaines vieilles églises chrétiennes de Bombay.

A l'intérieur, il fut accueilli par une dame à l'allure belliqueuse, un manteau enfilé sur son sari pour se défendre contre l'air vif d'Ooty, qui trônait derrière un comptoir de bois étincelant de cire.

Quelle différence avec la précédente rencontre à un bureau de réception ! Il sentit en lui un petit bourgeon de contentement qui ne demandait qu'à s'épanouir.

« Bonjour, vous voulez vous inscrire à la bibliothèque ? Le tarif est maintenant de dix roupies et vous pouvez emprunter des livres tout de suite. »

Il avala sa salive.

« Je souhaiterais beaucoup devenir membre, dit-il. Mais j'espère ne pas rester longtemps à Ooty, c'est-à-dire... c'est-à-dire, je crains que mon séjour ne dépasse pas deux-trois jours.

— Alors, qu'est-ce que vous voulez ?

— Je... je crois que Son Excellence Mr Surinder Mehta est ici et je souhaiterais communiquer avec lui très instamment. »

Il subit alors un long regard sévère au travers du

pince-nez que portait la vestale des lieux. Mais il parut se tirer de l'épreuve à son avantage.

« Oui, Mr Mehta est ici, vous pouvez entrer. Mais veuillez observer le silence le plus strict à tout moment.

— Oui, oui. Très bien. Merci », chuchota-t-il.

Il entra sur la pointe des pieds, ouvrit deux doubles portes avec les plus grandes précautions et se trouva dans une vaste salle éclairée par cinq hautes fenêtres cintrées de chaque côté et une plus haute encore au fond. Un portrait de la reine d'Angleterre présidait à l'ensemble, avec pour seule rivale — il le vit en s'avançant un peu, toujours sur la pointe des pieds — une grosse tête d'ours, un brin mitée, suspendue au-dessus des portes d'entrée. De vieilles bibliothèques vitrées s'alignaient, et sur des tables rondes munies de lampes à abat-jour vert, quelques journaux et revues étaient rangés avec un soin méticuleux. Un certain nombre de fauteuils, tristement avachis, ajoutaient à cette ambiance de confort délabré.

Trois personnes étaient là dont deux, des hommes en complet de tweed, se parlaient — assez fort — cependant que la troisième, une jeune fille en sari vert foncé, dotée d'une énorme paire de lunettes, se tenait debout à côté d'une table, en train de lire ce qui semblait être un journal venu de Grande-Bretagne.

Mais de Son Excellence, point de trace.

C'est alors qu'il aperçut une petite porte au fond de la salle, et il se dirigea vers elle, toujours sur la pointe des pieds, bien que le bruit des deux bavards étouffât presque les craquements de ses souliers.

Oui, c'était bien un journal anglais que lisait la demoiselle aux grosses lunettes. Un *Sunday Times,* vieux de plus de deux mois.

Au-delà de la petite porte, il trouva un escalier fort raide qu'il gravit précautionneusement, marche par marche, pour arriver à l'étage supérieur. Là, des livres empilés jusqu'au plafond traitaient de tous les sujets sous le soleil. Il remarqua même un exemplaire de ce manuel des manuels, *L'Investigation criminelle* du Dr Hans Gross, adapté par John Adam M. A., Procureur de la Couronne près le tribunal de Madras et J. Collier Adam, Procureur Général près le tribunal de Madras. Il se trouvait entre Alfred Swayne Taylor, *Poisons,* 1848, et une collection de procès célèbres en Grande-Bretagne.

Puis, au détour d'une pile, vers le fond de la pièce, il vit Son Excellence l'ex-ambassadeur. Il était assis en haut d'une grande échelle, plongé dans un livre.

Ghote l'aborda directement.

« Mr Mehta. Excellence. J'ai fait une découverte. »

Le lecteur leva le nez — le volume qu'il tenait retraçait cette mort de Mrs McGinty dont il avait dit lui-même qu'elle ressemblait tant à l'affaire qui les occupait — et mit un doigt sur ses lèvres.

Ghote se sentit aussitôt écrasé par le remords. Il avait violé les règles. Il n'avait pas observé le silence. Et Son Excellence le rabrouait très justement.

Il se demanda si le fait de murmurer tout bas « Désolé, Excellence » aggraverait ou mitigerait la faute.

Mais il vit alors que l'autre pointait le pouce par-dessus son épaule, en direction du fond de la pièce.

Il regarda.

Il y avait là un portrait de Victoria, impératrice des Indes, deux énormes fauteuils de cuir tels des éléphants docilement accroupis. Et, presque invisible dans la pénombre, assis en tailleur au bord de l'un d'eux assez comme un cornac — si toutefois un cornac pouvait être, comme lui, plongé dans un immense volume relié en cuir —, son coupe-papier à large lame ressortant en blanc sur l'accoudoir du siège à côté de lui, le professeur Godbole.

Ghote comprit. Somme toute, le professeur figurait encore sur la liste des suspects de Son Excellence.

Il se pencha vers l'ex-ambassadeur et lui dit tout bas :

« Excellence, j'ai réussi à découvrir que la Maharani de Pratapgadh a des rendez-vous clandestins avec un jeune étudiant bengali du nom de Mr Amul Dutt dans un hôtel de troisième classe en plein Bazar. Vous voyez l'importance de la chose ? »

Son Excellence se redressa, une lueur joyeuse dans les yeux.

« Je le savais, dit-il d'une voix sonore qui éveilla les échos. Je le savais. Le Grand Détective n'est pas plutôt arrivé que les mystères commencent à s'éclaircir. Splendide, splendide.

— Ah, lança une voix aiguë jaillie sous le regard bienveillant de Victoria, reine-impératrice, le Grand Détective. Phénomène très intéressant. Et réellement d'une importance considérable. »

Le professeur Godbole sauta de son fauteuil ramolli et s'avança vers eux, son petit visage de ouistiti fendu par un large sourire.

« Je n'ai pas eu le plaisir d'une présentation en règle quand je vous ai vu au Club hier soir, dit-il à Ghote. Mon nom est Godbole et mon occupation, professeur de littérature anglaise. » Il eut un brusque sourire de coin. « Oh, oui, oui, oui, dit-il. Je sais bien que cela fait de moi pour ainsi dire un personnage du roman mondialement célèbre de feu Mr E. M. Forster. Cela a été mon sort depuis mes plus tendres années. Adepte passionné de la littérature anglaise dans toute sa gloire capricieuse, je ne souhaitais rien de plus que la vie universitaire et une chaire pour couronner une vie de labeur. J'étais donc destiné à devenir tôt ou tard le professeur Godbole. Fiction née d'un roman et, pis encore, désormais effigie en carton dans un film cinématographique. »

Emporté, roulé, quasi noyé par ce flot incompréhensible de mots et le soupçonnant à moitié de recouvrir quelque plaisanterie, Ghote ne put que murmurer :

« Bien fâcheux... Enfin... très heureux, je veux dire. Mais, dans tous les cas, je suis extrêmement content de faire votre connaissance.

— Et moi de faire la vôtre, répondit le professeur. Pensez donc, le Grand Détective en personne ! Oh, nous avons entendu parler de vous, nous savons tout. Les bruits vont vite, vous comprenez, les domestiques écoutent et les domestiques parlent.

— Mais... mais je... »

Son Excellence intervint.

« Exactement, mon cher professeur », dit-il d'un ton si lourd de menace que Ghote le regarda tout étonné, jusqu'au moment où il se rappela que ce petit universitaire agité était encore un des cinq suspects, bien qu'un cas limite. « Exactement. Le Grand Détective est ici pour résoudre l'énigme du corps dans la salle de billard. »

Mais si par cette tactique Son Excellence avait espéré qu'un air de confusion rougissante trahirait le professeur, il n'eut pas de succès.

« Ah, s'exclama le petit brahmane, les yeux brillants, mais, plus que le décrypteur de ce mystère en particulier, le Grand Détective est un personnage mythique, pas moins. Et en même temps, un exemple vivant devant nous.

— Un personnage mythique ? » s'exclama Ghote, trop étonné pour garder le silence. Qu'est-ce que c'était que cette nouvelle étiquette, maintenant ? On le considérait comme un personnage des légendes du *Mahabharata,* incrustées dans le temps ?

« Oh, oui, un mythe, certes, lui dit le professeur Godbole. C'est cela que vous êtes, mon cher, aucun doute là-dessus. Vous savez, je suis une manière d'autorité en matière de roman policier. Il y a quelques années, figurez-vous, j'ai eu le malheur — ou peut-être le bonheur, qui pourra le dire ? — de me voir confier la tâche de diriger la thèse d'un étudiant aspirant au doctorat et qui s'était mis dans la tête de prendre comme sujet : *Le roman policier en Angleterre de Conan Doyle à Peter Dickinson,* sujet qui aurait eu du mal à obtenir l'approbation du bureau des études si le candidat n'avait pas été le neveu de notre vice-chancelier, pas moins. »

Il s'arrêta pile et lança un clin d'œil inquisiteur aux deux hommes. Mais Ghote estima qu'aucun commentaire n'était nécessaire.

« Oui, voyez-vous, reprit Godbole, qui retrouva très vite son élan, le Grand Détective, déjà ébauché en la personne de ce génie imparfait, Mr Edgar Allan Poe, est désormais une figure connue dans le monde entier, ne serait-ce que par les représentations de la pipe incurvée et du chapeau de son dernier avatar, si j'ose dire, Mr Sherlock Holmes. Ses traits apparaissent au moins une fois par mois dans la publicité des journaux indiens, presque autant dans la presse vernaculaire que dans celle qui s'exprime en anglais. Et pourquoi ? Parce que Holmes est un personnage, on pourrait dire un superpersonnage, unique. Un homme capable d'allier, au plus haut niveau, l'intuition du poète à l'analyse logique du mathématicien. Il réunit en lui, pour emprunter une formule de la psychologie populaire, le mode de pensée de la partie gauche du cerveau, c'est-à-dire cette partie de la matière grise…

« Ha ! » L'interruption de Son Excellence avait la force d'une explosion. « Ha, les petites cellules grises d'Hercule Poirot ! »

Mais ce n'était pas une digue aussi hâtivement élevée qui pouvait résister au torrent.

« … cette partie du cerveau qui pense logiquement,

avec celle qui procède par bonds, les bonds de l'intuition du poète, le cerveau droit. »

Là, le professeur s'arrêta bien un instant, mais juste le temps d'un sourire béat d'autosatisfaction.

« La partie du cerveau qui est la plus développée, dans mon cas, ajouta-t-il. La partie qui a donné naissance à certaines des plus grandes découvertes et, je peux dire, aux plus grands poèmes. Vous voyez, c'est une personne alliant ces aspects au suprême degré que Mr Poe nous présente sous la forme du Grand Détective. Et après lui, Sir Arthur Conan Doyle et toute une tradition, pourrions-nous dire, de lumières moins éclatantes. Vous voyez maintenant pourquoi cette figure s'est emparée de l'imagination du monde entier. C'est lui et lui seul qui, se mettant dans un état de transe souvent provoqué par l'inhalation des fumées du tabac — “ Un vrai problème à trois pipes ”, s'exclame Holmes —, une transe souvent provoquée par une once de tabac, le Grand Détective donne enfin la réponse stupéfiante au problème apparemment insoluble, “ ce qui ne s'est encore jamais produit ”, d'après l'expression de Mr Poe. »

Mais le mot ainsi répété de transe avait orienté l'esprit de Ghote dans une autre direction. Il se rappela soudain le Dr K. S. Joshi, dont il avait complètement oublié *Le Yoga dans la vie quotidienne*. Il ne lui avait pas accordé un instant d'attention depuis qu'il était sorti de ce car dans l'air limpide d'Ooty.

Pourtant, la résolution aussitôt prise de remédier à cette négligence fut tout aussitôt abandonnée.

Ce que le professeur Godbole était en train de dire avait de nouveau attiré son attention.

« Je vous le dis, gentlemen, ce n'est pas seulement la faculté de penser que possède le Grand Détective. Il est également capable de dévoiler les mystères que l'on place devant lui. Il agit. Il accomplit pour nous ce que nous souhaitons tous voir accomplir : découvrir, selon les termes de Mr Charles Dickens, “ la vérité nue, sans déguisement ”. »

Agir. Faire jaillir la vérité.

Ghote se força à concentrer toute sa puissance d’attention sur ce que disait le professeur. N’était-il pas lui-même, au moins à Ooty et selon Son Excellence, un Grand Détective ? Et n’était-ce pas un impérieux devoir pour lui de découvrir cette vérité nue sans déguisement ?

Le torrent continuait de rouler ses flots.

« Pour réaliser cet exploit, le Grand Détective se met entièrement à la place des autres. Nous avons, rappelez-vous, un Sherlock Holmes qui se déguise en s’immergeant dans la personnalité d’un personnage d’emprunt, faisant varier jusqu’à son âme, comme le dit le Dr Watson. Nous avons le Père Brown, de Mr G. K. Chesterton, déclarant qu’il ne sait pas qui est un meurtrier avant de s’être — je cite, veuillez noter — “ plié dans la posture de sa haine difforme et voyeuse ”. Nous avons... »

Mais, une fois encore, Son Excellence se jeta dans les flots tumultueux, hurlant presque de sa voix vieillotte et flûtée qui éveillait des échos dans la pièce ourlée de livres.

« Nous avons Miss Marple, Miss Marple dans sa dernière enquête, si je ne me trompe, disant qu’elle se sent vraiment malade quand elle se trouve dans la peau d’un meurtrier. »

Mais une noire dépression obscurcissait désormais l’âme de Ghote. Comment lui, simple officier de police, pourrait-il faire ce que faisaient ces géants ? Pénétrer dans l’esprit des assassins ? Dans leurs haines difformes et voyeuses ? Se sentir vraiment malade en découvrant un criminel ? Il se rebella soudain.

« Mais non, coupa-t-il, ça n’est pas comme ça que

l'on traite les crimes, aux termes de la Section 302 du Code pénal indien. Moi-même je n'ai jamais agi comme un Grand Détective. »

Le professeur Godbole recula d'un pas sous le coup de l'étonnement, semblait-il.

« Vous n'avez jamais agi comme un Grand Détective ? répéta-t-il.

— Non », dit simplement Ghote qui aurait souhaité rendre sa déclaration plus hardie, mais un peu intimidé par la présence de Son Excellence.

Le professeur Godbole le regarda.

« Eh bien alors, dit-il, il semble que j'aie jeté les quelques perles en ma possession à... » Il s'arrêta. « Eh bien, disons, à vous deux, gentlemen. » Pendant un instant il parut presque abattu. Puis il se redressa. « Mais il faut que je retourne à mon travail, dit-il. Les exigences des études universitaires. Un monde que je comprends. Si lointain qu'il puisse paraître. Je vous souhaite le bonjour. »

Il se retourna, détala vers son fauteuil-éléphant bossué, sauta dessus et se replongea immédiatement dans le gros volume qu'il avait eu sur les genoux.

Son Excellence empoigna Ghote par le bras et le traîna presque jusqu'à l'escalier vertigineux.

« Mon cher, lui dit-il, je suppose que vous aviez une bonne raison pour donner ce démenti. Mais Godbole parlait, parlait, et Poirot a bien dit que dans ce cas-là, un homme finit toujours par révéler tous ses secrets. »

Ghote se sentit à la fois furieux qu'on lui lançât une fois de plus à la figure Hercule Poirot avec sa méthode et honteux de ne pas avoir triomphé à la manière de ce génie. Il essaya de justifier son action :

« Mais, monsieur, mais Excellence, personne ne peut vraiment penser que le professeur Godbole est l'assassin de Pichu. Il ne réside pas au Club depuis assez longtemps pour pouvoir faire l'objet d'un chantage quelconque. »

Chose étonnante, Son Excellence ne parut pas vexée par cette éviction sommaire d'un des suspects figurant sur sa liste.

« Ah, mais, mon cher, dit-il, vous oubliez.

— J'oublie quoi ?

— La personne la plus inattendue, mon vieux. Godbole est l'exemple parfait. »

Ghote réfléchit profondément mais sans résultat.

« La personne la moins susceptible d'avoir commis le meurtre, oui, dit-il. C'est ce que j'affirme. Il n'est pas probable du tout que le professeur Godbole ait quoi que ce soit à voir avec l'affaire.

— Ce qui est précisément la raison pour laquelle, répondit Son Excellence, ravie, il pourrait très bien, en fin de compte, s'avérer que c'est lui le criminel. »

VIII

Malgré la nouvelle tentative de Ghote pour renoncer au titre qu'on lui imposait, l'opinion de son Watson semblait inchangée. Il remarqua, sur un ton amical, que c'était presque l'heure du tiffin et qu'ils devraient rentrer au Club pour déjeuner « sur les lieux du crime, hein ? Sur les lieux du crime ».

Ils traversèrent donc ensemble la curieuse ville si anglaise avec ses grands magasins et ses jolis cottages aux toits métalliques jusqu'à la petite colline sur laquelle le Club se dressait, frais et blanc sous le gai ciel bleu. Heureusement, Son Excellence semblait être à court de suggestions policières, et ils se séparèrent devant la chambre de Ghote, sans que rien de plus eût été dit sur l'affaire.

En entrant dans la salle à manger au premier coup de gong, Ghote, habillé cette fois comme il convenait, vit que les convives étaient plus nombreux que la veille. Divers habitants d'Ooty, Indiens ou Anglais âgés, venaient évidemment déjeuner là de temps à autre. Un coup d'œil rapide lui permit de constater que trois seulement des suspects de Son Excellence se trouvaient sous les nombreuses photographies des anciens maîtres d'équipages d'Ootacamund, lourdement moustachus et inébranlables sur leurs énormes chevaux.

Il y avait là Mr Habibullah qui dégustait — déjà, assez curieusement — du pudding au gingembre avec un plaisir qui semblait irradier de sa personne en ondes excentriques. Et il y avait le Maharaja de Pratapgadh avec sa Maharani en pantalons d'un rouge aussi éclatant que la boîte aux lettres qu'il avait vue lors de sa promenade solitaire après l'entrevue avec le commissaire Meenakshisundaram. Sur ses genoux, le petit chien qui confirmait que c'était bien elle la visiteuse clandestine de l'étudiant bengali dans cet hôtel borgne, semblait toujours avoir autant besoin d'une purge homéopathique.

Se rappelant que Mrs Trayling avait regagné sa maison puisque sa domestique était guérie, il se demanda dans quelle mesure cela pouvait affecter ses investigations. S'il s'avérait que c'était elle que Pichu avait fait chanter et qui l'avait tué, si peu vraisemblable que cela pût paraître, comment parviendrait-il à la revoir ? Et plus encore à l'interroger ?

Et le professeur Godbole, candidat encore moins probable, malgré les idées de Son Excellence qui croyait que cela le rendait justement plus probable, n'était évidemment pas dans la salle à manger parce qu'il était encore en train d'étudier ce qu'il étudiait dans son gros livre à la bibliothèque.

Il jeta un autre regard rapide à Mr Habibullah. N'était-il vraiment qu'un cadre des chemins de fer à la retraite, comme il le prétendait ? Ou alors la cheville ouvrière en fuite du gang des trafiquants de drogue à Cochin ? Après tout, Meenakshisundaram ne s'appuyait que sur des on-dit pour affirmer qu'on l'avait vu à Madras. D'ailleurs, dans ce cas on l'aurait sûrement arrêté.

Mais il n'eut pas le temps de poursuivre ses méditations, son hôte était venu le rejoindre et, tandis qu'ils gagnaient leur table, il murmura quelque chose tout bas.

« Excusez-moi, je n'ai pas bien entendu.

— J'ai dit qu'il valait mieux ne parler de rien ici. Les murs ont des oreilles et tout et tout.

— Oui, oui, décision de première classe », répondit Ghote, reconnaissant de ce nouveau répit.

Mais la paix ne dura pas longtemps. Il venait à peine de finir ses poires pochées à la crème (pas fameuses) que Son Excellence l'entraînait déjà dans la « Salle du Commandant Jago ».

« Forcément tranquilles, dit-il, puisque tout le monde est au régime sec dans ce foutu Tamil Nadu.

— Oui », dit Ghote.

Dans la pièce aux boiseries sombres avec ses rangées de bouteilles à demi prohibées derrière le bar, ils s'installèrent sous la vitrine où reposait à jamais la cravache autrefois si vigoureusement maniée par Bob Jago.

« Bon, alors, dit Son Excellence, voyons un peu où nous en sommes. »

Ghote eut l'impression que ce n'était pas ainsi qu'un Watson devait s'adresser à son Holmes, mais s'il n'en était pas un...

— Oui, dit-il.

— Ha ! Bien. Pour le moment, ma tête de liste c'est la Maharani. Si vous avez raison et si elle a une liaison avec un foutu étudiant bengali quelque part dans le Bazar, alors elle a quelque chose à cacher, pas d'erreur. Et si jolie femme qu'elle soit, je la crois bien capable de planter un couteau dans le vieux Pichu. Il y a du poids là, vous savez, du poids. »

Évoquant l'espace d'un instant les pantalons bien remplis, blanc pur ou rouge feu, Ghote approuva du chef.

« Mais l'ennui, poursuivit Son Excellence, c'est

qu'on ne sait pas de quoi elle s'est servie. Je veux dire que si elle a éliminé Pichu, elle s'est probablement décidée très vite. Elle se serait donc servie de quelque chose dont elle pouvait s'emparer facilement. Alors, qu'est-ce que c'était, hein ? Qu'est-ce que c'était ? »

Il lança un regard où semblaient se mêler interrogation inconfortablement pénétrante et respect obligé.

Ghote se creusa les méninges pour trouver une réponse brillante, mais rien ne vint.

« Ma foi, Excellence, dit-il enfin, il vaut toujours mieux, dans ces affaires-là, continuer à soupçonner tout le monde. »

A son grand étonnement, Son Excellence répondit à cette faible tentative par un sourire radieux.

« Très juste. Très juste. Exactement ce que j'attendais. J'ai une citation pour vous. Pas de Poirot, mais de son collègue occasionnel, ce très rusé commissaire Battle. Il a dit quelque chose comme : " Si vous m'annonciez qu'une gentille vieille demoiselle ou un archevêque ou une écolière était un dangereux criminel, je ne dirais pas non. " Ha ! »

Ghote pensa que jamais, dans aucune des affaires dont il avait eu connaissance, un archevêque ou un autre haut dignitaire chrétien, ni une vieille dame, ni même une seule écolière n'avait été le coupable, mais il jugea plus prudent de laisser passer la remarque en se contentant de prendre un air profondément intéressé.

« Oui, poursuivit l'ex-ambassadeur, je suis bien d'avis qu'il ne faut pas perdre les autres de vue. Il y a le Maharaja, par exemple. En voilà un qui avait l'habitude de faire tout ce qu'il voulait.

— Et peut-être, suggéra Ghote soulagé, une personne de ce genre-là pourrait aussi défier parfois la loi pour faire exactement ce qu'elle veut. Et de ce fait tomber entre les griffes d'un maître chanteur.

— Précisément. En tête de la liste, donc. Et Habibullah, il ne faut pas l'oublier. On pourrait penser qu'il est hors de cause si ce que vous a dit cet imbécile de Meenakshisundaram est vrai. Mais comme je l'ai déjà signalé, éliminez un suspect au début de l'histoire et... Après tout, le chantage n'est pas forcément à l'origine de cette affaire-là.

— Non ? » Ghote s'efforçait de comprendre pourquoi son Watson dominateur semblait revenir sur ce qu'il avait affirmé avec tant d'assurance auparavant.

« Non, non, dit Son Excellence, c'est une possibilité que je ne tiens pas du tout à évoquer, mais un meurtre peut être commis pour les raisons les plus étranges ou même pas de raison du tout.

— Oui, c'est un fait. » Ghote restait prudent. « A Bombay nous avons eu des cas de tueurs fous. »

Le nez de Son Excellence s'allongea.

« Pas très satisfaisant. Je veux dire, si un meurtre n'a pas de raison logique, on ne peut pas espérer découvrir par des opérations purement logiques celui qui l'a commis. »

Ghote voulait faire remarquer que le meurtre était rarement logique, mais il pensa que son intervention ne serait pas bien reçue.

« Enfin, risqua-t-il, ces choses-là arrivent quelquefois. »

Et si c'était cela qui s'était produit ici, se dit-il, si l'affaire n'avait été provoquée que par un de ces coups tordus, imprévisibles, de la vie, alors elle ne méritait certainement pas qu'on le fit venir depuis Bombay ?

Mais cela aussi, il jugea plus prudent de le garder pour lui.

« Un meurtre sans raison valable, ou par pure méchanceté, poursuivit Son Excellence, ruminant. Habibullah pourrait avoir tué, comme ça, de but en blanc, par impulsion. C'est possible, je suppose. Tout juste. » Puis il écarta visiblement l'idée. « Mais non.

Non, nous ne pouvons pas y penser. Ça gâterait... C'est-à-dire, c'est tout à fait improbable. Tout à fait, hein, c'est bien votre avis ? »

Il regarda Ghote d'un air presque suppliant.

Et Ghote, tout en résistant à la supplication, dut, en toute justice, convenir que c'était en effet très improbable.

« Donc, ça ne laisse de votre liste que Mrs Trayling, dit-il, et vous venez de dire que même les gentilles vieilles demoiselles doivent être soupçonnées. Je suppose que la même chose s'applique aux dames qui sont seulement veuves.

— Oh oui, oui. Pas de favoritisme, Lucy Trayling était au Club cette nuit-là et elle doit donc rester sur la liste. Et puis, savez-vous, je viens de penser à quelque chose. Il y a quelques mois, elle a essayé de faire saquer le vieux Pichu.

— Saquer ? Mais pourquoi ?

— Eh bien, à ce qu'il paraît, depuis que le vieux Roly Trayling est dégringolé dans le lac, elle s'imagine que Pichu, qui a vu l'accident, aurait pu l'empêcher. Je ne sais pas pourquoi elle a attendu aussi longtemps pour intervenir ; c'est peut-être en rapport avec sa décision de rentrer en Angleterre, mais ce qui est sûr, c'est qu'elle a essayé de faire saquer Pichu. Seulement, bien entendu, le vieux Ringer Bell n'a pas voulu en entendre parler. Pour une fois que le Club avait un bon domestique.

— Alors, vous pensez qu'au lieu de ça, Mrs Lucy Trayling a planté un instrument tranchant dans ledit Pichu ?

— Voilà, dans le mille du premier coup, mon vieux. C'est là-dessus qu'il faut que nous... c'est-à-dire que vous, Ghote, vous vous concentriez. L'instrument tranchant dissimulé. Quelque chose qu'on a sous le nez depuis le début, comme cet espèce de couperet dans

Mrs McGinty est morte. J'y repensais justement ce matin. Poirot a vu ce couperet qui ressemblait à un objet d'ornement oriental, sans plus, mais le temps étant venu, il est entré dans une sorte de transe, comme celle dont parlait le petit Godbole, et il l'a relié directement à l'arme du crime disparue. Merveilleux. »

Ghote avala sa salive. Une fois encore on attendait de lui plus qu'il ne se sentait capable de donner.

Mais une réponse vint.

« Le temps étant venu. Je pense que le temps n'est pas encore venu.

— Ah. Alors qu'est-ce qui se passe en attendant, hein ? Qu'est-ce que le Poirot indien va faire maintenant ? »

Cette fois, le silence fut plus long. Mais enfin Ghote trouva.

Il se leva prestement.

« Je ne sais pas ce que ferait cette personne, dit-il, mais l'enquêteur ferait une chose, une chose seulement.

— Et laquelle ? demanda Son Excellence, l'air sidéré.

— Il se livrerait à des recherches minutieuses dans le logement occupé par le maître chanteur présumé, en vue de trouver des indices. Je ne me trompe pas en pensant que cette procédure n'a pas été suivie par l'inspecteur Meenakshisundaram, non ?

— Ma foi, non, mon vieux. Ce bougre d'âne était tellement bloqué sur sa théorie de brigandage qu'il ne s'intéressait à rien d'autre. »

Mais si déterminé que fût Ghote à entamer pour une fois un processus d'investigation tout simple malgré l'atmosphère raréfiée dans laquelle il évoluait, il eut du mal à trouver le logement où le marqueur défunt avait vécu.

Bien entendu, Son Excellence n'en avait pas la

moindre idée. Il ne savait même pas exactement où logeaient les domestiques dans les dépendances du Club. Et quand, en sortant de la « Salle du Commandant Jago », ils rencontrèrent le commandant Bell, visage rouge et souffle court, suivi de son chien Nemrod, toison laineuse et souffle court, il ne put que leur indiquer vaguement la bonne direction. Il déclara qu'il n'avait aucune idée du logement occupé par Pichu.

« Il faut demander ça à Iyer, grogna-t-il en s'effondrant dans l'un des divans bleu et blanc. C'est lui qui s'occupe de ce genre de choses. Il fait des histoires de tous les diables, mais il a l'œil. Il surveille ce qui se passe. »

Il poussa alors un énorme soupir asthmatique et les deux autres partirent à la recherche de l'Efficace Baxter.

Qui fit des difficultés.

« Oui, oui, j'ai les clefs du logement attribué au marqueur. Mais je ne crois pas que je peux en permettre l'accès. Il n'a pas encore été inspecté par la police.

— Ha ! dit Son Excellence. Juste ce que pensait Mr Ghote. Raison de plus pour que nous y jetions un coup d'œil.

— Oui, mais, Excellence, répondit Mr Iyer en se savonnant les mains à toute vitesse, je ne suis pas sûr que vous-même, en examinant le local, vous ne seriez pas *ultra vires.* »

Incapable de supporter plus longtemps ces sornettes bureaucratiques, Ghote éclata.

« Donnez-moi cette clef, ordonna-t-il, très sec. Immédiatement. Ou ce sera considéré comme une tentative pour entraver un fonctionnaire dans l'exercice de ses fonctions. »

Soit parce qu'il était contré sur le terrain même du jargon bureaucratique, soit parce que le ton était vraiment très abrupt, Mr Iyer détala pour revenir presque aussitôt avec une grosse clef en fer. Puis il les conduisit à travers les cuisines du Club — Ghote aperçut le pudding du soir que l'on plaçait dans un énorme récipient de métal d'une cuvée fort ancienne étiqueté *Bain-marie n° 6* — jusqu'au bâtiment des domestiques. Là, Mr Iyer leur montra la porte de Pichu sans dire un mot.

« Merci, ce sera tout », lui dit fermement Ghote.

Il attendit que l'Efficace et curieux Baxter eût disparu. Puis il mit la lourde clef dans la serrure, la tourna et poussa le battant.

Le territoire personnel de Pichu n'était pas grand, guère plus de deux mètres sur deux. Par terre, la pierre nue, et pour tout mobilier quelques rayonnages sur le mur du fond.

Mais ils n'étaient pas vides. D'abord le poste à transistors dont Mr Iyer avait parlé avec tant d'envie, coûteux et impressionnant, très capable de recevoir d'Angleterre ou d'Australie les commentaires sur les test matches. A côté et au-dessous, des boîtes en fer-blanc ainsi que des vieux cartons de toutes les formes et de toutes les tailles.

Avec un soupir, Ghote se dirigea vers eux, prit le premier sur le rayon du haut — il avait contenu des savonnettes Liril —, l'ouvrit et se mit en devoir d'examiner son contenu. N'y trouvant rien d'intéressant, il le replaça — *Savon Liril au frais parfum de limon* — et prit le suivant. Même résultat.

Après un quart d'heure de cet exercice, Son Excellence, qui le regardait faire depuis le seuil, toussota.

« Je ne sais pas comment le Dr Watson pouvait tenir le coup, dit-il. Dans les bouquins, ce genre de choses se passe en moins de deux. »

Ghote, assis par terre en tailleur avec la sixième boîte *Encre Quink, 2dz,* ouverte devant lui, examinait les innombrables paquets de cigarettes qu'elle contenait, assez pour assurer des délices secrètes à Pichu pendant longtemps. Et il ne s'agissait pas de qualités ordinaires ni à plus forte raison des bidis en feuilles roulées qu'on aurait pu s'attendre à trouver chez un domestique. Non, des Chorus, Panama Filters, Regent Kings.

Il releva la tête.

« Je vous en prie, dit-il en dissimulant son soulagement immédiat, si vous avez autre chose à faire, faites-le. Si je trouve quoi que ce soit, je vous en informerai. Vous pouvez être tranquille.

— Eh bien, ma foi, j'ai effectivement une ou deux choses dont il faudrait que je m'occupe. »

Et le Dr Watson s'en alla.

Juste à ce moment, une carte de visite graisseuse et très tachée tombait d'entre deux paquets de Four Square Kings. Ghote la ramassa, lui jeta un regard rapide, puis l'examina de plus près, sa curiosité éveillée. *Shri B. K. Biswas, propriétaire de l'Hôtel Bengale Végétarien, Ootacamund, meilleures chambres toutes salles de bains attachées.*

L'air songeur, il la glissa dans son portefeuille. Mais quand il eut enfin achevé ses recherches, il n'avait rien trouvé d'autre qui eût une quelconque importance.

Fatigué, il se remit sur pied et s'étira. Une seule chose à faire : retourner vers Son Excellence et lui dire que les choses n'avaient guère avancé. Il y avait bien la carte appartenant au propriétaire de l'Hôtel Bengale Végétarien qui semblait indiquer des rapports plus étroits avec le Club qu'on aurait pu le penser. Mais il était difficile de voir quelle piste cela pouvait ouvrir.

De quoi allait-il avoir l'air, désormais, aux yeux de la personne influente qui l'avait spécialement appelé à Ooty ?

Peut-être la confirmation des ressources plus qu'ordinaires de Pichu, dont il s'était assuré, lui vaudrait-elle une certaine gloire. Peut-être aussi la relation établie entre la carte de visite et la Maharani, désormais clairement désignée comme la victime probable d'un chantage. Mais aucune de ces découvertes n'était la révélation de ce « quelque chose qui ne s'était encore jamais produit ».

Il jeta un dernier coup d'œil à la pièce nue.

Et puis une idée lui vint.

Très vite, il alla au gros poste de radio, le souleva et le retourna. Oui, son dos en plastique était fixé par de grosses vis plates que l'on pouvait retirer avec une pièce de monnaie. Et des rayures pâles tout autour prouvaient que cela avait été fait plus d'une fois.

Il plongea la main dans une poche de son pantalon, rencontra une grosse pièce de dix paisa à bord cranté et se mit au travail en espérant qu'elle ferait l'affaire.

Les vis cédèrent facilement. La plaque du dos du poste s'ouvrit et, bourré à l'intérieur, il vit un rouleau de papier brillant provenant évidemment de quelque revue.

Il s'accroupit de nouveau par terre et déroula soigneusement le fragment.

C'était un article découpé dans un magazine consacré à des potins de cinéma. Vieux d'un an ou plus.

Sarla Kumar, star de Prem Putla, *dont la sortie est imminente, a un nouveau héros dans sa vie privée-privée. Héros des temps anciens, presque du Raj britannique. Oui, un Maharaja, s'il vous plaît, et quelqu'un qui, dans sa jeunesse (il y a combien de cela, Votre Altesse Pratapgadh ?), était un vrai champion de ce vieux sport, la chasse au sanglier. Et nous prédisons qu'épouse, épouses ou pas, la belle Sarla aura la possibilité de se retirer avant que* Prem Putla *passe sur les écrans. Ce qui, si nous en croyons tout ce qui est dit, sera une excellente chose.*

Sarla Kumar. Le nom lui disait quelque chose. Mais oui, bien sûr, *Prem Putla,* Poupée d'amour, le film dont la publicité s'étalait sur la palissade où il avait eu sa conversation à vingt roupies avec le médecin pour chiens.

Et puis, il y avait encore autre chose. Quelque chose qui le titillait, à la lisière de la conscience.

Voilà.

Sur la palissade peinte, quelqu'un avait collé un bout de papier jaune vif portant ces mots — qui à l'époque ne l'avaient pas particulièrement frappé — : *Ce soir, Sarla Kumar en personne au cinéma parlant Willingdon.*

Ainsi donc, Sarla Kumar, cette star dont le nom avait très clairement été associé à celui du Maharaja, se trouvait à Ooty. Et Pichu avait pris la peine de découper cet article dans une vieille revue et qui plus est de le cacher avec soin. Si jamais une manœuvre avait pué le chantage, c'était bien celle-ci.

En somme, si l'on en venait aux intrigues amoureuses clandestines, les rôles étaient peut-être renversés. Si la Maharani souhaitait cacher à son mari ses rencontres avec Mr Amul Dutt à l'Hôtel Bengale Végétarien, lui, de son côté, voulait sûrement au moins autant cacher Sarla Kumar à son épouse. Si elle savait, comme peut-être Pichu, qu'il avait renoué avec l'étoile de *Prem Putla,* elle disposerait d'un puissant moyen de pression sur lui.

IX

Bien à contrecœur, Ghote décida qu'avant d'aller au cinéma Willingdon et de voir s'il pouvait découvrir où se trouvait Sarla Kumar de manière à vérifier ce qu'il avait appris, il devait signaler sa découverte à son inévitable Watson. Il avait promis de lui communiquer les résultats de sa perquisition dans le logement de Pichu et il ne pouvait guère revenir là-dessus, surtout pas avec quelqu'un dont sa future carrière dépendait peut-être.

Il trouva Son Excellence confortablement installée dans une chaise longue d'osier sous le porche.

« Monsieur, dit-il, en essayant de mettre un peu d'animation dans sa voix, je vous cherchais. Très urgent.

— Ah. Un indice dans tout ce fatras que Pichu avait accumulé ?

— Oui, monsieur. J'ai découvert, très soigneusement cachée, une coupure d'un magazine sur les films qui assure que le Maharaja de Pratapgadh avait eu autrefois une liaison avec une certaine star du nom de Sarla Kumar, une dame qui est juste en ce moment à Ooty.

— Ah-ah ! Et bien entendu, la coupure était dissimulée dans une pile de magazines du même genre ?

— S'il vous plaît ? » Ghote était complètement désarçonné.

« La lettre volée, mon vieux. Je suppose que vous avez démasqué la ruse, tout comme le chevalier Dupin ? »

Ghote décida qu'une question directe était le seul moyen pour comprendre de quoi parlait Son Excellence.

« S'il vous plaît, quelle lettre ?

— L'histoire d'Edgar Allan Poe, mon vieux. Vous devez bien vous en souvenir. Là où votre illustre prédécesseur a mis la main sur la lettre volée que les meilleurs enquêteurs de Paris n'avaient pas pu trouver, parce qu'il avait pensé qu'elle serait dans l'endroit le plus évident, un classeur.

— Oui, monsieur, oui. Mais je vous assure que si on m'avait demandé de trouver une certaine lettre, le premier endroit où j'aurais regardé, comme simple officier de police, ça aurait été n'importe quel classeur.

— Ah, non, non, j'ose dire que vous feriez ça précisément parce que vous êtes un Grand Détective », déclara Son Excellence, sa belle humeur intacte.

Saisi d'un brusque accès de fureur intérieure, Ghote envisagea un instant de filer sans plus de commentaire dans la direction du cinéma et des indications qu'il aurait des chances d'y trouver sur l'endroit où Sarla Kumar pourrait résider.

« Et qu'est-ce que vous avez déduit de cette coupure sur notre ami princier et cette — comment diable s'appelle-t-elle ? — Sheela Kumar ? poursuivit Son Excellence.

— Non, monsieur, Sarla Kumar. Elle a été célèbre comme star de cinéma pendant quelques mois, il y a à peu près un an, et elle s'est même produite en personne hier soir au cinéma Willingdon.

— Ha ! Tout en se produisant en personne pour

Pratapgadh quelque part dans les environs, hein ? C'est ce que vous pensez ?

— Oui, monsieur.

— Morbleu ! Savez-vous que c'est la meilleure, à mon avis. Un type comme Pratapgadh serait bien capable d'aller très loin pour cacher une histoire comme celle-là à sa Maharani. Et si Pichu se trouvait sur son chemin... Oui, oui, c'est fort. Très fort. »

Arrêt brusque.

« Évidemment, ajouta-t-il, un mobile très fort qui vous est fourré sous le nez signifie souvent que le suspect est innocent. Nous savons tous ça. Mais enfin, celui-ci ne nous a pas vraiment été fourré sous le nez, n'est-ce pas ? Non, je crois que vous avez une piste là, Ghote. Et c'est le moment de la mettre à l'essai.

— Oui, oui, Excellence, très nécessaire de vérifier l'exactitude d'un indice comme celui-là. J'allais justement...

— Figurez-vous que je bavardais avec Pratapgadh, il n'y a pas dix minutes, et il me disait qu'il allait jouer au golf et qu'il cherchait partout un partenaire. Impossible pour moi de le dépanner. Mon temps est passé, hélas. L'âge, vous comprenez. Mais vous pourriez monter en ligne, mon cher. Occasion unique pour une conversation dans le style Poirot.

— Mais... mais... mais, je ne suis pas du tout capable... »

Et à ce moment arriva le Maharaja de Pratapgadh soi-même, grand, insolent de beauté et un tout petit rien ventru, son long sac de golf jeté sur l'épaule.

« Ah, Pratapgadh, mon cher ami, j'ai trouvé quelqu'un pour jouer avec vous. »

Le Maharaja s'approcha d'un pas nonchalant.

« C'est Mr Ghote ? Le détective de Bombay dont nous avons entendu parler ? Je ne sais pas du tout si je tiendrais à jouer contre vous, mon vieux. Vous pourriez m'arracher tous mes secrets honteux le long du parcours.

— Si vous ne souhaitez pas... » Ghote sauta sur ce prétexte avec un empressement non dissimulé.

Mais aussitôt s'alluma dans les yeux du Maharaja une lueur agressive.

« Aucun Pratapgadh n'a jamais refusé un défi.

— Oui, mais je n'ai pas de crosses, malheureusement.

— Aucune importance. Nous partagerons. Juste une partie amicale, après tout. Bien que ça me donne un petit avantage, hein ? Des clubs inconnus. »

Le Maharaja rit.

« Oui, sûrement, admit Ghote. Un très très grand avantage.

— Alors venez, venez, mon vieux. Filons. »

Et Ghote avait à peine eu le temps de se ressaisir qu'il se trouvait assis à côté du Maharaja dans une jeep qui fonçait à travers la ville, puis dans les collines et les vallées boisées des environs.

« Le terrain est à Fingerpost », hurla le conducteur en effectuant un dépassement acrobatique pour éviter un troupeau de moutons qui zigzaguaient le long de la route étroite et sinueuse. « A peu près le meilleur de l'Inde, vous savez.

— Ah, oui ? » hurla Ghote en réponse.

Et puis ils arrivèrent.

La jeep s'arrêta avec un grincement de freins déchirant devant le long bâtiment bas du Club ; le Maharaja en descendit d'un bond, jeta son sac à un petit bonhomme tout ratatiné sorti de derrière la maison au bruit du moteur, et se lança en direction du parcours.

Ghote le suivit en cherchant à se rappeler ce qu'il savait du jeu qu'il était sur le point de pratiquer. C'était peu de chose. Il n'avait vu qu'une fois des golfeurs en action, alors qu'il se trouvait au très sélect Willington Club de Bombay pour les besoins d'une enquête.

Il sentait une dépression lui peser sur l'estomac comme un morceau de plomb. Et elle ne fut pas allégée quand il se remémora que le but de cette brusque diversion n'était même pas de se livrer à ce jeu mystérieux mais d'arracher à un Maharaja dominateur et sûr de lui autant d'indices supplémentaires qu'il le pourrait.

« Eh bien, mon vieux, demanda allégrement son adversaire, quel est votre handicap ?

— Mon handicap, c'est que je ne connais pas du tout le jeu de golf », répondit Ghote, persuadé que, de toute façon, la vérité ne tarderait pas à éclater.

Mais le Maharaja prit cet aveu pour une irrésistible plaisanterie.

« Je vois que nous allons nous entendre, dit-il en bafouillant de rire. J'aime les gens qui peuvent plaisanter de choses sérieuses. Bon, alors, nous allons jouer par coups, si vous voulez, pour voir comment ça va, hein. Je vais commencer. »

Ghote fut soulagé de constater qu'ainsi l'expert serait le premier à faire ce qu'il y avait à faire. Il regarda très attentivement son adversaire — si tel était le terme au golf — aller au porteur de sac ratatiné, prendre dans une poche un petit bâtonnet en plastique rouge vif, l'enfoncer dans le beau gazon à ses pieds, puis poser en équilibre dessus une balle blanche.

Le petit porteur — est-ce que c'était lui qu'on appelait un cuddie ? Ou simplement un coolie ? Ou non, un caddie ? Oui, un caddie — tira du sac une canne avec un petit sac en cuir à l'une des extrémités. Il le défit, puis présenta l'instrument au Maharaja. Celui-ci effleura la balle de sa canne, se secoua les épaules, changea deux ou trois fois sa position de quelques fractions de centimètres, puis se détendit enfin en un swing puissant qui envoya la balle à quelque distance dans la longue coulée d'herbe qui s'étendait devant eux.

« A vous, mon vieux. »

Le Maharaja lui tendit une balle qu'il plaça sur son petit support rouge, puis le caddie lui présenta la même canne. Il l'empoigna et très vite, par crainte de révéler son ignorance totale avant d'avoir eu le temps d'engager la conversation à laquelle il se sentait condamné, il imita les mouvements d'épaule et les changements de position qu'il avait vu exécuter à son adversaire. Enfin, il projeta très haut la balle qui retomba en sifflant. Au moment où la tête de la canne entrait en contact avec la lourde petite balle blanche, il éprouva un choc qui n'était pas désagréable.

« Bon Dieu, dit le Maharaja, je vois que j'ai à faire à forte partie. »

Ghote regarda devant lui l'étendue d'herbe tondue ras, bordée des deux côtés par des buissons bas vert foncé parsemés de fleurs jaunes et quelques arbres inconnus aux pâles troncs fuselés. La balle qu'il avait frappée était allée moitié plus loin que celle du Maharaja.

« Et c'est reparti », dit celui-ci, assez sombre.

Il s'éloigna à grandes enjambées. Ghote, qui avait du mal à le suivre, décida que le moment était venu de commencer à parler comme Shri Poirot.

« Vous venez souvent à Ooty ? risqua-t-il.

— Hum ?

— Je demandais si vous venez très-très souvent à Ooty.

— Hum ? Oh oui. Oui, je pense. Ma famille avait un palais ici. Sur ce qu'on appelle aujourd'hui la Place des Rajas. Pas mal de familles princières venaient à la saison et avaient des propriétés ici. La plupart sont fermées maintenant, bien sûr. »

Ghote commençait à se dire que malgré le coup de chance qui avait paru déconcerter son partenaire, il était déjà sur un certain pied de familiarité avec lui.

« Et vous avez beaucoup d'amis, ici ? » demanda-t-il en espérant qu'il ne se pressait pas trop d'amener la conversation vers la possible présence de Sarla Kumar quelque part dans la ville ou aux alentours.

« Hum ?

— Vous avez beaucoup d'amis à Ooty ? »

L'autre s'arrêta pile au milieu d'une de ses grandes enjambées et se tourna vers lui.

« Dites donc, mon vieux, ça vous ennuierait de ne pas parler pendant que nous jouons ? Ça déconcentre, vous comprenez.

— Oh, oui. Pas du tout, pas du tout. Désolé. »

Mélancolique, Ghote se dirigea vers les petites taches blanches de leurs deux balles, non sans se dire qu'il s'était laissé entraîner en pure perte dans ce rituel étrange dont il ne connaissait strictement rien.

Ils arrivèrent à la balle princière. Elle était nichée dans un petit creux du gazon élastique. D'après ce qu'il se rappelait du jeu, Ghote comptait que son adversaire prendrait un autre de ses clubs dans le grand sac que le caddie avait porté, pliant sous le poids, et frapperait la balle pour l'envoyer aussi près que possible du petit drapeau qu'il voyait au loin.

Mais au lieu de cela, le Maharaja avança de quelques dizaines de centimètres et regarda le caddie poser le lourd sac par terre, ramasser la balle, puis la placer sur une touffe d'herbe où il serait à l'évidence beaucoup plus facile de la frapper efficacement.

Ghote se dit que les vagues notions qu'il avait sur les règles du jeu devaient être inexactes. Ou était-il permis aux personnes de sang princier, si oubliées qu'elles fussent ailleurs dans l'Inde républicaine, de violer impunément ces règles ? Ou peut-être encore y avait-il là, à Ooty-paradis, une règle spéciale pour rendre les choses plus faciles qu'elles l'étaient ailleurs ?

Après des manœuvres préliminaires plus nombreuses encore que la première fois, Pratapgadh brandit la nouvelle canne que le caddie lui avait remise et frappa la balle, qui bondit hors de sa touffe d'herbe puis roula jusqu'à la lisière du rond d'herbe tondue de plus près autour du drapeau.

Ils se rendirent alors, toujours en silence, à l'endroit où celle de Ghote avait achevé sa course. Elle aussi se trouvait dans une dépression. Une dépression un peu plus profonde. Ghote se demanda si le caddie aurait la bonté de l'aider, comme il l'avait fait pour le Maharaja.

Le petit vieux regarda celui-ci d'un air interrogateur. Un signe de tête presque imperceptible et il plongea dans le sac pour tendre à Ghote le club qu'il devait évidemment utiliser pour frapper sa balle à demi ensevelie.

Une petite flamme de ressentiment s'alluma dans le cœur de Ghote.

Il grinça des dents, appuya fortement un pied de chaque côté de la balle et, pliant très bas les genoux tout en opérant une sorte de mouvement de cuillère, parvint à frapper la balle de plein fouet.

Il essaya d'effacer toute expression de triomphe de son visage quand il vit la petite sphère blanche atterrir à l'intérieur du cercle d'herbe rase autour du drapeau et rouler encore sur une trentaine de centimètres.

« Beau coup », dit le Maharaja. Amer.

Une fois encore, ils allèrent jusqu'à la balle de ce dernier et une fois encore le caddie la déplaça légèrement avant de tendre un club.

Le Maharaja réussit mieux. Sa balle courut sur l'herbe lisse autour du trou et parut même à deux doigts de tomber dedans.

En fin de compte, il s'en fallut d'une quinzaine de centimètres.

« Joli coup, dit Ghote, devinant que c'était ce qu'on attendait de lui.

— Pas mal, pas mal. Voyons voir ce que vous allez faire de votre putt. Assez long, bien sûr. Huit mètres au moins. »

Ils se rendirent vers la balle de Ghote, à six mètres du drapeau assurément. Le caddie lui tendit un club avec une tête en fer plate. Il supposa qu'elle serait plus efficace pour envoyer une balle en ligne droite sur l'herbe très courte.

Le caddie alla jusqu'au drapeau et, après un autre coup d'œil rapide à son maître, le retira. Désormais, Ghote avait quelque difficulté à voir exactement où se trouvait le trou. Mais il résolut de faire de son mieux. Il suivit du regard la ligne qu'à son avis la balle devait parcourir, la frappa vigoureusement et attendit le résultat.

Elle fila comme une flèche, ralentit à l'approche du trou, s'arrêta presque, arriva au rebord du trou un peu sur la droite, resta un instant en équilibre, puis tomba dedans.

Le Maharaja ne dit pas « Joli coup ». Il ramassa sa propre balle et marmonna : « Un point pour vous, alors. »

Ma foi, se dit Ghote, si je ne suis pas un Grand Détective, je deviendrai peut-être un Grand Golfeur.

Ils marchèrent jusqu'au point de départ suivant et Ghote se rappela soudain qu'il s'appelait un tee.

Là, il fut assez étonné de voir le caddie prendre la première canne qu'ils avaient utilisée et la remettre non pas au Maharaja mais à lui.

Évidemment, cette fois, c'était à lui de jouer en premier. Il essaya de se rappeler exactement ce que son adversaire avait fait, mais il se rendit compte qu'il n'arriverait jamais à exécuter le rituel sans faute. D'ailleurs, était-ce bien nécessaire ? Il décida de s'en passer, posa la balle sur la cheville rouge, mit un pied de chaque côté, fit tournoyer la longue canne et l'abattit avec un sifflement. Sa tête heurta la balle en lui assenant une claque aussi satisfaisante que la fois précédente, mais avec un effet moins bon, semblait-il. Elle alla beaucoup moins loin.

« Oh, très joli coup », dit le Maharaja.

Ghote eut l'impression qu'en secret il était enchanté.

Puis il prit lui-même la posture. Cette fois, il secoua les épaules, plia les poignets et modifia la position de ses pieds plus encore que la fois précédente. Mais sans beaucoup plus de succès. Sa balle alla presque aussi loin que celle de Ghote, mais elle avait beaucoup dévié de la ligne et finit dans les hautes herbes, au bord de la longue coulée dégagée.

Ils la rejoignirent, le silence étant évidemment toujours de rigueur, et quand le caddie l'eut sortie des herbes gênantes, le Maharaja parvint à l'expédier tout près du rond vert entourant le deuxième drapeau.

Ghote se demanda s'il devait dire « Joli coup » ou non et quand il eut enfin décidé que mieux valait sans doute présenter des félicitations, le moment était passé. Le Maharaja s'était dirigé, dents serrées, vers la balle de Ghote bien au beau milieu de l'approche.

Ce dernier le suivit, prit le club que lui tendait le caddie, regarda le drapeau qui n'était pas trop éloigné et prépara son swing avec une certaine assurance.

« Oui. » La voix éclata comme un aboiement suraigu tout contre lui. « Oui, pas moyen de trouver un foutu partenaire quand j'ai demandé partout hier. »

Le swing bien coulé que Ghote avait amorcé ne put résister au choc infligé à ses nerfs par cette interruption. Il frappa la balle avec assez de force, mais tout de travers. Elle s'envola très haut et suivit une trajectoire qui l'éloignait nettement de l'herbe bien taillée en face de lui.

Il s'était déjà résigné à la défaite quand il vit, stupéfait autant que ravi, la petite boule blanche heurter un des grands arbres au tronc pâle, rebondir contre lui et atterrir en plein dans la direction du drapeau, bien qu'encore derrière celle du Maharaja.

« Dites donc, j'espère que je ne vous ai pas gêné en parlant ? dit le Maharaja. Je ne croyais pas que vous alliez jouer si vite.

— Non, non, pas du tout, murmura Ghote.

— Tout de même, c'est un coup de chance pour vous, que votre balle ait heurté cet eucalyptus.

— Oui.

— Donc, c'est encore à vous de jouer.

— Ah oui, bien sûr. »

Donc, le joueur le plus éloigné du trou jouait toujours le premier ensuite. Il apprenait.

« Oui, dit le Maharaja, comme s'il poursuivait la conversation commencée de façon si explosive à un moment si inopportun, pas un sacré bonhomme au Club n'a voulu venir aujourd'hui quand je leur ai demandé hier. Le pauvre Surinder Mehta est bien trop vieux, évidemment. Quant à cet effroyable musulman, Habibullah, je doute qu'il ait jamais joué au golf de sa vie.

— Non, répondit Ghote d'un air morne, sans doute pas. »

Il se demanda, au cas où la conversation serait de nouveau permise, s'il ne devait pas essayer de la ramener sur le sujet des visiteurs à Ooty et de ceux que Pratapgadh voyait — éventuellement.

Mais tandis qu'ils allaient rejoindre sa balle, celui-ci marcha en tête, très raide, une fois encore plongé dans un profond silence. Il reprit la conversation abandonnée au moment où Ghote, ayant reçu son club et regardé comment il devait aborder le coup suivant, s'était placé pour le donner.

« J'ai même demandé à cet Iyer de jouer. Je l'ai rencontré qui rôdait tard dans la nuit — il ne se repose jamais, celui-là — peux pas comprendre, et je lui ai demandé s'il était golfeur. Il m'a dit que oui... »

Ghote décida que, baratin ou pas, il fallait qu'il jouât son coup.

« ... Mais quand je lui ai dit qu'il pourrait venir avec moi ce matin, il a prétendu qu'il avait son travail à faire. J'aurais pensé que c'était le travail d'un secrétaire de jouer avec un membre qui le demandait, mais voilà, c'est comme ça... »

Ghote se força à ne pas entendre la voix et joua son coup. A sa grande joie, il semblait avoir frappé la balle exactement comme il le fallait. Elle décrivit une parabole harmonieuse et retomba à une distance commode du drapeau qui l'attendait.

« Bon coup », dit le Maharaja — à moins qu'il n'ait dit : « Bon Dieu. »

Tandis qu'ils se dirigeaient vers sa balle, Ghote toussota. Si le bavardage était soudain autorisé, il fallait l'entretenir.

« Mais vous n'avez pas pu trouver le commandant Bell pour jouer avec vous ? demanda-t-il. Ce serait un bon partenaire, je pense. Il doit être habile aux jeux puisqu'il a gagné le match de snooker, avec son nom gravé sur la coupe qui a été volée.

— Ringer Bell ? Mais, mon cher, il est encore plus crevard que le vieux Mehta. Il tomberait sans doute raide à son premier swing. »

Ghote cherchait frénétiquement le moyen de poursuivre la conversation quand son interlocuteur reprit la parole.

« Et je vous serais bien obligé de ne pas parler, mon vieux. Je vous l'ai déjà demandé !

— Oh, oui, oui. Désolé. Désolé. »

Il ne semblait pourtant pas que cette incartade eût grandement perturbé son adversaire. Celui-ci réussit en effet à placer sa balle dans le green presque aussi près du trou que celle de Ghote.

« On dirait que j'y suis, cette fois, dit-il. Ou du moins placé pour partager la poire en deux si vous arrivez à potter votre balle. »

Ghote se risqua à répondre « Oui ».

L'autre fit énormément d'histoires avant de jouer, allant jusqu'à poser la canne de tout son long par terre pour marquer la ligne droite entre la balle et le trou. Ou alors, se demanda Ghote le voyant la poser vigoureusement dans l'herbe pourtant unie comme le billard sur lequel le corps de Pichu avait reposé, était-ce pour creuser une manière de petite rigole qui dirigerait la balle vers son but ?

Mais enfin, après bien des contorsions, le Maharaja se décida. Sa balle suivit la rainure dans l'herbe comme sur des rails. Mais le coup manquait de force et elle s'arrêta à deux centimètres du trou.

La mâchoire crispée, le Maharaja s'avança et lui fit achever sa course.

« Eh bien, dit-il en regardant la balle de Ghote, avantage pour vous, je pense. »

Au moins, se dit Ghote, le gaillard n'a pas eu le front de prétendre que ses deux coups n'en étaient qu'un. Il se demanda s'il ne devait pas essayer lui aussi de manquer le trou. Si l'autre avait l'impression qu'ils étaient à égalité, serait-il plus disposé à des échanges révélateurs ? Ou valait-il mieux rater complètement son coup pour que le potentat retrouve toute l'assurance de sa supériorité ? Cela l'inciterait-il à baisser sa garde ?

En supposant qu'il en ait une à baisser. En supposant que ce soit effectivement un des cinq suspects de Son

Excellence qui avait commis le crime et que tout cela ne soit pas que les fantasmes d'un vieil homme.

Il décida que les possibilités étaient trop nombreuses et leurs ramifications trop complexes. La seule chose à faire semblait être de jouer exactement comme il devait le faire à ce jeu extraordinaire dans lequel il venait d'être entraîné.

Il alla au sac dans lequel le caddie — pourquoi ? — avait remis le club utilisé par son maître. Long et lourd, il était couché sur le sol et Ghote dut s'accroupir pour voir s'il trouverait la crosse à tête plate — apparemment la plus indiquée pour diriger la balle avec précision sur l'herbe soyeuse.

« Arrêtez. »

L'aboiement aurait pu faire croire que le Maharaja venait de recevoir du plomb dans l'aile.

Ghote, surpris, tomba en arrière.

« Permettez, dit l'autre avec ce qui pouvait passer pour un semblant d'excuse. Je ne laisse jamais personne tripoter mes clubs. »

Il parla très vite en tamoul au caddie, qui se précipita pour sortir celui dont Ghote avait besoin.

Tout en se ramassant, l'inspecteur en vint à conclure que ce curieux incident devait faire partie des tentatives de l'adversaire pour le déconcentrer.

Vraiment, sa tactique manquait par trop de finesse.

Il décida cette fois, sans plus hésiter, qu'il allait faire tout son possible pour fourrer la petite balle blanche dans le trou, puisqu'il semblait être doué pour cet exercice.

Il aspira fortement l'air vif des Nilgiris, une seule fois, prit la posture, regarda le petit trou noir au milieu du rond d'herbe verte satinée et frappa la balle d'un coup sec. A sa joie intense, elle fila droit comme une flèche et tomba, plop, dans le trou comme si elle avait été tirée par une ficelle invisible.

Il regarda le Maharaja. Lèvres serrées, sourcils froncés.

Au bout de quelques — longs — instants, il parla.

« Désolé, mon vieux. Mais la vérité, c'est que j'ai une migraine épouvantable. Je crois que je vais être obligé d'aller m'allonger. Et puis, il faut que je retourne vers ma femme. Elle s'inquiète quand je suis trop longtemps absent.

— Oh, mais oui, bien certainement », répondit Ghote, conscient du manque de logique dans la double excuse, mais résolu à n'en rien laisser paraître sur son visage.

Ils retournèrent au club-house dans un silence lourd d'orage et montèrent dans la jeep. Le Maharaja conduisit avec une férocité redoublée, encore plus inquiétante qu'à l'aller. Ils rencontrèrent non pas des moutons cette fois, mais un groupe de poneys à moitié sauvages qui s'égaillèrent dans toutes les directions, affolés.

Dès qu'ils se furent arrêtés devant le Club dans un atroce grincement de freins, le Maharaja sauta à terre et se rua dans le bâtiment, laissant Ghote assis sur son siège.

Il y resta, réfléchissant à l'heure singulière qu'il venait de vivre, et il y était encore quand Son Excellence apparut sur le seuil.

« Ghote, Ghote, s'écria-t-il de sa voix haut perchée, un coup de théâtre surprenant. On a retrouvé les coupes disparues. » Il s'approcha au trot de la jeep. « Oui, dit-il, elles avaient été cachées tout près du Club. Tout près, vraiment. Et vous savez ce que ça signifie. »

X

Plus question du Grand Golfeur, se dit Ghote, aspiré dans un tourbillon dépressionnaire. Retour au Grand Détective. Voilà mon Dr Watson qui n'est jamais le shishaya, le disciple, mais toujours le gourou, et qui dit que le fait de retrouver si près du Club les objets d'argent volés doit avoir un sens. Et me voilà, moi, Sherlock Holmes, Hercule Poirot et tout le reste, qui ne vois absolument pas pourquoi.

Soudain écrasé de lassitude, il descendit du siège de la voiture.

« Je ne saisis pas très bien ce que vous me dites, Excellence, murmura-t-il, espérant encore que la lumière pourrait venir.

— L'argenterie, Ghote, on l'a trouvée, et devinez où.

— Non, monsieur, je ne peux pas.

— A moins de cent mètres de l'endroit où nous sommes. Ou pas beaucoup plus. Vous voyez ce que ça signifie ? » Ghote décida que le silence était sa seule ressource. « Oui, exactement. Ça confirme ce que j'ai toujours dit. Ce vol n'en était pas un. Tout ça, c'était un coup monté, diabolique. Le meurtrier a pris les coupes, il a fait semblant de forcer cette fenêtre — il est certainement sorti par là — et puis il a caché le tout dans le premier endroit commode.

— Et, s'il vous plaît, où est-ce ?

— Angle du cimetière de St Stephen. A peine plus de cent mètres d'ici à vol d'oiseau.

— C'est l'église qu'on voit d'ici ?

— Oui, oui. L'église paroissiale d'Ootacamund. Elle est là depuis le début du siècle dernier. 1829, pour être précis. Moi-même, j'y vais tous les dimanches. Il y a une plaque : *Construite aux frais du très honorable Stephen Rumbold Lushington, gouverneur de l'État de Madras.* Les poutres de la charpente ont été prises dans les ruines du palais de Tippoo Sahib, après le siège de Seringapatam. Cruel, bien sûr, mais très cultivé. Ça fait réfléchir. Bel édifice, d'ailleurs. »

Sous le couvert de ces renseignements historiques à foison, Ghote avait eu le temps de remettre de l'ordre dans ses idées.

« Et ce que vous croyez, Excellence, dit-il, c'est que si le crime avait été l'œuvre d'un dacoït, il aurait emporté son butin au lieu de le cacher ?

— Bien sûr, bien sûr. Surtout pas si près. On va voir cet imbécile de Meenakshisundaram rire jaune, maintenant. Il arrive, d'ailleurs, nous allons le rejoindre sur place. »

Ghote n'était pas ravi à l'idée d'être vu en compagnie de l'envahissant Dr. Watson par un collègue persuadé que tous les membres de la P.J. de Bombay étaient de redoutables roublards. Mais le mal semblait sans remède.

« Comment ces pièces ont-elles été découvertes ? demanda-t-il. Si le meurtrier voulait faire croire à un vol, il aurait dû prendre le plus grand soin de les cacher, non ?

— Il ? s'exclama l'ex-ambassadeur, toujours inattendu. Ah ! je vous y prends, mon cher. Il ou elle, sûrement ? Il ne faut pas se laisser égarer par un aussi vieux truc. Une femme incapable de commettre ce crime ? Allons donc ! »

Ghote essaya de se représenter Mrs Trayling sortant de la salle de billard par la fenêtre démolie avec un sac de lourde argenterie sur le dos et filant à travers champs jusqu'à l'endroit de la cachette. L'entreprise ne lui parut pas facile, mais peut-être pas impossible. Trayling Memsahib semblait musclée et jusqu'à une date récente, elle promenait certainement son chien Spot tous les jours.

« Ah, reprit Son Excellence, toujours très excitée, c'est ce qui est bougrement extraordinaire. Vous savez comment on a mis la main sur les coupes d'argent ?

— C'est ce que vous alliez me dire, monsieur, répondit Ghote, refrénant son exaspération.

— Ah, oui. Oui. Bon, eh bien, c'est Nemrod, figurez-vous.

— Le chien du commandant Bell ?

— Affirmatif. Et presque aussi croulant que son maître. En fait, le vieux Bell disait, quand il est venu nous raconter ce qu'il avait trouvé, que le pauvre Nemrod n'avait rien flairé depuis des années. Mais aujourd'hui, il s'était mis dans ce qui lui sert de cervelle de fourrager derrière un des monuments du cimetière, et l'argenterie était là, tout juste éclairée par un rayon de soleil.

— Un vrai coup de chance », dit Ghote.

Mais, après tout, la chance, ça existait. Dans la jungle féroce de ce monde, les choses les plus invraisemblables arrivaient parfois. Il ne s'était pas attendu à l'insolite dans le calme bien ordonné d'Ooty, mais peut-être n'était-il pas si profond qu'on le croyait.

En proie à un vague désappointement, il se lança avec Son Excellence pour parcourir par la route la courte distance qui les séparait de St Stephen où, selon l'ex-ambassadeur, les autorités s'étaient rendues afin de marquer l'endroit de la découverte.

Dès qu'ils entrèrent dans le cimetière, océan d'herbe plumeuse ponctué de grands arbres sombres qui s'élevaient, abrupts, derrière une église très anglaise, Ghote vit le commandant Bell. Debout à côté d'une des vieilles tombes carrées, très semblables, se dit-il, à celles de l'antique cimetière de Sewri à Bombay, où il avait un jour fait le guet pour rien en attendant un gang qui achetait, avec de l'argent sale, de l'or entré en contrebande.

Le héros de la découverte des coupes, un Nemrod subitement rajeuni, était invisible, perdu dans les profondeurs des hautes herbes, mais sa présence, attestée par les cris maintes fois répétés du commandant : « Veux-tu venir ici ? Au pied, Nemrod, au pied. »

Seulement, chose assez inattendue, Bell et son vénérable chien n'étaient pas les seuls à monter la garde. Assis sur une tombe où il ressemblait à une grosse boule de duvet blanc, Mr Habibullah trônait à quelque distance.

Son Excellence parut tout aussi étonnée de voir le gros musulman.

« Qu'est-ce qu'il fait ici, celui-là ? s'exclama-t-il. Fourre son nez partout. Pas du tout besoin de lui. Absolument pas.

— Vous ne trouvez pas significatif que ce gentleman soit venu à l'endroit où le meurtrier avait caché son butin ? demanda Ghote avec un brin de malice.

— Ah ? Revenu sur les lieux du crime, hein ? Je n'y avais pas pensé. Vous avez peut-être bien raison, Ghote, vous avez peut-être bien raison. »

Son Excellence regarda l'ancien cadre des chemins de fer d'un air furibond.

« Allez donc lui parler, dit-il. Attaquez-le sur-le-champ. Je parie qu'il laissera échapper quelque chose. Je compte sur vous. »

Ghote convint dans son for intérieur qu'il payait là son petit défi secret. Mais au moins Mr Habibullah serait-il peut-être d'un abord plus facile cette deuxième fois.

Ils se frayèrent un chemin au milieu des hautes herbes sommées de violet, passant de la chaleur là où le soleil donnait à la brusque fraîcheur quand l'ombre d'un arbre laissait l'air coupant d'Ooty faire à sa guise.

« Alors, c'est là que vous l'avez trouvé ? dit Son Excellence en saluant le commandant.

— Caché juste à l'endroit où la tombe s'est écroulée, répondit l'autre, doigt tendu. Derrière cette touffe d'ajoncs qui pousse là. »

Ghote vit qu'en effet l'un des angles du monument était démoli. Il y avait là un trou assez profond en partie recouvert par des épineux vert foncé piquetés de fleurs d'or. Derrière, on apercevait un sac de jute très usé et, quand un rayon de soleil allait et venait, en suivant le balancement des branches d'arbres non loin, des reflets métalliques.

Sur la tombe, Ghote parvint tout juste à distinguer, là où le soleil en frappait la surface, des lettres qui, mises bout à bout, signifiaient *A la mémoire bénie de Annie, épouse du capitaine Henry Browne, Artillerie du Bengale, dans la vingt-quatrième année de son âge.*

Il sentit un élancement de pitié.

Mais il y avait du travail à faire. Peut-être.

Il se retourna et alla vers l'endroit où Mr Habibullah était assis, sa lourde canne d'ébène à pommeau d'argent à côté de lui.

D'un arbre plus haut sur la colline parvint soudain un appel d'oiseau que Ghote n'avait encore jamais entendu — *Coucou, coucou,* semblait-il dire.

Bien sûr, pensa-t-il, ce doit être le coucou des poésies

anglaises que nous lisions à l'école. A Ooty, une importation de ce genre-là serait toute naturelle.

Coucou, coucou.

Mais c'était aussi un terme de dérision, sûrement, comme on dirait un serin. Est-ce que l'oiseau se moquait de lui parce qu'il était venu à Ooty faire l'idiot ?

Mais enfin, pour l'heure, il se tenait devant l'énorme musulman.

Il toussa.

« C'est une découverte bien extraordinaire que le chien du commandant Bell a faite, n'est-ce pas ? » dit-il.

Mr Habibullah tourna vers lui son immense visage, qui se fendit d'un sourire naïvement ravi.

« Oh, oui, oui. Un coup de hasard. Je trouve ça extrêmement plaisant. Je suis venu ici dès que j'ai appris la nouvelle. Juste pour voir l'endroit de mes propres yeux. Après tant d'années passées à tenter la régulation des complexités du système ferroviaire indien, tout ce qui participe du caractère indomptable de la chance me charme au-delà de toute expression. »

Ghote trouvait cela un peu difficile à avaler. Pourtant, il est sûr que les gens ont parfois des idées extraordinaires. Peut-être ce gros poussah perché sur le tombeau en se balançant de côté et d'autre adorait-il sincèrement le dieu du hasard pur et rien de plus. Après tout, s'il était le fuyard recherché par la police, il serait bien absurde de sa part d'aller raconter une fable pareille.

Mais si — cette nouvelle idée lui vint tout à coup — le meurtre du marqueur de billard était non pas, comme Son Excellence se plaisait à le répéter, le coup soigneusement préparé d'un criminel à l'intelligence diabolique, mais le geste incontrôlé d'un tueur psychopathe ?

Était-ce possible ? Ce type souriant et insouciant qu'il avait devant lui aurait-il pu prendre fantaisie d'aller poignarder un pauvre vieil homme innocent ?

« Vous semblez pensif, dit le musulman, interrompant ainsi les pensées de Ghote. J'espère que vous ne poursuivez pas quelque implacable enchaînement logique. Vous avez rencontré le professeur Godbole, bien sûr, ce nouveau venu si sérieux qui paraît si peu fait pour Ooty. Eh bien, je me suis laissé dire qu'il faisait autorité sur le sujet des Grands Détectives et il m'a dit — longuement — que ces personnes-là ne travaillent pas du tout d'une façon méthodique, mais comptent sur quelque mélange d'intuition pour tout révéler en un seul éclair aveuglant. »

Ghote se sentit traversé par un jet de fureur. Déjà assez pénible de s'entendre inlassablement traiter de Grand Détective par un obsédé des romans policiers comme Son Excellence, mais être salué dans les mêmes termes par un parfait inconnu, c'en était trop.

« Comprenez bien, je vous en prie, trancha-t-il, que je ne suis pas du tout un Grand Détective. Un enquêteur, oui. De la P.J. de Bombay, détaché ici pour examiner les circonstances spéciales découlant de la mort d'un certain Pichu au Club d'Ootacamund. Mais rien de plus. Rien du tout de plus.

— Eh bien, je suis déçu, répliqua Mr Habibullah. Je vous le dis franchement, inspecteur, je suis très déçu. Le tableau que vous me brossez est tristement banal et je n'aime pas la banalité. Je l'ai fuie jusqu'ici, jusqu'à Ooty, et voilà maintenant que vous me poursuivez avec ça, une fois de plus. Oui, vous me poursuivez.

— C'est possible, dit Ghote toujours irrité, mais je dois vous dire que si le meurtrier dudit Pichu doit être appréhendé, ce sera par les méthodes terre à terre et routinières de l'enquête criminelle. Vous pouvez en être sûr. »

Mais comment pouvait-il en être sûr lui-même, se demanda-t-il, saisi d'un brusque doute ? Ici, à Ooty, en était-il bien sûr ?

La nécessité de parvenir à une réponse lui fut épargnée. Un cri jaillit derrière lui et il tourna la tête, aussi ne vit-il qu'à moitié l'air de — quoi ? — de circonspection, de méfiance ou de simple déplaisir qui passa très vite sur le large visage placide de Mr Habibullah.

C'était Son Excellence qui avait crié. Une jeep de la police venait de faire son apparition à la grille du cimetière où elle s'arrêta dans un nuage de poussière. L'inspecteur Meenakshisundaram était arrivé sur les lieux du crime.

Les dents serrées, Ghote se rendit d'un pas ferme à l'endroit où Son Excellence et le commandant Bell se tenaient debout à côté de l'argenterie nouvellement découverte. Il ne se réjouissait pas du tout de cette rencontre avec son collègue tamoul.

Ils attendirent en silence que ce dernier vînt vers eux de son pas lourd dans la vive lumière du soleil.

Mais au bout d'un petit moment, Ghote se sentit obligé de dire quelque chose.

« Vous devez être bien content, commandant, que la coupe qui porte votre nom comme vainqueur au snooker soit remise à la place d'honneur. »

Mais le vieil officier tourna vers lui son visage grenat éclairé par des yeux à effrayer une batterie d'artillerie.

« On ne tient pas à bavasser indéfiniment sur une histoire comme ça. »

Ghote se sentit complètement déconcerté. De toute évidence, son amorce de conversation avait exaspéré le commandant. Sans doute avait-il sans le savoir transgressé quelque règle non écrite d'Ooty sur l'interdiction de manifester son enthousiasme. S'était-il montré antibritannique ? Molécule de cette marée boueuse qui menaçait d'engloutir l'authentique Ooty d'autrefois ?

Il baissa la tête.

Il fut donc doublement décontenancé quand Meenakshisundaram, arrivé à portée de voix, ses joues congestionnées couvertes de sueur, choisit de le saluer plutôt que l'un ou l'autre des vétérans d'Ooty postés à côté du monument de la jeune Mrs Annie Browne.

« Hello, hello, Ghote bhaï. Toujours en train de profiter de la belle vie ici, je vois, même quand il n'y a plus de travail pour vous !

— Mais trouver l'argenterie dans cet endroit signifie bien qu'il y a encore du travail, déclara énergiquement Ghote tout en luttant contre une bouffée de honte.

— Ah ! ah ! vous en tenez donc toujours pour cette idée de Mehta Sahib ? répondit Meenakshisundaram, sa voix roulant comme un tonnerre sur les hautes herbes et les tombes écroulées tout autour. Oh, je ne vous blâme pas. Ooty est un endroit bien agréable, non ? »

Ghote n'eut pas à se défendre contre cette allégation assez peu subtile comme il s'apprêtait à le faire avec une certaine indignation, car Son Excellence intervint.

« Voyons inspecteur, dit-il, vous ne pouvez pas prétendre une minute de plus que cette affaire est l'œuvre d'un simple dacoït. Pourquoi diable un voleur cacherait-il aussitôt ce qu'il a pris à quelques mètres de l'endroit où il l'a pris ? Hein, répondez-moi à ça !

— Mètres-hêtres, répliqua gaiement Meenakshisundaram, voilà un petit coin bougrement commode pour cacher le butin jusqu'à ce que la poussière soit retombée.

— Quelle sottise ! Dans le cimetière du principal lieu de culte à Ootacamund ? »

L'autre ricana.

« Il y a aussi des temples, dit-il. Plein-plein. Et

combien de personnes dans votre lieu de culte chrétien ? Vingt-trente chaque dimanche, pas plus. Je vous le dis, Mehta Sahib, je sais ce qui se passe à Ooty. Tout-tout. Même si ça ne vous fait pas plaisir. »

Et Son Excellence n'était en effet pas ravie de savoir que même la fréquentation de l'église paroissiale attirait l'attention de l'inspecteur tamoul.

« C'est fort possible, dit-il. Mais vous ne pouvez pas aller contre les faits. Je vous ai dit, à l'époque, inspecteur, que le vol de l'argenterie du Club n'était qu'une ruse conçue par un esprit diaboliquement subtil et le fait de la retrouver maintenant si près, que ce soit à cent mètres ou deux cents ou trois cents, confirme simplement mes dires. Si vous ne me croyez pas, demandez à Ghote, ici présent. Le Sherlock Holmes indien. »

Ghote comprit soudain toute la signification de l'expression « Souhaiter comme Sita disparaître dans les entrailles de la terre ». Seulement, il n'était pas dans l'univers du *Ramayana;* on lui avait demandé son opinion, il devait la donner.

« Sherlock Holmes ou pas, s'entendit-il répondre, il y a longtemps que j'ai appris une chose : il n'est pas bon du tout d'établir des théories sans disposer des faits. »

A son grand étonnement, parce qu'il avait cruellement conscience que sa réponse dilatoire constituait une trahison envers l'homme qui, pour le meilleur ou pour le pire, lui avait fait l'honneur de l'appeler à Ooty, Surinder Mehta éclata de rire.

« Excellent, excellent, dit-il. Holmes tout craché ! " C'est une faute capitale d'échafauder des théories avant d'avoir les données en main. " Je crois que je cite exactement.

— Oui, appuya Ghote, autant pour rembarrer Meenakshisundaram que pour gagner l'approbation de son

Watson. Oui, et jusqu'à maintenant, nous n'avons pas assez de données, loin de là. »

Mais cette déclaration ne parut nullement aplatir l'inspecteur tamoul.

« On en a bien au moins quelques-unes, dit-il en se penchant brusquement pour arracher le sac au buisson d'ajoncs hirsute. Et je les confisque. »

Écroulé dans l'herbe à côté de lui, Nemrod poussa un faible grognement et fit mine de planter ses mâchoires presque édentées dans le mollet droit beaucoup trop gras du Tamoul.

Une poussée plutôt qu'un coup de pied mit fin à cette velléité et quelques instants plus tard, Meenakshisundaram descendait à grands pas la pente qui le ramenait à sa jeep, l'argenterie du Club d'Ootacamund balancée sans ménagement dans le vieux sac cliquetant.

« Bon, déclara Son Excellence. Plus rien à dire, apparemment. Je suppose que nous ferions mieux de rentrer au Club. Vous venez, commandant ?

— Hum... non, merci, non. En général, je vais jusqu'en haut pour promener Nemrod. Je m'en tiens à la routine, tant que mon vieux palpitant ne me fait pas faux bond. »

Il tourna les talons et s'éloigna lentement. Nemrod le suivait, l'air lamentable.

Son Excellence, parvenant à occulter totalement Mr Habibullah, prit le chemin de l'église, puis du Club.

« J'ai trouvé que vous vous en étiez très bien tiré, dit-il dès qu'ils furent hors de portée des oreilles indiscrètes. Vous avez joliment remis ce lourdaud de Meenakshisundaram à sa place. » Ghote se rengorgea un peu. « Vous avez tiré quelque chose de cet affreux Habibullah ? enchaîna très vite Son Excellence. Il avait l'air de vous parler pas mal. »

Ghote réfléchit. Il n'avait obtenu aucun indice sûr du musulman. Au contraire, une série d'idées inquiétantes lui avait été suggérées. Pas une à coup sûr qui fût digne d'être présentée à Son Excellence.

« Non, dit-il, tâtant le terrain. Non, j'ai peut-être appris quelque chose. Mais... mais pas facile de mettre juste le doigt sur ce que c'est.

— Ah, oui. Poirot avait souvent la même impression, bien sûr. Dans *Mrs McGinty,* entre autres. Seulement c'était aux deux tiers du parcours, en général. Quand il compare le mystère aux motifs tissés dans une étoffe ; comme tout est de la même couleur, il est presque impossible de discerner le dessin. Vous êtes arrivé jusque-là ?

— Non, avoua Ghote. Non, je n'ai pas encore eu beaucoup de temps pour lire ce livre. »

Puis, sentant qu'il lui fallait au moins faire semblant de s'intéresser à une chose que Son Excellence prenait tant à cœur, il posa une question.

« Ce morceau que Shri Poirot examinait, est-ce qu'en fin de compte il en voyait le dessin ?

— Oh, oui, bien sûr, mon cher. Bien sûr. Sinon il n'aurait pas été un Grand Détective, n'est-ce pas ?

— Non, non, je suppose, en effet.

— Mais vous, mon vieux, poursuivit Son Excellence impitoyable, maintenant, vous commencez sûrement à apercevoir le dessin ? Je veux dire, en somme nous venons d'établir sans aucun doute possible que le crime a forcément été commis par l'une des cinq personnes présentes au Club à ce moment-là. Alors, vous ne pourriez pas me glisser un nom ? Je vous promets que cela n'ira pas plus loin, tant que vous n'aurez pas une preuve irréfutable ».

Le silence de Sherlock Holmes. Ghote se demanda si le moment était venu de rejouer cette carte-là.

Et puis, une idée qu'il avait derrière la tête, enregistrée mais laissée de côté depuis le début de l'après-midi, remonta brusquement à la surface.

Elle fait peut-être partie du dessin tissé dans l'étoffe, se dit-il. Et au moins, elle occupera Son Excellence pendant un petit moment.

« Monsieur, dit-il en s'arrêtant juste au tournant avant le Club, là où le yogin était toujours assis aussi immobile que le panneau indicateur à côté de lui, monsieur, vous disiez, quand nous avons commencé à en parler, que dans les affaires de ce genre-là, dans les livres bien sûr, il y a toujours six suspects ou sept. Eh bien, ici et maintenant, il n'y en a pas simplement cinq. Il y en a six. Six suspects, monsieur. »

XI

« Six suspects ? répéta Son Excellence d'un ton très irrité. Mais mon cher, je vous ai expliqué. Ce meurtre a forcément été commis par l'une des personnes qui se trouvaient au Club ce soir-là, ça n'est pas douteux. Une des cinq. A moins, évidemment, que vous croyiez ce bousilleur de Meenakshisundaram et que vous disiez que c'est un dacoït entré là par hasard. »

Son Excellence lui lança un rapide coup d'œil inquiet.

Ghote, se demandant si le malheureux voyait tout son roman policier si bien agencé sur le point de s'écrouler, parvint à ne pas laisser filtrer sur son visage le moindre reflet des pensées qui l'habitaient.

« Non, poursuivit Son Excellence, rassurée. Comme je l'ai dit dès le début, la salle de billard était absolument cernée — bloquée par les neiges à l'époque. Aucun doute à ce sujet. Tout le bâtiment était fermé à clef. Hermétique. Iyer y veille tous les soirs et au moins pour ça on peut lui faire confiance. Non, il faut que ce soit ou cet Habibullah, ou le Maharaja ou la Maharani, ou Lucy Trayling ou, mais c'est le moins vraisemblable, le professeur Godbole. Un de ces cinq-là. Sans discussion. »

Ghote avala sa salive. Ce qu'il s'apprêtait à dire était-il exact, après tout ?

« Mais monsieur, dit-il, mais Excellence, je viens de découvrir quelque chose pendant que je parlais avec le Maharaja au golf.

— Ah, oui, Poirot disait toujours...

— Mr Iyer. C'était Mr Iyer, coupa violemment Ghote, excédé d'entendre parler de Poirot.

— Iyer ? Mais... mais il ne couche pas au Club. Il habite dans la ville basse, avec femme et enfants et tout ça.

— Pourtant, hier au moins, en pleine nuit, Mr Iyer a été vu au Club par le Maharaja. A ce moment-là, il lui a demandé de jouer au golf avec lui aujourd'hui. Il m'a dit aussi que Mr Iyer travaillait très-très souvent jusqu'aux petites heures. Il ferme à clef parfois presque à l'aube. »

Une expression radieuse illumina le visage parcheminé de Son Excellence.

« Ha ! dit-il, je savais que j'avais raison. Je savais que dans une affaire pareille, la seule chose à faire c'était d'aller droit au sommet. Si vous avez un meurtre vraiment déroutant sur les bras, il faut appeler un Grand Détective en consultation. Pas autre chose à faire.

— Oh, Excellence, dit Ghote, c'est seulement quelque chose que j'ai entendu dire, comme ça.

— Trop modeste. Beaucoup trop modeste, mon cher. Ça c'est un point qui vous différencie de Poirot ; personne n'aurait jamais pu l'accuser d'être modeste.

— Non, c'est sûr, Excellence, oui, vraiment. » Ghote s'empressait d'approuver, voyant là une manière facile de prouver qu'il en connaissait plus de *Mrs McGinty* que les deux ou trois pages lues dans un demi-sommeil.

— Mais tous les trucs de Poirot, vous en connaissez

un vieux bout, poursuivit Son Excellence, très excitée. De la minute où vous avez dit à Iyer que vous étiez venu à Ooty pour enquêter sur le meurtre, il a eu l'air tellement bouleversé que j'ai cru qu'il allait éclater en sanglots. Vous ne vous êtes pas trompé, Ghote. Chapeau.

— Mais, c'était peut-être simplement parce qu'il venait de penser qu'un membre du Club...

— Non, non, mauvaise conscience, mon cher. Ça saute aux yeux. Alors donc, maintenant, on le fait venir et on le questionne jusqu'à ce qu'il craque. Passe aux aveux.

— C'est ce que Shri Poirot aurait fait ? »

L'ex-ambassadeur parut déconcerté.

« Non, ma foi, admit-il, non. En fait, Poirot n'a jamais l'air de pratiquer ce genre de procédé. Aucun de ses pairs ne le fait. Ils préfèrent se fier à l'illumination brusque, la chose qui n'a frappé personne et qu'ils voient tout à coup, comme le disait le petit Godbole. Les nuages de fumée d'une pipe, des choses comme ça.

— Oui, je me disais qu'un interrogatoire " poussé ", c'était la méthode qu'un officier de police ordinaire emploierait. Mais si c'est ce que vous voulez, il faut vous adresser à l'inspecteur Meenakshisundaram, moi je n'ai aucun statut officiel à Ooty.

— Meenakshisundaram. Ce type-là n'écouterait même pas.

— Oui, c'est ce que je pense aussi. Donc, si Pichu a été tué par l'une de ces six personnes à l'intérieur du Club, que ce soit Mr Iyer ou une autre, il faut que nous ayons une preuve très-très solide et ensuite que nous allions trouver l'inspecteur.

— Oui, oui. Je suppose que vous avez raison. »

Son Excellence avait l'air si abattue que Ghote, avant de prendre le temps de réfléchir, fit une suggestion.

« Nous pouvons examiner plus tard ce qu'il faut

rechercher au sujet de Mr Iyer. Mais cet après-midi même, quand vous m'avez demandé de jouer au golf avec le Maharaja, j'étais sur le point d'aller voir si la star de cinéma Sarla Kumar continuait à avoir des relations illicites avec le susdit. Je crois que le mieux, maintenant, ce serait que je continue à vérifier cette piste-là.

— Oui, parbleu, Pratapgadh et cette fille. A ne pas oublier. Iyer peut attendre. Filez là-bas, Ghote. Aussi vite que vous pouvez. »

Vingt minutes plus tard, Ghote repérait son éventuel témoin, le directeur du cinéma parlant Willingdon, dans le hall de son établissement, sous deux grandes photographies majestueuses encore qu'empoussiérées de Lord et Lady Willingdon, vice-roi et vice-reine à l'apogée du Raj britannique. Le petit homme ventripotent, en chemise blanche pas très propre avec nœud papillon noir à l'européenne, surveillait l'arrivée des spectateurs pour l'avant-dernière représentation de *Prem Putla,* vedette Sarla Kumar. Mais malgré l'apparition qu'elle avait faite en personne la veille au soir, les acheteurs de billets étaient fort peu nombreux.

Ghote s'avança.

Ce faisant, une autre vieille photographie attira son attention et il s'arrêta pour lire la légende sous ses sépias fanés. *Les Beautés d'Ooty. Grand concert. Semaine des planteurs, 1937.*

Au-dessus, des rangées de visages blancs souriaient faiblement, les hommes en costume de flanelle, les demoiselles en robe à fleurs. L'ensemble lui parut résumer le passé lointain, ordonné, de ces vestiges à peine subsistants d'une époque plus sereine.

Et puis il vit que l'un des hommes, qui ne portait pas le costume de flanelle, n'était autre que Son Excellence. Il en éprouva comme un curieux petit choc. Mais pas de doute possible, c'était bien lui, malgré le temps écoulé et le fait qu'il était habillé en Écossais avec le sporran en cuir qui pendait devant le kilt, un couteau à l'aspect de poignard dans son bas.

Il resta planté devant ce fragment d'un temps passé, le temps vrai d'Ooty avec lequel il se sentait désormais un lien.

« Sahib, je peux vous aider ? »

Le directeur. Son témoin.

« Oui, oui. Je voudrais savoir si Miss Sarla Kumar va séjourner à Ooty après son apparition personnelle ? »

L'obligeance huileuse du directeur disparut en un instant.

« Pourquoi est-ce que vous me demandez ça ? Toujours et toujours les gens me demandent ça. »

Mais Ghote avait eu à faire à trop de témoins récalcitrants pour se laisser impressionner.

« Police, aboya-t-il. Répondez. »

Il n'en fallut pas davantage pour déclencher un flot de renseignements bredouillés. Oui, admit le directeur, Miss Kumar était toujours dans la région. Elle avait loué un bungalow. Il s'appelait Sunnyside Cottage. Dans un lotissement, un nouveau lotissement juste en dehors de la ville. Elle ne lui avait pas dit pourquoi elle restait. Il ne savait pas. Non, elle n'avait pas eu de visites pendant qu'elle se produisait en scène. Oui, elle serait très probablement à Sunnyside Cottage en ce moment. Où pourrait-elle être ?

Ghote prit un taxi.

Le directeur aurait pu conclure qu'il avait plus à gagner en prévenant Sarla Kumar de l'intérêt qu'un mystérieux policier manifestait pour elle qu'à perdre en encourant les foudres de ce même policier.

Ghote constata non sans surprise que l'assemblage de maisons neuves qui constituaient le lotissement heurtait ses conceptions du bon goût. Construites aussi près les unes des autres que le permettaient leurs jardins respectifs, elles étaient résolument modernes, blanches et bien entretenues. Mais dans le peu de temps passé à Ooty, il s'était convaincu que les cottages devaient ressembler à ceux qui dataient d'un siècle ou plus. Ils devaient être anglais, avec des roses autour de la porte. A bonne distance les uns des autres et réservés comme de vrais Anglais.

Sunnyside Cottage, quand il le repéra, était encore plus chic que ses voisins, avec une fenêtre donnant sur un jardin parsemé d'arbustes fleuris.

Après avoir demandé au chauffeur de taxi d'aller l'attendre un peu plus loin, Ghote ouvrit la petite barrière de bois peinte en blanc qui interrompait le grillage entourant la propriété et parcourut l'allée cimentée menant à la porte d'entrée.

Il avait décidé que le mieux serait de prétendre avoir été informé que Sunnyside prenait des hôtes payants. Si c'était bien un nid d'amoureux à l'usage de Sarla Kumar et du Maharaja, il serait vite détrompé, mais grâce à une habile manipulation, peut-être arriverait-il à savoir quelque chose, en demandant si l'on pourrait l'accueillir dans une maison voisine.

Il frappa à l'un des épais panneaux vitrés de la porte. Au bout d'un moment, il entendit des pas à l'intérieur.

Allait-il voir Sarla Kumar elle-même ? Pourrait-il faire semblant de la reconnaître et la couvrir de louanges pour sa performance dans *Prem Putla ?* Lui dire qu'il avait admiré le film une douzaine de fois à Bombay et que c'était le meilleur qu'il avait jamais vu ? Saurait-il si c'était elle qui lui ouvrait la porte ?

La porte s'ouvrit. La femme qui se tenait sur le seuil n'était sûrement pas Sarla Kumar. Grande, épaisse et lourde dans son sari bleu terne, une paire de lunettes collées sur le nez, elle avait une soixantaine d'années. Sans doute, à en juger par son air d'autorité placide, une vieille tante de la star amenée à Ooty pour lui tenir compagnie.

« Bonsoir, lui dit-il. Je... c'est-à-dire... est-ce que... s'il vous plaît, vous prenez des hôtes payants ?

— Non. »

Il se passa la langue sur les lèvres.

« Mais... c'est bien Sunnyside Cottage ?

— Nom sur la barrière.

— Oui, oui, j'ai vu. Mais on m'a dit que vous cherchiez des hôtes payants.

— Non.

— Non ? Vous êtes sûre ? J'ai un besoin très-très urgent d'un endroit pour passer la nuit.

— Alors, où sont vos bagages ?

— Ils... Ils... Je suis venu en taxi. Le chauffeur ne savait pas au juste où était cette maison. Je viens d'arriver à Ooty.

— Non.

— Non ? Mais pourquoi...

— Le bus n'arrive à Charing Cross que dans une demi-heure.

— Oui. Je veux dire, non. Non, je suis venu en voiture particulière.

— Vous avez dit taxi.

— Taxi, voiture particulière, c'est la même chose.

— Non. Le taxi, vous le prenez en ville. La voiture particulière, vous la louez à Coimbatore. Si vous pouvez payer. »

L'espace d'un instant, Ghote se demanda s'il pouvait prétendre être assez riche pour cela. Mais il se rendit compte aussitôt que, même avec son jersey neuf, il n'avait pas l'aspect de l'emploi. Il décida que, face à l'intraitable opposition de la vieille tatie, la seule tactique possible était la brutalité.

« Miss Sarla Kumar habite ici ? demanda-t-il. Elle est chez elle en ce moment ? »

Mais le gros visage sévère qui l'affrontait ne frémit même pas.

« C'est bien ce que je pensais, riposta-t-elle. Vous n'êtes qu'un fan quelconque. Vous avez peut-être graissé la patte du directeur du Willingdon.

— Non. Oui, oui. C'est-à-dire, j'admire beaucoup-beaucoup Miss Sarla Kumar. Je voudrais un autographe. C'est mon plus cher désir. Elle est ici ?

— Allez-vous-en. »

La porte se refermait. Allait-il mettre le pied dans l'interstice ? Qu'y gagnerait-il ? Rien.

Il se détourna.

L'obscurité commençait à tomber.

Tristement, il redescendit l'allée bétonnée. Mais alors qu'il arrivait à la dernière marche avant le sentier, un rugissement de musique jaillit du cottage derrière lui. De la musique occidentale, disco.

Il s'arrêta net.

Oui, si ce genre de musique venu d'un monde bruyant, strident, bien loin du calme ordonné d'Ooty détonnait là, alors Sarla Kumar était sûrement chez elle. Et si elle y était, en train d'attendre, n'était-ce pas probable que le Maharaja, aussitôt fini le rituel du dîner au Club, planterait tout là, laisserait sa femme soigner son pékinois, et viendrait rejoindre la star qui était restée à Ooty après avoir terminé ses prestations au cinéma parlant Willingdon ?

Il regarda autour de lui dans la pénombre qui épaississait rapidement. Plusieurs buissons avaient des dimensions raisonnables, mais aucun ne semblait tout à fait assez gros pour le cacher. Enfin, il aperçut un hibiscus échevelé, pas très épais, mais sans doute suffisant.

Il retourna en hâte à l'endroit où il avait laissé le taxi et le renvoya. Puis il rentra doucement dans le jardin et se posta à l'endroit qu'il avait choisi.

Il se dit que, selon toute probabilité, l'attente serait longue. Il manquerait sûrement le dîner au Club. Mais rester assis dans cette salle aux boiseries noirâtres, entouré par les portraits des maîtres d'équipage d'Ootacamund en écoutant Son Excellence le comparer inlassablement à Shri Poirot, était une chose dont il se dispenserait volontiers.

Mais si cette soirée lui apportait la preuve indispensable que le Maharaja de Pratapgadh était encore l'amant d'une certaine Sarla Kumar, il se dit qu'il aurait avancé d'un grand pas dans la solution du problème : étant vraisemblablement victime du chantage de Pichu, le prince aurait eu une bougrement bonne raison de l'éliminer.

Et ce serait une bonne preuve, solide, due au travail de la police, non pas une sorte de mystification soudain dénouée comme dans la forme de roman favorite de Son Excellence.

Mais il ne tarda pas à regretter de ne pas avoir apporté son Agatha Christie ou n'importe quel autre livre que Shri Mehta aurait bien voulu lui prêter et de ne pas s'être caché assez loin de la maison pour pouvoir lire avec une lampe de poche. Il avait commencé sa planque beaucoup trop tôt. Le Maharaja devait juste attaquer sa soupe au céleri.

Et qui sait, se disait-il. Je vais peut-être trouver dans cette affaire de Mrs McGinty une allusion, une indication qui me permettra de savoir pourquoi le corps de Pichu a été posé au beau milieu de la table de billard. A coup sûr, son Dr Watson serait persuadé qu'Hercule Poirot pourrait lui indiquer la voie pour éclaircir ce mystère. Voir l'attention avec laquelle il relisait ce livre une fois de plus à la Bibliothèque des Nilgiris.

Le temps se traînait.

Le Maharaja devait être en train de s'expliquer avec ses côtelettes d'agneau ou son poulet rôti.

Maintenant, on plaçait devant lui le biscuit roulé. Prendrait-il aussi du café, installé sur un de ces divans blanc et bleu ? Non. Il devait sûrement être plus pressé que cela de venir retrouver Sarla Kumar. Mais quel prétexte trouverait-il pour expliquer cette disparition à sa femme ? Il devait, sans aucun doute, avoir une histoire toute prête. Préparée dès qu'il avait su que sa belle allait installer ce nid d'amoureux.

L'obscurité était tombée. Un chacal jappa dans les montagnes, à l'abri désormais du commandant Bob Jago et de sa meute d'Ootacamund.

Il faisait froid. Assez pour transpercer son jersey, sous les minuscules diamants clignotants des étoiles.

Mais interdiction de battre des bras ou de sauter sur place pour se réchauffer. Quelqu'un aurait pu par hasard regarder du côté du cottage.

Si seulement tout cela en valait la peine ! Si seulement c'était bien le Maharaja le responsable du cadavre dans la salle de billard ! Lui et non pas quelque criminel en fuite. Ou une vieille memsahib anglaise vengeant la mort de son mari. Ou la Maharani en butte à un maître chanteur à cause de son jeune amant bengali. Ou Mr Iyer, l'Efficace Baxter, surpris par Pichu en train de tripoter les comptes du Club. Ou un professeur bavard de Bombay, simplement parce que c'était l'explication la moins vraisemblable.

Très faible dans l'air froid de la nuit, un bruit de moteur lui parvint. Le Maharaja. Il avait dû avaler son dessert à toute vitesse.

Mais le bruit s'éteignit. Une autre personne rentrant dans un autre cottage, à l'autre bout du lotissement...

Il s'accorda le luxe d'un bon frisson et se réinstalla dans l'attente.

Et si c'était Meenakshisundaram qui avait eu raison jusqu'alors ? Certes, il n'avait mis la main sur aucun dacoït qui aurait pu s'introduire dans le Club. Pourtant, c'était encore sa théorie qui était la plus vraisemblable. Même si en règle générale, les voleurs professionnels ne commettaient pas de crimes pendant leurs expéditions.

Une chose était certaine, cependant. S'il s'avérait en fin de compte que l'idée de Son Excellence était exacte, il faudrait qu'ils aient tous les deux un dossier en béton à présenter au policier tamoul.

Tout à coup, il se rendit compte qu'il ne fixait pas, comme il le faisait depuis une heure ou plus, les formes immuables des buissons dans les jardins devant lui, ni le ruban pâle de l'allée cimentée par où passerait le Maharaja. Au lieu de cela, il voyait une silhouette en mouvement. Quelqu'un se glissait vers le cottage et, pour éviter le moindre bruit, restait sur l'herbe à côté de l'allée du chemin.

Qui ? Qui cela pouvait-il être ? Le Maharaja ? Bien que le bruit du moteur de cette lointaine automobile n'eût pas ressemblé au rugissement de la jeep, était-ce la sienne ? Mais pourquoi cette approche furtive ? C'était sa maîtresse, une star, qu'il venait voir. Il aurait dû bondir comme un héros de film.

Alors qui ?

Et pourquoi ?

La silhouette s'était arrêtée à côté d'un hibiscus plus petit et plus près du cottage, un de ceux qu'il avait rejetés comme abri un peu auparavant. La seule lueur étant celle qui filtrait à travers les rideaux des fenêtres, il était difficile de distinguer grand-chose. Mais on aurait dit que l'intrus se préparait à se tapir là.

Un autre guetteur ? Mais qui ? Et pourquoi ?

Après une minute ou deux de vaines spéculations, Ghote se dirigea vers le petit buisson. Sur l'herbe, ses pieds ne faisaient pas le moindre bruit.

En quelques instants, il était à bonne distance pour sauter sur l'inconnu.

Sauterait-il ?

Il décida que oui. Après tout, c'était à n'en pas douter un intrus. L'intention de nuire était évidente. Et si loin qu'il fût lui-même de son territoire dans le tumulte torride de Bombay, il n'en était pas moins toujours officier de police. Il avait un devoir à accomplir.

Et puis, en outre, il était très curieux.

Il respira profondément et se lança.

C'est seulement quand ses bras se refermèrent sur la silhouette pelotonnée qu'il s'aperçut qu'il tenait une femme. Et sentant soudain un parfum européen, violent, musqué, il sut que celle qu'il avait empoignée solidement n'était autre que la Maharani de Pratapgadh, en pantalon suivant son habitude.

XII

Ghote se détacha en toute hâte de la forme totalement inattendue qu'il avait enveloppée dans ses bras.

« Madame, madame », bégaya-t-il. La Maharani, qui avait laissé échapper un seul petit gémissement de peur quand il avait sauté sur elle, se ressaisissait déjà. Elle se remit sur pied, cherchant à percer l'obscurité.

« Madame, c'est moi, Mr Ghote, l'invité de Son Excellence Mr Surinder Mehta.

— Quoi ? »

Le visage s'approcha dans l'obscurité. Il sentit de nouveau le parfum européen épicé et se demanda soudain ce qu'elle avait fait de son pékinois. Sans doute confié à un domestique au Club.

« Oui, dit-elle enfin. Oui, c'est ça, vous êtes le Grand Détective. C'est ce que mon mari m'avait dit.

— Eh bien... »

Dans l'obscurité, il la vit se redresser et s'éloigner d'un pas.

« Alors laissez-moi vous dire ceci, monsieur le Grand Détective. On ne veut pas de vous ici. Pas à Ooty et sûrement pas au Club. Je me demande bien d'ailleurs pourquoi diable on vous y a admis. »

Un brusque mouvement de colère secoua Ghote. Après tout, qui s'était introduit en fraude dans le jardin ? Et de qui avait-on dit qu'une personne de son genre n'aurait pas été admise au Club autrefois ? Déclaration de Mrs Lucy Trayling. De nulle autre que cette Maharani.

Et d'ailleurs, il savait bien pourquoi désormais. Il l'avait appris pendant le peu de temps où il s'était trouvé à Ooty. Une dame qui avait des rendez-vous dans un hôtel de troisième — non, de quatrième — classe du Bazar.

« Madame, dit-il, j'ai été invité au Club par Mr Mehta. Il m'a fait venir de Bombay. Il est persuadé que le marqueur Pichu a été assassiné par une personne du Club et je suis ici pour la démasquer.

— Quelle idiotie ! Mon mari m'a raconté quelque chose comme ça et je lui ai dit qu'il débloquait. Je ne crois pas du tout que Surinder Mehta vous ait fait venir ici, même s'il est pratiquement gaga.

— Vous m'accusez de dire des mensonges ? Je vous le répète, je suis ici pour enquêter sur le meurtre du marqueur de billard et j'ai de bonnes raisons pour penser que ce crime a été commis par l'une des personnes qui couchaient au Club cette nuit-là. Et vous faites partie de ces personnes. »

L'attaque parut faire quelque effet. La Maharani resta silencieuse.

Silencieuse et pensive.

« Oh, Dieu, s'exclama-t-elle enfin. Filons d'ici. Cette foutue bonne femme va sortir si elle entend des voix et je ne pourrais certainement pas l'affronter en ce moment.

— Très bien, dit Ghote, moi non plus je ne tiendrais pas à être trouvé ici. »

Ils se faufilèrent jusqu'à la barrière, l'ouvrirent et sortirent dans le sentier.

« J'ai un taxi qui m'attend, dit la Maharani. Je vous emmène ?

— Vous êtes très aimable.

— Ne vous y fiez pas. Je ne me sens pas disposée à beaucoup d'indulgence en ce moment, envers qui que ce soit. »

Ils marchèrent quelques instants en silence. Le froid était pénétrant.

Soudain, elle se tourna vers lui.

« Et qu'est-ce que vous faisiez, caché là ? » demanda-t-elle.

Ghote regretta de s'être exposé à entendre cette question en battant en retraite comme il l'avait fait devant Sunnyside Cottage. Il chercha un mensonge plausible et conclut très vite qu'il n'y en avait pas.

« Je vais vous dire la vérité toute simple. Je crois que j'étais dans ce jardin pour la même raison que vous. Je voulais avoir la preuve que votre mari avait l'habitude de fréquenter Miss Sarla Kumar. »

Pendant un moment la Maharani resta figée dans le silence. Puis elle réagit.

« Merde ! Il se donne en spectacle à ce point-là. Est-ce que toutes les pauvres cloches du Club savent ce qui se passe ? »

Ghote, un peu ébranlé par un langage aussi vigoureux, n'en poursuivit pas moins sa croisade pour la vérité.

« Je ne crois pas. Il se trouve simplement que j'ai relevé un petit potin de cinéma, d'ailleurs ancien, qui établit un lien entre votre mari et Miss Kumar. Et j'ai appris aussi qu'elle s'était installée dans ce cottage après s'être produite en personne au cinéma parlant Willington.

— Ah oui, vraiment ? Et qu'est-ce que vous en avez déduit, monsieur le Grand Détective ? Que Vikram a renoué avec cette créature, que ce vieux débris de marqueur l'a su, qu'il a essayé un peu de chantage et que Vikram l'a fait taire ? C'est ça que vous pensez ? »

C'était ça. Ou du moins, c'était certainement une des choses que monsieur le Détective, grand ou petit, avait pensées. Mais il éprouvait quelque difficulté à le dire à l'épouse du suspect.

« Madame, un enquêteur est obligé d'examiner toutes les possibilités.

— Il adore fourrer son nez morveux dans toutes les possibilités, vous voulez dire », répliqua la Maharani, de nouveau furieuse.

Ghote sentit lui aussi la colère le gagner.

Il n'avait pas souhaité du tout mettre le nez dans les affaires de ces gens, là-haut, dans l'air pur d'Ooty. Il en avait reçu l'ordre et la tâche ne lui avait jamais plu.

« Laissez-moi vous dire encore ceci, riposta-t-il, furieux. Quand je parle de toutes les possibilités, je n'oublie pas du tout que vous auriez pu être vous-même la victime du chantage de Pichu. »

Elle s'arrêta pile dans l'obscurité. Un peu plus loin, Ghote voyait la lumière trouble provenant de l'intérieur du taxi dans lequel elle était venue.

« Victime du chantage de ce vieux schnock, dit-elle, et probablement son assassin aussi ! »

Ghote se redressa.

Pourquoi pas ? Pourquoi ne pas accuser cette suspecte, là, directement et sans attendre ?

« Oui, madame, l'assassin du marqueur dans la salle de billard.

— Foutaise ! »

Ghote eut l'impression d'avoir plongé tête la première dans des tourbillons d'eau boueuse. Impossible de dire où ils allaient l'entraîner. Mais il avait fait le plongeon. Il avait dit à cette femme qu'il croyait qu'elle avait tué un homme. Qu'elle l'avait assassiné. Non pas qu'elle était un simple pion dans un jeu inoffensif, le jeu dont Son Excellence raffolait tant. Non pas qu'elle était une simple « suspecte » qui, en fin de compte, s'était avérée coupable.

Non, pas ça, mais qu'elle était une criminelle. Une tueuse.

« Pas du tout une foutaise. Pouvez-vous nier que vous avez autant de secrets que votre mari ?

— Qu'est-ce que vous voulez dire par là ? Espèce de sale petit viceloque. J'avais dit que vous n'auriez jamais dû être admis au Club et, par Dieu, j'avais raison.

— Je veux parler de l'hôtel Bengale Végétarien », dit Ghote.

La petite phrase arrêta l'algarade comme un coup de matraque.

Le silence tomba dans l'obscurité piquetée d'étoiles.

« Qu'est-ce que vous savez ? demanda la Maharani de sa voix froide.

— Je sais le nom de Mr Amul Dutt. »

Nouveau silence.

Puis nouvelle question.

« Combien voulez-vous pour vous taire ?

— Je ne veux rien. Je ne suis peut-être pas du tout un Grand Détective, mais j'ai au moins ça de commun avec Mr Sherlock Holmes : je ne suis pas à vendre.

— Alors vous êtes le premier policier de ce genre-là que je rencontre. Si on offre assez...

— Mais vous, vous n'avez peut-être pas pu offrir assez à Pichu. C'est ce que je me demande. »

Alors, la Maharani éclata de rire.

« Un marqueur dans un Club ? Il n'aurait pas demandé le dixième d'un Grand Détective. »

Dans le noir, Ghote la vit se détourner brusquement.

« Pour ce qui est de vous, lui cria-t-elle, si vous voulez rejoindre votre ami gâteux, Surinder Mehta, vous pouvez faire marcher vos pinceaux. »

Il resta sur place tandis qu'elle s'éloignait à grandes enjambées. Au bout de quelques instants, il vit sa silhouette se détacher sur le fond faiblement lumineux du taxi, puis vint le bafouillage étranglé du moteur qui démarrait par saccades. Bientôt, il n'y eut plus que le silence de la nuit.

Serrant les dents, il entama sa longue marche.

Il ne revit Son Excellence que le lendemain au petit déjeuner.

Alors, en attaquant le porridge avec d'autant plus d'appétit qu'il s'était couché le ventre vide la veille, et bien trop fatigué pour essayer de lire fût-ce une page de *Mrs McGinty,* il rapporta fidèlement à son influent Watson les événements survenus dans le jardin de Sunnyside Cottage.

C'est seulement lorsqu'il reposa sa cuillère dans le bol vide qu'une idée lui vint : si le criminel était bien un membre du Club, puisque tout le monde était désormais persuadé que lui, Ghote, était le seul à pouvoir éclaircir ce mystère déroutant, alors il n'aurait pas été impossible à un adversaire inconnu d'ajouter un peu d'arsenic au porridge. La mort-aux-rats pouvait certainement se trouver sans difficulté au bazar.

« Alors, qu'est-ce que vous en pensez ? demanda Son Excellence. C'est la Maharani qui a fait le coup ? »

Ghote, quand on lui avait apporté tout doucement son thé du matin, s'était éveillé avec une conclusion bien nette dans l'esprit au sujet de la confrontation nocturne. Il secoua la tête.

« Elle doit figurer au bas de la liste des suspects, Excellence. Quand elle a dit qu'elle aurait pu très facilement acheter le silence de Pichu, c'était la vérité. Alors pourquoi le tuer ?

— Oui, je vois, en effet. Et, si je peux me permettre de vous le signaler, vous n'avez pas non plus réussi hier soir à grossir votre dossier contre Pratapgadh. Je comprends bien que vous ayez été plus ou moins obligé de quitter votre cachette, mais vous savez, quand Sherlock Holmes suivait quelqu'un qui lui disait ensuite qu'il ne l'avait pas vu, il répondait toujours : " C'est ce que vous pouvez vous attendre à voir quand je vous suis. " »

Ghote fut plus que jamais tenté de crier à tue-tête : « Mais je ne suis pas Mr Sherlock Holmes. » Cependant, il se retint.

« Donc, poursuivit Son Excellence, notre ami Iyer remonte à la première position, hein ? »

Il se pencha en avant et aligna salière, poivrière, moutardier, bouteille de ketchup, sucrier et pot à lait.

« Bon, grogna-t-il. Disons que le sel, c'est la Maharani, et le poivre, notre ami Iyer. Maintenant, nous allons donner la moutarde au Maharaja — elle lui monte vite au nez — et le ketchup à Habibullah, pourquoi pas ? Et alors le sucre pourra être la vieille Lucy Trayling — ah, la douceur féminine ! — tandis que tout au bout de la rangée, le lait sera le petit Godbole. Il est si innocent que je ne peux m'empêcher de me demander, chaque fois que j'y pense, si ce n'est pas lui. »

Ghote se demanda s'il n'allait pas répéter une fois encore que l'innocence totale était sûrement l'innocence totale, mais il savait que ce serait peine perdue.

« Parfait », dit Son Excellence.

Et voilà que de la tête de cet alignement, la Maharani, la salière, recula au tout dernier rang, plus bas même que le professeur Godbole, l'inconcevable suspect. Se rappelant la nuit précédente, Ghote se dit que le moutardier aurait mieux représenté la volcanique Maharani et son vocabulaire épicé.

Mais c'était le poivrier qui était pour l'heure en tête du défilé de Son Excellence. En le regardant, Ghote pensa qu'il n'était pas plus emballé à l'idée d'interroger le secrétaire adjoint qu'il ne l'avait été pour aucun des sahibs ou memsahibs, blancs ou bruns. Après tout, Mr Iyer, venant du monde d'en bas, si turbulent, serait bien plus susceptible de savoir qu'il pouvait refuser de répondre à toutes les questions éventuellement compromettantes, sauf à celles de l'inspecteur Meenakshisundaram. De plus, l'individu, sachant à qui il avait à faire, ne se laisserait pas aussi facilement intimider que le soir où il avait ouvert le logement de Pichu.

« Et puis il y a encore autre chose, maintenant qu'Iyer est dans le collimateur, poursuivit Son Excellence. Il a été le premier à voir le corps, vous savez.

— Ah, bon. Je pourrai peut-être parler avec lui en donnant cette raison. Ce sera peut-être suffisant.

— Mais non, mon vieux.

— Comment ? Ce n'est pas une assez bonne raison ? Vous croyez que l'inspecteur Meenakshisundaram lui a déjà demandé ce qu'il avait vu à ce moment-là ?

— Non, non. Ce balourd sans cervelle ne s'est pas du tout occupé d'Iyer, qui me l'a dit lui-même. Il est parti de l'idée que les marques d'une effraction signifiaient un cambriolage et il n'a pas cherché plus loin.

— Mais si l'inspecteur n'a posé aucune question à Mr Iyer, alors il faut que je le fasse moi-même, et tout de suite.

— Non, non mon vieux, ce n'est pas du tout ce que je veux dire.

— Non ?

— Non. Ce qu'il y a, c'est que l'Efficace Baxter a vu le corps le premier. Et vous savez ce que ça signifie invariablement, n'est-ce pas ? »

Ghote réfléchit. Non, il ne savait pas ce que cela signifiait invariablement.

Heureusement, Son Excellence crut que ce silence signifiait juste l'inverse.

« Exactement. Exactement, ça n'était pas, je crois, Poirot lui-même, mais un de ces policiers brillants avec lesquels il travaillait parfois, qui a dit : “ La première personne qui trouve un cadavre est souvent la dernière qui l'a vu vivant. ” »

Ghote cilla.

« C'est ce que croit la police britannique ? demanda-t-il. Mais ce n'est pas possible. Bien des fois, à la P.J. de Bombay, nous avons des cas où le corps est signalé par de vieilles-vieilles femmes, ou même de petits enfants, et par la suite ils ne sont jamais inculpés aux termes de la section 302. »

Son Excellence baissa les yeux sur ses œufs au bacon.

« Ma citation n'était peut-être pas tout à fait exacte, murmura-t-il ; le type a sans doute dit “ assez souvent ” ou quelque chose de ce genre-là. Mais vous pouvez m'en croire, c'est une circonstance bien suspecte. Bougrement inquiétante pour notre ami Iyer.

— Très bien, dit Ghote en se levant de table. Je vais aller lui parler tout de suite. »

Il remarqua en sortant de la salle à manger, après avoir abandonné toute idée de toast et de confiture d'oranges, que Son Excellence s'était à moitié levée comme pour le rappeler et proposer un entretien conjoint avec ce suspect prometteur, mais il fit semblant de ne rien voir.

En ouvrant la porte du bureau, sans frapper, il eut le plaisir de trouver le secrétaire adjoint assis à sa table, lunettes miroitantes plongées dans un assortiment de factures et de reçus. Il releva la tête, étonné de cette intrusion brusque.

« Mr Iyer, dit Ghote sans préliminaires, je crois savoir que vous avez été le premier à voir le corps dans la salle de billard, mardi matin. »

L'Efficace Baxter posa un doigt maigre sur sa liasse de papiers échevelée pour l'empêcher de s'ébouler.

« Eh bien, oui, c'est exact, dit-il avec une évidente prudence.

— Ah, alors...

— Et pourtant, ce n'est pas exact. »

Ghote, prévoyant la nécessité d'être dur, rassembla ses forces.

Mais Mr Iyer souriait, comme pour s'excuser.

« Voilà ce qui s'est passé. Si j'ai été le premier à voir vraiment le corps de Pichu, en fait, une femme de ménage était entrée avant moi dans la salle de billard.

— Une femme de ménage ? Mais elle n'avait pas remarqué le corps, n'est-ce pas ? Pourtant, d'après ce que m'a dit Mr Mehta, il était au beau milieu de la table de billard.

— Oui, oui, c'est vrai. C'est comme ça que moi-même je l'ai vu.

— Mais la femme de ménage ne l'a pas vu ?

— Oh, si. Si, elle l'a vu. Elle est arrivée en criant et en appelant pour me le dire. Et bien sûr, j'ai fait immédiatement des investigations. »

Pendant un moment, Ghote resta immobile, les yeux fixés sur l'Efficace Baxter que la nécessité de ne pas s'embrouiller dans la pile de factures empêchait de se frotter les mains.

« Donc, vous n'avez pas été le premier à voir le corps ? reprit-il.

— Non. Pas si vous comptez la femme de ménage.

— Oui. Je la compte et comment. Son nom, je vous prie ? Et où est-ce que je pourrai la trouver ?

— Son nom, son nom ? Je ne sais pas... Ah, si. Si, maintenant il me revient. C'est Gauri. Je crois que c'est Gauri. Mais je ne pourrais pas du tout vous dire où vous la trouveriez à cette heure-ci. Elle a dû finir son travail depuis longtemps et je ne sais pas où elle habite. Très probablement dans une de ces cahutes que les pauvres sont toujours en train de construire.

« Je vois », dit Ghote.

Il fit mine de s'en aller.

Et posa la question qu'il avait pris le soin de garder pour ce moment-là.

« Mr Iyer, le soir où Pichu a été tué, vous êtes resté au Club jusqu'à une heure très tardive. Pourquoi ? »

La soudaineté de l'attaque sembla produire tout l'effet qu'il pouvait souhaiter. L'Efficace Baxter avala sa salive, se rejeta en arrière dans son fauteuil, sortit son long doigt de la pile de papiers et les regarda fixement s'égailler dans la plus totale confusion.

« Eh bien ? » demanda Ghote.

L'autre se passa la langue sur les lèvres.

« Je vous en prie, coassa-t-il.

— Mr Iyer, qu'est-ce que vous faisiez au Club la nuit où Pichu a été tué ? Et je vous préviens, n'essayez pas de vous dérober.

— Je... vous comprenez, monsieur... voilà ce qui s'est passé. En ville, je n'ai qu'une très-très petite maison. Et des enfants. Cinq enfants. Non, six. Et si je ne dors pas, la qualité de mon travail s'en ressent. Alors je couche souvent dans ce bureau. Mais le commandant Bell ne voudrait pas... »

Soudain, le désespoir envahissant son visage céda la place à un large sourire qui chassa les nuages.

« Six enfants, dit-il. Six enfants. J'ai six enfants maintenant.

— Qu'est-ce que ça signifie ? rugit Ghote, incapable de voir quel rapport le fécond tohu-bohu de cette vie privée pouvait avoir avec l'affaire Pichu.

— Mais c'est simple, répondit Mr Iyer, l'air toujours stupidement ravi. Lundi dernier, mon sixième enfant est venu au monde. Une fille. Nous l'appelons Radha. Et il était question d'un accouchement difficile. Alors, naturellement, je suis allé chercher le Dr Fatbhoy et il est là pour dire que j'ai passé toute la nuit chez moi. J'ai fait bouillir une grande quantité d'eau, de mes propres mains.

— Et vous n'êtes pas sorti une seule fois, pas même un tout petit instant ?

— Non, non. Je n'aurais pas voulu. Alors que ma femme était peut-être aux portes de la mort.

— Oui, oui, je vois, eh bien, merci. Oui. »

Ghote battit en retraite.

Mais il avait toujours l'impression qu'il ne devait pas accepter sans réserve cet alibi totalement inattendu. Aussi, sans prendre un instant pour faire autre chose, alla-t-il droit au centre administratif, tout arcades, balcons vitrés, baies élancées et cliquetis des machines à écrire qui maintenaient en bonne forme la bureaucratie du district. Un des employés lui indiqua l'adresse du cabinet où exerçait le Dr Fatbhoy.

C'était en plein Bazar, comme il s'y attendait, et une fois de plus il laissa derrière lui la vieille ville, anglaise et paisible, pour descendre dans l'agglutination familière de la foule pressée. Stridences de voix clamant des boniments racoleurs, disputes soudaines, voire simples conversations. Les vigoureux klaxons des transports motorisés sous toutes leurs formes ajoutaient au vacarme, confortés par le ferraillement continuel des timbres de bicyclettes et les piaulements d'une demi-douzaine d'airs différents moulus par les transistors, les cassettes de pacotille et d'antiques phonographes.

Il vit en passant devant l'hôtel Bengale Végétarien le rémouleur toujours en pleine action grinçante, et à côté de lui Mr Biswas, qui le gratifia d'un sourire obséquieux, mains serrées et levées bien haut. L'espace d'un instant, il se demanda s'il n'allait pas s'arrêter et interroger le Bengali sur ses rapports avec Pichu, le maître chanteur, révélés par la carte de visite graisseuse qu'il avait découverte.

Mais il estima qu'il y avait plus pressé.

Il ne tarda pas à trouver le cabinet, apparemment plus florissant qu'il ne s'y attendait. Des malades jacassants étaient accroupis en cercle dans la salle d'attente.

Il s'arrêta sur le seuil, se demandant quelle attitude adopter vis-à-vis du médecin. A Bombay, autorisé en tant que fonctionnaire du Gouvernement à questionner selon les termes du Code pénal indien, il n'aurait pas eu la moindre hésitation. Mais à Ooty ? Il était quoi ? Un simple détective privé, sans même une carte pour l'indiquer. Dans les romans policiers de Son Excellence, un Hercule Poirot n'avait qu'à aborder un suspect ou un témoin et lui demander ce qu'il voulait savoir. Mais pour l'heure, lui n'était qu'un simple Mr Ghote, résidant au Club d'Ootacamund, qui souhaitait savoir si un certain praticien avait bien soigné une certaine Mrs Iyer dans la nuit du lundi précédent et si le mari de celle-ci avait bien été présent pendant tout ce temps. Comment exiger des réponses à de telles questions ?

Se faire passer pour un journaliste ? Mais ces questions n'étaient pas de celles dont un journaliste attendrait les réponses avec passion.

Finalement, il décida d'entrer, de demander à voir le Dr Fatbhoy et de s'en remettre à la chance, voire à un certain air d'autorité.

A coup sûr, l'air d'autorité, joint peut-être au jersey assez cher, lui valurent d'être introduit aussitôt auprès du médecin, devant le groupe patient accroupi dans la première pièce.

Assis derrière une vieille table de bois foncé, il vit un vieux Parsi, rares cheveux gris sur un crâne en dôme, yeux enfoncés d'un brun lumineux, air avide.

« Bonjour docteur, commença-t-il, je m'appelle Ghote et je...

— Ah, le Grand Détective. Le Grand Détective en personne.

— Mais... mais comment... comment savez-vous qui je suis ? Ou plutôt que...

— Oh, mon cher Mr Ghote, on voit que vous ne connaissez pas encore bien Ooty. Ici, isolés comme nous le sommes dans les montagnes, tout le monde sait tout. »

Il sourit.

« Bien sûr, j'exagère. Ici, dans la ville basse, on ne sait pas tout ce qui se passe au Club, par exemple. La majorité des gens, les malades que je vois tous les jours, ne comprendraient pas bien les règles du snooker, par exemple. C'est le snooker, n'est-ce pas ? Mais enfin il y a certains liens entre nous. Oui, certains liens. Le Cercle culturel, par exemple. J'ai l'honneur d'en être vice-président, en tant que grand amateur de musique, et bien sûr, les réunions mensuelles sont fréquentées par ce que j'appellerais les vieux brisquards d'Ooty. Oui, les vieux brisquards d'Ooty. »

Il se pencha sur sa table noircie, éraflée, avec ses deux ou trois manuels de médecine délabrés dans un coin, un stéthoscope apparemment encore plus vieux posé à côté d'eux, et se frotta les mains avec vigueur.

Ghote se demanda d'abord si c'était pour dissimuler le tremblement qu'il avait remarqué, mais ne tarda pas à conclure que c'était simplement un signe d'enthousiasme.

« Et, cher Mr Ghote, il y a là une coïncidence inespérée. Parce que, voyez-vous, vous êtes justement l'homme qu'il nous faut pour notre réunion de demain soir. Le professeur Godbole, que vous devez connaître, a consenti à faire une conférence et il a choisi comme sujet, figurez-vous, “ Sherlock Holmes, mort ou vivant ? ”. Alors, avoir un Sherlock présent, en chair et en os, je pourrais dire, ce serait tout simplement un triomphe de première grandeur pour nous.

— Mais...

— Voyons, voyons, Mr Ghote, ne me refusez pas. »

Et Ghote se rendit compte qu'il ne pouvait pas refuser. Il faudrait laisser les gens le considérer comme un Sherlock Holmes en chair et en os. Parce que, simple enquêteur, il attendait du Dr Fatbhoy des renseignements que celui-ci n'était pas obligé du tout de lui fournir.

— Très bien, docteur sahib, dit-il. Oui. Je serai très heureux d'assister à votre réunion. Mais il y a une petite chose pour laquelle vous pourriez m'aider. »

Et il lui posa les questions qu'il avait préparées avec tant d'appréhension sur le seuil du cabinet. Et il reçut les réponses. Oui, Mrs Iyer avait accouché, non sans difficulté, d'une petite fille dans la nuit de lundi à mardi. Il avait fallu les forceps. Et oui, bien sûr, le mari avait été là. Du début à la fin.

« En fait, cher Mr Ghote, il a été empoisonnant. A la fin, j'ai été obligé de l'envoyer faire bouillir et rebouillir de l'eau toute la nuit.

— Merci, docteur sahib. Et maintenant, si vous voulez bien m'excuser... »

Il partit aussi vite qu'il le put, sans laisser au médecin le temps de se demander pourquoi un Grand Détective avait posé des questions sur l'innocent Mr Iyer à l'alibi inattaquable. Remontant, découragé, dans la vieille ville, il se dit qu'il était désormais revenu à cinq. Cinq suspects et rien de décent ou de définitif qui permît de choisir entre eux. A moins d'opter pour le dacoït inconnu de Meenakshisundaram.

Il en gémit tout fort.

XIII

Devant la Bibliothèque des Nilgiris, au milieu des propriétaires promenant leurs chiens d'un air sérieux, pardessus sur sari ou tweed à l'anglaise dans l'air frais, Ghote rencontra Son Excellence. Il décida sur-le-champ que la preuve définitivement confirmée par le Dr Fatbhoy était quelque chose dont Sherlock Holmes ferait part au Dr Watson. Ou, davantage dans le domaine du quotidien, une sorte de cadeau pour le personnage influent bien qu'un peu ridicule qui l'avait fait venir depuis Bombay.

Mais quand il exposa les faits, il constata que l'alibi de Mr Iyer n'était pas une preuve d'innocence aux yeux de certains.

« Mon cher, vous savez ce que ça signifie, un alibi en béton ?

— C'est que celui qui l'a n'est pas du tout le coupable ? risqua Ghote, sans beaucoup d'espoir.

— Non, non. Rappelez-vous les mots du Sage de Baker Street : “ Seul un homme qui prémédite une entreprise criminelle souhaite établir un alibi. ” »

Une vague de fureur faillit emporter Ghote. Si un alibi en béton signifiait que la personne qui en était pourvue était coupable du crime qu'elle ne pouvait pas avoir commis, c'était la négation de tout bon sens.

Avec un brusque afflux d'amertume, il se dit que l'univers des romans policiers était bougrement idiot. Où la simple logique, c'est-à-dire ce qui permettait au monde réel d'avancer cahin-caha, grinçant et trébuchant, semblait aussitôt mise sens dessus dessous. Où, si un homme avait un alibi, comme Mr Iyer, ainsi que lui, Ghote, l'avait parfaitement établi, alors il devenait le plus suspect de tous. Brac. Intégral.

Dans la confusion qui lui tourneboulait le cerveau, il se demanda comment faire comprendre ce simple fait à l'homme qui l'avait transporté dans ce monde à l'envers. Et surtout, était-ce possible ?

Il se dit tristement qu'il ne pouvait qu'acquiescer. Ou du moins laisser cette théorie ridicule glisser sur lui sans l'entamer.

Mais, cré nom, comment l'alibi pourrait-il être démoli ? Le docteur Fatbhoy, qui n'avait pas l'ombre d'une raison pour appuyer un mensonge, avait assuré sans équivoque possible que le mari de la parturiente délivrée par les forceps était resté dans la maison du Bazar pendant toute la nuit où le drame se déroulait au Club, à l'autre extrémité de la ville. Le médecin l'avait vu, il l'avait même trop vu. Impossible d'aller contre un pareil témoignage. N'est-ce pas ?

Puis, dans l'état de dépression où son accès de rage l'avait laissé, une autre idée noire fit surface. Le Cercle culturel. Il s'était engagé à y aller le lendemain soir pour être exhibé comme un Sherlock Holmes vivant, tandis que le professeur Godbole se lancerait dans des hypothèses à coup sûr de plus en plus abstruses et fantaisistes sur ce personnage de roman.

Qui n'existait pas dans la vie réelle, se dit-il avec une nouvelle poussée d'amertume.

Épuisé, plutôt que de subir d'autres discussions sur les alibis et leur prétendue inefficacité, il offrit le Cercle culturel et l'engagement qu'il avait pris comme un autre présent pour son Watson. Qui fut, bien entendu, enchanté.

« J'y fais en général une apparition, dit-il. Pour la bonne cause et tout ça. Mais je ne savais pas que Fatbhoy — un type terrible, soit dit en passant — avait pu harponner Godbole. Et pour parler de Sherlock Holmes, en plus. J'irai très certainement avec vous, mon cher, et j'écouterai avec grande attention votre contribution à la discussion qui suivra. Oh, oui, certainement. »

Ghote fut plus démonté encore en apprenant qu'il allait participer à une discussion dont il n'avait nullement prévu qu'elle aurait lieu. Au point qu'il oublia de demander pourquoi le Dr Fatbhoy était un « type terrible » ; pourtant, il avait bien eu l'intention de s'élever contre cette condamnation quand Son Excellence l'avait prononcée. Le médecin parsi ne lui avait pas semblé terrible du tout.

Soudain, venu des escaliers de la bibliothèque, un appel aigu, rappelant le registre de l'ara, chassa cette idée plus loin encore de son esprit.

« Mr Mehta ! Mr Mehta ! Excellence ! Excellence ! »

C'était la divinité tutélaire du bureau d'accueil. Elle agitait un livre à la jaquette violemment colorée et semblait être au comble de la surexcitation.

Son Excellence pivota abruptement sur ses talons et se lança vers elle. Mais elle était trop heureuse de sa nouvelle pour l'attendre.

« Mr Mehta, il vient d'arriver, cria-t-elle. Le courrier du Royaume-Uni. Et c'est juste ce que vous espériez. »

Malgré son âge, l'ex-ambassadeur piqua un galop et s'empara du volume sur les marches mêmes de la bibliothèque.

« *Dans la vallée de la mort*, par Evelyn Hervey, glousa la dame. Je n'ai jamais entendu parler de Miss

Hervey, mais c'est sûrement extra, de première classe, en fait.

— Vous... vous ne l'avez pas lu ? demanda Son Excellence, soudain méfiante.

— Oh non, non, jamais. Nous savons tous que vous voulez être le premier, Mr Mehta. Nous respectons tous ça.

— Ah ! Bon, oui. Oui, merci infiniment. Très gentil à vous. »

Et serrant sous son bras le volume bariolé, il prit le chemin du retour.

Mais il était écrit qu'il n'ajouterait pas ce matin-là à ses dissertations sur les alibis et la méfiance qu'ils devaient inspirer. Au moment où il rejoignait Ghote, il regarda par hasard le long de la route et ce qu'il vit provoqua chez lui un mouvement de panique évident.

Il lança des regards furtifs à gauche et à droite comme s'il cherchait un refuge. Prit le livre qu'il avait sous le bras et le passa dans son dos. Puis se rendant compte que cette manœuvre le rendait particulièrement suspect, il s'efforça de serrer le volume contre lui à la hauteur de la cuisse. Et faillit le laisser tomber.

Ghote, fort étonné de ces contorsions, examina la route, bien calme sous le soleil, parsemée des vieux brisquards d'Ooty avec leurs chiens de toutes les races et dimensions, vénérables chiens-loups depuis longtemps édentés, terriers autrefois bondissants et jappeurs, basset à face grise comme un vieillard moustachu.

Et puis, guidé par ces coups d'œil paniqués, il aboutit à Mrs Trayling. Mrs Lucy Trayling, veuve du général, le sucrier du défilé agencé par Son Excellence sur la table du petit déjeuner.

Elle venait vers eux, les cheveux comme toujours échappés d'un grand chapeau de soleil, un vieux cabas vide dans une main, un énorme sac à tricot fleuri dans l'autre.

Pourquoi un spectacle aussi quotidien mettait-il dans un tel état quelqu'un en général bien pourvu d'assurance ? S'était-il persuadé définitivement que ce sujet si peu prometteur était le coupable ? Ma foi, si l'invraisemblance était la principale raison pour croire quelqu'un coupable d'un meurtre, alors, pourquoi pas ?

Mais non.

« Ghote. » Son Excellence se mit à chuchoter (très fort) en approchant de biais, le volume toujours serré contre sa cuisse.

« Oui, Excellence ? Qu'est-ce que... ?

— Prenez ce livre, mon vieux. Prenez-le, mais ne le montrez pas à Lucy Trayling ! »

Plus facile à dire qu'à faire. D'abord, l'agité continuait à serrer le volume comme dans un étau. Ensuite, il fallait se glisser entre lui et Mrs Trayling, qui avançait toutes voiles dehors, alors que rien ne semblait justifier que le duo restât nez à nez sur la voie publique. Enfin se posait la question : que faire de l'objet ? Le fourrer à l'intérieur du jersey ? Mais celui-ci était si bien ajusté que la protubérance carrée se verrait à dix pas.

Tout en essayant de dégager le volume coincé entre la main et la cuisse de Son Excellence, Ghote marmonna ses doutes.

« Monsieur, quand je l'aurai, je n'ai nulle part pour le cacher.

— Glissez-le sous votre bras. Elle ne se méfiera pas de vous. »

Trayling Memsahib ? Mais c'était lui qui devait la soupçonner ?

Accablé de confusion, il libéra enfin le livre de l'étreinte qui l'emprisonnait et, se retournant, essaya de le tenir sous le bras, l'air dégagé.

« Bonjour, Lucy ! » s'écria Son Excellence à l'instant

même où il était délivré de l'objet qui semblait tant l'embarrasser.

Ghote trouva que le salut rendait un son irrémédiablement faux.

Trayling Memsahib, qui n'était pourtant pas loin d'eux désormais, parut ne pas avoir entendu. Ghote en éprouva un soulagement absurde.

Il ne savait pas ce que Son Excellence avait voulu cacher mais, aidé par lui, il avait apparemment réussi. Plus grâce à la chance qu'à l'adresse de leurs manœuvres.

« Lucy ! Lucy ! Bonjour ! »

L'imbécile. Pourquoi faisait-il ça ? Si seulement il avait assez de bon sens pour la fermer...

Et bien entendu, cette fois, elle entendit.

Elle s'arrêta, regarda de-ci de-là, reconnut Son Excellence et amorça son approche, poliment mais avec une visible répugnance.

Aussi discrètement que possible, Ghote passa un peu derrière l'ex-ambassadeur et s'arrangea pour enfoncer davantage sous son bras le livre et sa rutilante jaquette.

« Ha ! Comment allez-vous ce matin, chère amie ? Vous nous manquez au Club. Votre ayah est remise sur pied ? »

Mais Mrs Trayling ne répondit à aucune de ces questions.

« Désolée, tout à fait désolée, dit-elle. Il faut que j'aille promener le chien. Je me dépêche. Je me dépêche. »

Elle exécuta un virage sur l'aile pour filer ensuite à une telle allure et d'un air si décidé que Ghote commença à se demander si après tout elle n'avait pas pu escalader la fenêtre du Club et emporter l'argenterie là où le Nemrod décrépit du commandant Bell l'avait trouvée.

Peut-être fut-ce l'image du vénérable quadrupède poussif qui lui suggéra une association d'idées.

Spot. Le chien de Mrs Trayling. Il était mort depuis un certain temps, Son Excellence l'avait signalé et l'homéopathe pour chiens aussi. Alors pourquoi avait-elle dit qu'elle allait promener son chien ? Pourquoi ce mensonge éhonté ?

Il se tourna vers son Watson.

« Monsieur. Affaire urgente », dit-il.

Et il partit en courant jusqu'à ce qu'il aperçût de nouveau la dame.

A ce moment-là seulement, alors qu'il commençait à la suivre d'un pas plus calme, il se rendit compte qu'il avait toujours le livre de Son Excellence sous le bras.

Tout en passant devant une succession de cottages avec leurs haies bien taillées et leurs plaques délavées — Woodbriar, The Lupins, Glenview, Cedarhurst —, il se mit à penser à l'épisode ridicule auquel il avait été mêlé. En y réfléchissant, il devenait clair que ce livre, remis avec un tel débordement d'agitation par la dame de la bibliothèque, devait être le dernier roman policier arrivé d'Angleterre et que, du fait des anomalies comportementales propres à toute petite collectivité isolée, l'ex-ambassadeur devait être possédé par le désir de le lire avant tout le monde. Clair aussi — d'ailleurs, Son Excellence en avait même parlé — que Trayling Memsahib était sa rivale. Peut-être avait-elle un jour deviné une réponse avant lui. Oui, ce devait être cela.

Donc, un mystère était expliqué.

Mais un autre ne l'était pas. Devant lui, Trayling Memsahib marchait toujours avec une détermination qui ne faiblissait pas. Et nulle trace de chien.

Où allait-elle donc ? Son équipée fournirait-elle une clef à l'énigme de la mort du marqueur ?

Cela ne semblait pas très vraisemblable. Mais l'invraisemblable paraissait fleurir dans l'air peu propice d'Ooty. Et si Son Excellence avait raison, si le meurtre était l'un de ces plans diaboliquement habiles comme on n'en trouve que dans les romans policiers, alors le fait que Trayling Memsahib en était une lectrice assidue pourrait bien signifier qu'elle avait puisé là l'idée de camoufler son crime.

Enfin, elle n'était pas assez diaboliquement habile pour se rendre compte qu'on la suivait. Elle filait à grandes enjambées, la jupe de tweed un peu « boulée » sur les fesses, le sac à tricot dans une main, le cabas dans l'autre, secoués au rythme de sa marche.

Sherlock Holmes lui-même n'aurait pas été obligé de déployer ses subtilités habituelles quelles qu'elles fussent pour ne pas être vu s'il avait suivi Trayling Memsahib.

Ils étaient désormais arrivés au voisinage du lac. Au loin, de l'autre côté de ses eaux chiffonnées par le vent, un paysage extraordinaire, hors du temps, étincelait sous le soleil. Au flanc des petites collines arrondies, les cultures en terrasses aux lignes harmonieuses et pures semblaient avoir été dessinées par quelque divinité enfantine. Çà et là, un cottage ou une maison plus importante, bien dégagée, bien pomponnée, aurait pu être la demeure d'un génie familier.

De grands eucalyptus hérissés, magnifiques et étrangers, étaient éparpillés un peu partout. Là où la terre n'était pas cultivée, les taches vert sombre des ajoncs ressemblaient aux buissons en plastique fichés autour d'une maison-témoin avant qu'elle eût été maltraitée et défigurée par une humanité crasseuse.

Il devint alors évident que Trayling Memsahib se dirigeait vers l'autre extrémité du lac, le coin le moins fréquenté de ce plan d'eau artificiel créé par le fondateur d'Ooty, un certain John Sullivan, administrateur du district de Coimbatore qui, selon Son Excellence, était tombé amoureux de ce frais paradis, non sans en tirer un bénéfice considérable.

Ghote songea un moment à certains politiciens aussi prodigues en belles paroles que rapaces en affaires. Peut-être le monde ne changeait-il pas autant qu'on le croyait parfois.

Tout à coup, à quelque distance devant lui, Trayling Memsahib se laissa tomber par terre et s'assit, silhouette anguleuse et tassée sur l'herbe élastique de la rive, contemplant les eaux miroitantes devant elle.

A son tour Ghote s'arrêta et regarda autour de lui. Il y avait un gros buisson d'ajoncs tacheté de fleurs jaune foncé, si commode pour l'observation qu'on aurait pu le croire mis là tout exprès. Ghote se dirigea précautionneusement vers lui, et s'allongea à plat ventre derrière l'abri ainsi fourni. Si les choses s'arrangeaient toujours aussi bien pour Sherlock Holmes, pas étonnant qu'aucun de ceux qu'il filait ne l'ait jamais repéré.

Au bord de l'eau, Trayling Memsahib restait immobile comme une statue, contraste violent avec l'énergie qu'elle avait déployée pour semer Son Excellence devant la bibliothèque et parcourir à toute allure le chemin jusqu'au lac.

Bien sûr. Ghote se rendit soudain compte que c'était à n'en pas douter l'endroit où, par une nuit noire, le général Roly Trayling, errant dans le brouillard d'un éthylisme avancé, avait dû tomber à l'eau et se noyer.

Il assistait peut-être à une commémoration accomplie par Trayling Memsahib à intervalles réguliers. Une fois par semaine ? Une fois par mois ? Le jour anniversaire du triste événement ? Pourtant, il ne le pensait pas. Trop de précipitation forcenée dans sa fuite vers le lac. Mais il savait au moins pourquoi selon toute probabilité elle avait prêté si peu d'attention aux appels de Son

Excellence. Elle était très évidemment poussée par une urgence irrésistible.

Venait-elle là pour « dire » à son défunt mari qu'il était enfin vengé, que l'homme qui l'avait laissé se noyer avait lui aussi trouvé la mort, cadavre dans la salle de billard ?

Mais lui, Ghote, comment pouvait-il savoir si telle était bien la vérité ?

Même au cas où il aborderait la veuve du général à l'heure de son triomphe — si c'était un triomphe pour elle, si elle avait effectivement tué Pichu, si le meurtre n'était pas après tout un simple acte de brigandage —, elle ne se livrerait sans doute pas à une confession générale, là, sur-le-champ. Non, si elle avait tué Pichu, elle avait préparé son coup avec soin et fait tout ce que Son Excellence croyait avoir été fait pour se couvrir ensuite. Elle n'allait pas tout gâcher en passant aussi facilement aux aveux.

Mais crénom, elle ne pourrait pas faire quelque chose ? Combien de temps allait-elle rester assise là ?

La touffe d'ajoncs lui cachait en partie le soleil et il commençait à avoir carrément froid à la tête et aux épaules, même si la sueur picotait ses jambes.

Ses yeux tombèrent sur le livre que Son Excellence lui avait passé de cette façon si absurde, gisant sur l'herbe à côté de lui. Eh bien ! A défaut de *Mrs McGinty,* il pourrait peut-être parcourir *Dans la vallée de la mort.* C'était aussi un roman policier, après tout. La dame de la bibliothèque avait dit que c'était extra, de première classe. Il en retirerait peut-être une idée un peu plus nette de la façon dont ces ouvrages étaient construits. De la façon, qui sait, dont avait fonctionné l'esprit de Trayling Memsahib ?

Et puis — une lueur de malice s'alluma au plus profond de lui-même —, s'il pouvait trouver qui avait commis le crime dans le livre, peut-être aurait-il la chance de faire savoir à Son Excellence qu'il était arrivé le premier à la solution.

Il regarda de nouveau Trayling Memsahib. Pas trace de mouvement.

Il ouvrit le livre.

Le temps passait. Le soleil commença à baisser sur l'horizon. Il se mit à faire nettement plus frais. De temps en temps, il interrompait sa lecture et relevait la tête pour s'assurer que le gibier de Sherlock Holmes était toujours là, puis il reprenait son livre, bientôt aiguillonné par le simple désir de savoir qui avait commis ce meurtre censé s'être produit dans un bois de la campagne anglaise, une centaine d'années plus tôt.

Enfin, les principaux faits étant bien nets dans son esprit, il fit une chose dont il eut vaguement l'impression qu'elle était répréhensible, sans savoir au juste pourquoi. Il sauta au dernier chapitre, qu'il lut goulûment.

Ah, c'était donc lui. Très habile, encore qu'un peu tiré par les cheveux. Mais enfin, une assez bonne raison pour tuer quelqu'un. Si vous aviez commis une lâcheté pendant la guerre de Crimée, non pas à la Charge de la Brigade Légère représentée dans toute sa gloire enfumée sur le mur de la salle de billard au Club d'Ootacamund, mais lors d'une autre bataille et si, au lieu d'être déshonoré, vous aviez par chance reçu la Victoria Cross et que des années plus tard quelqu'un apprenait votre secret… Oui, en effet, le chantage pouvait être une bonne raison pour…

« Mr Ghote ? Qu'est-ce que vous faites à rôder ici ? »

Il releva la tête, le cœur battant la chamade du désarroi. De l'autre côté du buisson d'ajoncs, Lucy Trayling le regardait avec fureur et mépris.

XIV

Quand son cœur s'arrêta de cogner, Ghote sentit son visage s'empourprer. Sherlock Holmes s'était fait surprendre. Sa filature avait été lamentablement maladroite. Il n'avait pas obéi au premier commandement du parfait détective : concentration inflexible sur la tâche entreprise. Des mots terribles, tombés de la plume magistrale du Dr. Hans Gross *(L'Investigation criminelle),* résonnaient dans sa tête : « L'enquêteur doit posséder l'esprit de sacrifice à un degré élevé. »

Et qu'avait-il sacrifié ? Il avait abandonné la surveillance d'un suspect pour lire un roman policier de pacotille.

Il regarda le visage sévère, indigné, de Mrs Lucy Trayling sous son grand chapeau entouré de mèches gris fer.

Et il se rendit compte que, surpris ainsi en état d'infériorité, il lui fallait néanmoins prendre la situation en main.

« Madame, lui dit-il, je vous surveillais de très près, voilà ce que je faisais ici. Vous devez bien vous rendre compte, n'est-ce pas, que le meurtre dans la salle de billard au Club d'Ooty n'est pas forcément l'œuvre d'un dacoït. C'est peut-être au contraire un crime très soigneusement préparé par quelqu'un qui couchait au Club la nuit en question. Et vous êtes dans ce cas. »

Il semblait certainement avoir retourné la situation. Mrs Trayling parut très décontenancée. Il décida de poursuivre son avantage.

« Ne croyez pas, je vous en prie, que je ne sais pas très bien ce que vous faites dans cet endroit désert. » Mrs Trayling cherchait ses mots et apparemment ne les trouvait pas. « Oui, c'est sans doute l'endroit où votre défunt mari, le général Roly Trayling, est tombé dans le lac et s'est noyé. Vous aviez une intention en venant ici, c'est sûr, mais est-ce que c'était seulement pour pleurer ? J'en doute beaucoup.

— Mr Ghote...

— Non, est-ce que ce n'était pas plutôt pour dire à l'esprit de votre défunt mari que l'homme qui l'avait laissé se noyer était maintenant mort aussi ? Et par vos soins ?

— Non. Non. Oh non ! »

Mrs Trayling parut perdre en un instant toute l'énergie belliqueuse dont elle avait fait preuve lorsqu'elle l'avait dominé, telle une furie vengeresse, par-dessus le buisson d'ajoncs.

« Non, Mr Ghote, non, ce n'est pas vrai, dit-elle. Oh, oh, je suis complètement perdue ! Je ne sais que faire. Je ne sais pas où me tourner.

— Mais dans votre désarroi, vous avez tué l'homme Pichu ? » Ghote était décidé à ne pas céder un pouce de terrain.

« Non, non. Oh, vous savez, je ne suis pas venue à l'endroit où Roly s'est noyé — oui, vous avez raison pour ce qui est de ça —, je ne suis pas venue ici pour lui dire ça. Pas du tout. Pas du tout.

— Alors, pour quoi ? »

De nouveau Ghote se forçait à être aussi inflexible que le code pénal indien lui-même.

« C’était pour lui demander… commença-t-elle. Oh, Mr Ghote, je sais que vous allez me trouver stupide, mais c’était pour lui demander son avis que je suis venue ici. Vrai.

— Pour demander l’avis du général Trayling ? dit Ghote qui ne trouvait pas cela tellement stupide. Mais son avis sur quoi ?

— Sur… sur ce que je devrais faire. Je veux dire, tant que ma vieille ayah était avec moi je savais que j’étais obligée de rester à Ooty pour qu’elle ait un toit sur la tête. Tous les gens de sa famille sont morts depuis longtemps. Bien sûr, elle ne fait pas grand-chose dans la maison, mais ça ne me gêne pas. Presque tout le monde à Ooty, je veux dire les personnes comme moi, nous faisons des choses auxquelles nous n’aurions même pas pensé autrefois. Non, ça ne me dérangeait pas et je savais que je devais rester jusqu’à ce que la pauvre vieille ayah me quitte. Mais elle ne durera plus guère qu’un mois ou deux maintenant, je le vois bien. Et quand elle ne sera plus là, qu’est-ce qu’il faudra que je fasse ?

— Mais Son Excellence Mr Mehta me disait que vous rentreriez en Angleterre.

— Oui, c’est ce que j’ai dit autour de moi. Mais faut-il que je rentre ? Comment est-ce en Angleterre, maintenant ? On entend dire des choses si épouvantables. L’anarchie, les agressions. Peut-être qu’une fois là-bas je trouverai que c’est trop horrible.

— Oui, je me rends compte qu’aller en Angleterre, si ce n’est plus un endroit calme et bien en ordre, ce serait courir un risque très-très grave.

— Oui, mais rester à Ooty ? Je n’y connais presque plus personne maintenant. Surinder Mehta est de l’ancien temps, certes, mais il devient bien branlant, et le cher vieux Ringer Bell est encore pire. Ne croyez pas que ça me déplaise que les gens ne soient pas anglais.

J'ai dépassé cela depuis longtemps. C'est simplement qu'il n'y a personne que je connaisse vraiment. Presque personne.

— Et vous étiez venue ici pour demander l'avis de feu le général sur ce sujet-là ? Rester ou partir ?

— Oui. Vous comprenez, Roly avait réponse à tout. Ça lui venait de l'armée. Vous aviez le règlement à suivre. Défilé à telle ou telle heure. Une seule façon de faire l'exercice. Une seule façon de donner les ordres. Tout était fixé, bien net, décidé. Je crois que c'est pour ça que, quand il a pris sa retraite, il... Enfin, je crois...

— C'est pour ça que feu le général buvait beaucoup de whisky indien ? demanda doucement Ghote.

— Ah, vous savez ? Oui, je suppose que ça court les rues. Ooty est un endroit terrible pour les commérages. Eh bien, oui, c'est pour ça que le pauvre Roly en éprouvait le besoin. Il n'avait plus de règlements à suivre. Il avait bien essayé de jardiner, mais ces maudites roses trémières ne poussaient jamais en rangs comme il voulait. Et c'était la même chose pour tout, en réalité.

— Je vois. Et s'il vous plaît, quand vous vous êtes levée et que vous m'avez surpris derrière ce buisson, est-ce que vous aviez eu une réponse du défunt général ? »

Lucy Trayling soupira.

« Je n'aurais pas dû m'y attendre, n'est-ce pas ?

— Mais, non. Une idée aurait pu vous venir à l'esprit.

— Oui. Eh bien, il n'y en a pas eu.

— Alors, qu'est-ce que vous allez faire quand votre ayah vous laissera ?

— Je n'en sais rien, Mr Ghote. Je n'en sais absolument rien. »

Ghote la regarda.

Au cours de cette conversation intime, ses cheveux

semblaient être devenus plus indisciplinés encore et, dans son agitation, le contenu de son sac à tricot avait commencé à se répandre, une pelote de laine angora rose suivant une autre vert cru — des couleurs qui hurlaient abominablement.

« Mrs Trayling, dit enfin Ghote, tâtant le terrain avec précaution. Ooty est un très joli endroit. L'air y est si frais et pourtant le soleil brille avec beaucoup d'éclat. Il y a des tas de jolies maisons aussi et d'autres agréments. Vous ne croyez pas que vous feriez bien d'y rester ? »

La veuve du général renifla avec violence et passa négligemment le doigt sur une joue tannée, ridée, où une larme avait brillé.

« Oui, dit-elle. Oui. Je pense que vous avez peut-être raison. » Elle s'efforça de refourrer les pelotes vagabondes dans son sac. « Eh bien, ajouta-t-elle, je suppose que Roly m'a parlé. D'une certaine façon. »

Elle saisit une aiguille à tricoter en métal et l'enfonça avec férocité dans le contenu du sac.

« Et maintenant, si vous voulez bien m'excuser, dit-elle. Il faut que je rentre. Je pense que j'ai peut-être laissé une bouilloire sur le feu et Ayah ne fait plus guère attention à ces choses-là. »

Et elle s'en alla.

Ghote ne croyait pas à la bouilloire. Mais il resta derrière sa touffe d'ajoncs jusqu'à ce que Lucy Trayling soit déjà loin.

Et il décida qu'il ne dirait rien de cette étrange rencontre à son encombrant Watson. Il croyait à la raison qu'elle lui avait donnée pour cette visite au lac (beaucoup plus qu'à la bouilloire), mais il se rendait compte qu'elle n'avait fourni aucune preuve solide, tangible, qu'elle était innocente du crime dans la salle de billard. Au contraire, son cas s'était plutôt aggravé. En somme, elle était grande consommatrice de romans policiers et le crime semblait copié sur les procédés de cette littérature. Et désormais, sa confusion mentale était démontrée. D'après ce qu'il venait d'en voir, elle pouvait très bien être de ces personnes qui commettent un meurtre pour tout un méli-mélo de raisons qui sembleraient très insuffisantes à des esprits plus rationnels.

Oui, sans aucun doute Son Excellence voudrait non sans raison garder Mrs Trayling sur la liste de suspects. Il y en avait donc toujours cinq. Six, si l'on comptait Mr Iyer avec son alibi.

De retour au Club, il avait un peu espéré pouvoir éviter Son Excellence. Mais il n'eut pas cette chance.

Alors qu'il était installé sous l'un des vieux massacres de cerfs, devant une théière et un grand plat de sandwiches au concombre pour remplacer le déjeuner qu'il avait manqué pendant qu'il surveillait Lucy Trayling, Son Excellence fondit sur lui.

« Ha ! Vous voilà. Bonne chasse ? »

Ghote se leva du divan profond.

« S'il vous plaît, quelle chasse ?

— Lucy Trayling, dit Son Excellence, plus perspicace qu'un gourou devrait l'être. Vous pensez bien que j'ai compris, quand je vous ai vu filer au galop après l'énorme mensonge que la pauvre avait dit à propos de son chien.

— Eh bien, oui, je voulais savoir où Trayling Memsahib était si pressée d'aller.

— Bien. Très bien. Et où allait-elle ?

— Oh, elle... c'est-à-dire... je suis désolé, mais je n'ai pas pu finalement la suivre jusqu'à l'endroit où elle allait.

— Ah ! pas tout à fait au niveau du grand Sherlock, hein ? »

Son Excellence lui envoya dans les côtes un coup de coude rendu assez douloureux par l'extrême acuité de cette articulation.

Tout de même, se disait Ghote, c'était parce qu'il n'avait pas filé Lucy Trayling avec la miraculeuse transparence d'un Sherlock Holmes qu'il avait finalement découvert tant de choses à son sujet.

Mais son silence lui valut d'autres tribulations. Il permit à Son Excellence de se lancer dans une longue comparaison entre Holmes et Poirot, avec une particulière insistance sur les preuves matérielles. Intervinrent les pneus de bicyclette, les petites cellules grises, un chien qui n'avait pas aboyé dans la nuit, ainsi qu'une liste concoctée par Poirot, qui comprenait l'odeur de la peinture à l'huile, une carte postale, un critique d'art et des fleurs de cire, le tout réuni ayant démontré que le meurtre ne pouvait avoir été commis que d'une seule façon.

Ghote écouta cette litanie confuse avec toute la patience dont il disposait, mais il finit par se lever brusquement du divan où son Watson impitoyable l'avait entraîné.

« Beaucoup de regrets, monsieur, dit-il, saisissant le premier prétexte venu, mais il faut que je retourne à Sunnyside Cottage.

— Ha ! Recueillir des indices, hein ? Pratapgadh et sa dulcinée clandestine toujours en première ligne ? Très bien. » Il hocha la tête, approbateur. « Oui, les types comme vous ne travaillent jamais sur des théories. Exactement ce que je disais. Des preuves solides, des pièces à conviction, voilà ce qu'ils veulent, la carte postale, les fleurs de cire. Allez-y, allez-y, Poirot. Et prenez garde de ne pas salir vos souliers toujours impeccables. »

Ghote ne prit pas le temps de demander ce que signifiait cette dernière remarque, se disant que tout s'éclairerait peut-être quand il pourrait lire *Mrs McGinty*. Si, après les ennuis que lui avait valus

Dans la vallée de la mort, il avait le courage de s'attaquer à un autre roman policier.

Quittant le Club en toute hâte alors que le soir tombait déjà, il se dit qu'en somme, retourner à Sunnyside ne serait peut-être pas une mauvaise chose. Si le Maharaja de Pratapgadh était l'amant de Sarla Kumar, il pouvait bien avoir été si déterminé à ce que sa femme n'en sache rien qu'il aurait liquidé Pichu avec le mépris d'un Rajpoute d'autrefois pour un simple serviteur. Il serait donc très utile d'établir avec certitude que cette relation existait effectivement. Et cette fois, il prendrait bien garde de ne pas se laisser distraire un instant. Ce serait à chaque seconde le Dr Hans Gross et non pas ce Sherlock Holmes si facilement invisible.

Donc, mieux valait se rendre là-bas à pied, pour ne pas risquer d'alerter cette affreuse tatie avec un bruit de moteur.

Il regarda le ciel qui perdait déjà très vite l'éclat du jour. Il lui faudrait se hâter pour trouver une bonne cachette avant que le Maharaja ait la possibilité de sauter de la salle à manger du Club dans sa fameuse jeep.

Mais au moment où il arrivait au bas de l'avenue descendant du Club et regardait autour de lui pour voir s'il pouvait distinguer la silhouette immobile comme une pierre du yogin, son attention fut attirée par autre chose.

Le vieux veilleur qu'il avait remarqué en arrivant du car avec Son Excellence, ce premier soir. Le bonhomme arrivait d'un pas incertain pour prendre son poste, un long bâton ferré, le lathi, sur l'épaule à la façon des militaires.

Tout de suite, Ghote eut l'idée qu'il fallait lui poser certaines questions. Des questions qui auraient dû le pousser à rechercher l'individu dès qu'il avait été en possession des faits essentiels. Mais comme le veilleur n'était là que pendant les heures d'obscurité, il l'avait oublié. Voilà ce que c'était que d'être un simple détective privé !

D'un autre côté, les heures d'obscurité étaient là et s'il voulait arriver à Sunnyside Cottage avant le Maharaja, il n'avait pas une minute à perdre. Il était déjà parti un peu tard.

Pourtant, les questions qu'il avait à poser ne devaient pas attendre plus longtemps. Elles pourraient changer complètement sa façon de voir ce meurtre.

Non sans regret, il obliqua pour saluer le vieil homme.

« Bonsoir, veilleur sahib. »

Une claque appliquée d'une main trémulante sur le lathi, tenu de travers, lui répondit.

« Il y a quelque chose que tu pourrais me dire au sujet de la nuit où le pauvre Pichu a été tué. »

Pour autant que Ghote pût le distinguer dans la nuit qui tombait rapidement, le visage du veilleur prit aussitôt un air méfiant.

S'était-il trompé ? Ou la méfiance était-elle due à autre chose qu'à l'allusion à la mort de Pichu ?

« Peut-être, risqua-t-il, l'inspecteur Meenakshisundaram t'a déjà demandé ce qui s'est passé ce soir-là ?

— Non, sahib. L'inspecteur ne m'a pas vu. »

Mais la méfiance — désormais nettement perceptible dans la voix du bonhomme — n'avait pas diminué. Alors ce n'était pas le Tamoul qui, avec ses manières brutales, avait provoqué un ressentiment quelconque ?

Ghote réfléchit un instant.

Puis il décida qu'il n'y avait qu'une façon de procéder.

Il s'avança d'un pas pour que le visage du veilleur fût aussi visible que possible.

« Il y a quelque chose que tu n'as pas dit. »

Une affirmation. Indiscutable.

Il y eut un long silence. L'odeur d'un buisson d'héliotropes tout proche emplit délicieusement les narines de Ghote.

Enfin, le vieux veilleur poussa un bref gémissement — profond.

Ghote attendit.

« Sahib, dit le vieux d'une voix à peine audible. Sahib, je n'ai pas fait mon devoir. »

Mais malgré la souffrance dans cette voix désincarnée, Ghote savait qu'il ne pouvait desserrer son étreinte.

« Il faut tout dire. Tout. Chaque détail. »

Autre silence dans l'air chargé de senteurs.

« Sahib, quand le cambriolage a eu lieu, j'ai entendu. J'ai entendu le bruit d'une vitre qui se cassait. »

Puis un arrêt.

« Oui ? Tu as entendu. Tu es le veilleur du Club et, c'est vrai, tu dois entendre tous les bruits insolites la nuit. C'est pourquoi je suis venu te poser des questions.

— Oui, sahib. Mais comme Meenakshisundaram ne me demandait rien, j'ai osé espérer que personne ne saurait ce que j'ai fait.

— Ce que tu n'as *pas* fait. Ce que tu n'as *pas* fait, dit Ghote, implacable. Eh bien, quel est le devoir que tu n'as pas rempli ?

— Sahib, je suis vieux-vieux. Voilà bien des années que je suis veilleur au Club. Autrefois, le veilleur avant moi, on lui a donné sa retraite à l'âge de soixante ans. Il était encore fort, en bonne santé. Mais moi, sahib, on ne me donne pas ma retraite. »

Pas de fonds, se dit Ghote. Pas de fonds désormais, avec si peu de membres, pour permettre au Club de régler correctement ce genre de situation. Et voilà comment ce vieillard continuait à être veilleur, alors qu'il était incapable depuis longtemps d'accomplir convenablement sa tâche, incapable même de tenir le lathi bien droit en saluant.

« Oui, tu es un vieil homme, lui dit-il, toujours sévère. Mais néanmoins tu n'as pas fait ce qu'il fallait. Quand tu as entendu le bruit de la vitre dans la salle de billard, c'était ton devoir d'y aller.

— Mais, sahib, j'ai eu peur et je n'y suis pas allé.

— Et comme ça tu n'as pas pris le dacoït qui volait l'argenterie du Club, alors que tu avais le devoir de la protéger. »

Seulement, Ghote se demanda si c'était bien un dacoït que le vieil homme avait laissé filer ou quelqu'un du Club, un membre traçant cette fausse piste à laquelle son Excellence croyait si fort.

« Sahib, je ne l'ai pas pris, c'est vrai. Mais...

— Oui ? Qu'est-ce que c'est ? Qu'est-ce que c'est ?

— Mais, sahib, je n'ai pas été tout à fait honteux. Au bout d'un moment, j'ai retrouvé mon courage, autant que j'ai pu.

— Oui ? Et alors ?

— Alors, sahib, je suis bien allé voir ce que c'était que ce bruit de vitre cassée.

— Ah. Et tu as trouvé ? Tu as vu ?

— Sahib, j'ai vu qu'un dacoït était entré dans le Club et puis reparti ensuite.

— Tu l'as vu, ce dacoït ? Tu l'as bien regardé ? »

Ainsi donc, Meenakshisundaram avait raison. Le crime du Club était en fin de compte une affaire tout ordinaire, un simple cambriolage, même s'il avait tourné effroyablement mal. Donc, toutes ces inventions des romans policiers n'étaient que ça : des inventions.

« Non, sahib, je ne voyais pas bien. »

Une cascade de déception inonda Ghote. Pendant un instant il avait eu le plaisir de penser qu'il pourrait aller trouver Son Excellence et lui affirmer sans le moindre doute que Pichu avait été tué au cours d'un cambriolage ordinaire. Que l'inspecteur Meenakshisundaram était parfaitement capable de régler l'affaire et même qu'avec sa connaissance des gens et des lieux il était le seul officier de police indiqué. Sur ce, lui aurait pu quitter Ooty, ce paradis plein de traîtrises, retourner dans un monde qu'il connaissait, avec toutes ses difficultés, ses demi-réponses, son désordre et son gâchis. Là il aurait pu continuer à faire de son mieux.

Mais après cet heureux moment, tout avait volé en éclats.

« Tu ne voyais pas bien ? » Il questionnait désormais le vieil homme sans espoir. « Alors, qu'est-ce que tu as vu exactement ?

— Sahib, dans le noir, je savais que c'était un homme qui se faufilait dans cette haie là-bas, mais j'entendais plutôt que je voyais.

— Et même à ce moment-là, tu es resté où tu étais ?

— Non, sahib, non. Quand j'ai été sûr qu'un dacoït avait volé l'argenterie du Club, j'ai fait de mon mieux pour l'arrêter.

— Et qu'est-ce que c'était, ton mieux ?

— Sahib, j'ai crié et appelé. J'appelais les autres pour qu'ils viennent donner la chasse.

— Je vois. Et ils sont venus ? Qui est venu ? Je n'ai jamais entendu parler de chasse. Comment ça se fait-il ? Est-ce qu'une autre personne a vu ce voleur ?

— Non, sahib. Personne n'est venu.

— Personne ? Bien sûr. Personne. Et après ?

— Alors après, sahib, j'ai couru moi-même après ce sacré dacoït.

— Mais tu ne l'as plus vu ? » Ghote connaissait d'avance la réponse.

« Non, sahib, non, plus du tout. C'était tout noir. Je ne voyais rien et je n'entendais rien. Alors, après, j'ai espéré que personne ne penserait que j'avais entendu quelque chose. »

Ghote tourna les talons, bien qu'un minuscule quelque chose lui eût dit qu'il n'aurait pas dû laisser ainsi le veilleur. Il aurait dû dire quelque chose. Soit pour excuser le vieillard en raison de son âge et de sa faiblesse, soit pour l'accuser d'avoir manqué à son devoir, peu importait mais il aurait dû aller au fond des choses.

Or il n'avait pas eu l'énergie nécessaire. Parce que tout cela le laissait exactement au point où il en était avant d'avoir eu l'idée que le veilleur tenait peut-être entre ses mains la clef du mystère. Désormais, retour à la case départ. Retour à l'incertitude : autant de chances qu'il se fût agi d'une sorte de roman policier en action que d'un crime ordinaire convenablement nauséabond, qui serait résolu ou non selon que le hasard et un millier de circonstances bizarres en décideraient.

Les obscures nuées tourbillonnantes de la dépression l'envahirent.

XV

Écrasé de lassitude, Ghote se dit qu'il n'avait plus qu'à se rendre à Sunnyside Cottage pour voir s'il pouvait prouver que le Maharaja, peut-être le suspect N° 1 de Son Excellence, avait une liaison avec Sarla Kumar. Il se dit qu'il allait être obligé de prendre un taxi s'il voulait avoir le temps de se cacher avant que cet individu arrivât à toute allure dans sa jeep tapageuse.

Il partit donc d'un pas lourd voir s'il pouvait trouver un taxi, s'apercevant à peine que de jour ou de nuit le yogin était à sa place habituelle, rigide comme le panneau indicateur du Club à côté de lui.

Au moment où il passait devant lui, il entendit le bruit d'un véhicule qui venait à sa rencontre et, un instant plus tard, les phares troubles de celui-ci trouaient la nuit. Était-ce un taxi qu'il pourrait héler ?

A quelques mètres de lui, la voiture — c'était un taxi — s'arrêta brusquement. La porte arrière s'ouvrit avec vigueur et la Maharani descendit en se retournant à peine pour lancer un billet au chauffeur.

A la grande surprise de Ghote, elle marcha droit sur lui.

« Bonsoir... » commença-t-il.

Elle l'interrompit aussitôt.

« L'homme que je souhaitais le plus rencontrer de tout Ooty.

— S'il vous plaît ? »

Pourquoi, grand Dieu, cette voluptueuse créature riche et occidentalisée qui l'avait laissé sur place dans un mouvement de colère vingt-quatre heures plus tôt, l'obligeant à revenir à pied depuis Sunnyside Cottage, pourquoi disait-elle maintenant qu'il était l'homme qu'elle souhaitait le plus rencontrer ?

« Vous étiez là-bas avec moi hier, dit-elle d'une voix qui résonnait dans l'air frais. Vous étiez là-bas. Vous m'avez obligée à partir avant d'avoir fait ce que je voulais. Eh bien, vous serez le premier à savoir que ce soir j'ai fait ce que je voulais. J'ai appris exactement ce que je voulais savoir.

— Vous voulez dire...

— Oui, ce salopard m'avait dit qu'il ne voulait pas dîner. Alors j'ai deviné son intention. Je suis sortie en courant, j'ai pris un taxi. J'ai obligé le chauffeur à me conduire là-bas à tombeau ouvert. Je suis donc arrivée juste à temps, accroupie de nouveau derrière ce buisson, pour voir Vikram piaffer devant la porte, sonner, et la garce lui a ouvert.

— La tatie ?

— Ah, ouiche, la tatie ! La garce elle-même, cette sacrée Sarla Kumar. Elle a ouvert la porte et elle s'est jetée à son cou, la putain.

— Oh, je suis désolé ! Mais vous savez...

— Désolé ? Et pourquoi désolé ? Cette fois je le tiens. Je l'ai coincé pieds et poings liés, juste comme je voulais.

— Juste comme vous vouliez ? »

Ghote ne suivait qu'à moitié.

« Oh, oui. Maintenant que je suis sûre qu'il est retourné à ce boudin, en la reniflant comme un corniaud, il ne peut plus rien contre moi. Plus question de me plaquer sans une roupie quoi que je fasse.

— Avec Mr Amul Dutt ? lança hardiment Ghote.

— Oui. Parfaitement. Avec Mr Amul Dutt. Juste le temps de me changer pour mettre des vêtements qui n'ont pas été contaminés par la vue de ce cochon et la terre du jardin dégoûtant de cette traînée et je serai avec lui. Bonsoir, Mr Ghote, souhaitez-moi tout ce que je me souhaite. »

Elle pivota sur ses talons pour regagner le Club.

Mais Ghote n'allait pas la laisser partir sans apprendre d'elle tout ce dont il avait le plus besoin.

« Madame, madame, s'écria-t-il. Arrêtez ! Il y a une chose que je dois vous demander. »

Elle s'arrêta et se retourna, impatiente, pour lui faire face.

« Madame, dit-il en s'approchant d'elle. Ayez la bonté de me dire ceci : si votre mari a cette liaison avec Miss Sarla Kumar et prend toutes les précautions possibles pour que vous ne le sachiez pas, comment se fait-il, si c'est un homme vraiment sans pitié, qu'il n'ait pas écarté le marqueur Pichu de son chemin comme une mouche ou un insecte ? »

Il l'entendit pousser un petit soupir exaspéré.

« Réellement, vous êtes obsédé par cet ignoble Pichu. Bien entendu, Vikram ne l'aurait pas tué, je vous ai dit : il l'aurait acheté s'il y avait été obligé et sans sourciller. D'ailleurs, il n'est pas du tout le type sans pitié que vous croyez. Non, son truc c'est la dissimulation, la fourberie, et je suis bien placée pour le savoir.

— Très bien. Merci, madame. »

Ghote la regarda plonger à grandes enjambées dans l'obscurité. Il frissonna de froid. Pour aussitôt se sentir furieux contre lui-même. Toute sa vie il avait maudit la chaleur et l'humidité et quand par miracle il était là dans la fraîcheur de la montagne, il se sentait frigorifié et mal à l'aise.

Il se consola à l'idée qu'il n'avait plus besoin de surveiller Sunnyside Cottage. Parce qu'une chose était certaine : le Maharaja était l'amant de Sarla Kumar. Son épouse vindicative aussi bien que voluptueuse n'aurait pas menti à ce sujet, même si peut-être, pour sauvegarder son pain quotidien, elle n'avait pas dit la vérité sur la fourberie de son caractère.

Alors, que faire ? Retourner dîner avec Son Excellence après s'être lesté l'estomac, de toute façon, avec des sandwiches au concombre ?

Non. Sûrement pas.

Ce qu'il allait faire — l'idée l'avait envahi peu à peu comme l'odeur épicée de plats sur un fourneau — c'était rentrer discrètement au Club et aller se coucher. Même s'il ne pouvait pas s'endormir si tôt, il pourrait toujours lire *Mrs McGinty*.

Et puis le lendemain... Le lendemain, après une longue nuit de sommeil bienfaisant, il se lèverait de très bonne heure et il chercherait l'autre témoin que Meenakshisundaram n'avait pas interrogé, Gauri, la balayeuse, la première en fait à avoir vu le corps dans la salle de billard. Elle apporterait ou n'apporterait pas quelque chose de nouveau. Mais une partie au moins du travail sur cette affaire aurait été faite dans les règles.

Et puis, confortablement au chaud sous les couvertures, bien qu'ayant dû se passer de la bouillotte qu'un domestique lui aurait apportée s'il s'était couché moins tôt, il constata qu'après avoir repris le roman d'Agatha Christie, il n'avait pas de difficulté à venir à bout de sa tâche. Les mots glissaient sans heurts. Les incidents se succédaient. Des traits d'humour le faisaient sourire sans jamais interrompre sa lecture. Et pendant tout ce temps il ne pouvait s'empêcher de se poser cette question simple : qui avait tué Mrs McGinty ? Cette inoffensive femme de ménage ?

Assis dans le large lit, les couvertures remontées jusqu'au menton — chez lui, il n'en avait jamais besoin d'une seule —, il trouvait cette question de papier plus passionnante, plus exigeante que la vraie, posée par le cadavre trouvé dans la salle de billard, sous le même toit, quelques jours auparavant.

Et puis, à mesure qu'il lisait et que les heures s'égrenaient, il se disait que l'inoffensive Mrs McGinty ne l'avait pas été tant que cela, après tout. Elle avait fait comme Pichu, du chantage. Mais un chantage tissé en rayons de lune. Des miroitements sans substance qui ne touchaient à rien ni à personne.

Dans le flot bien huilé de toutes les péripéties, aucune des interrogations qui auraient pu déchirer la surface de son esprit comme des rochers aigus jaillissant de la mer ne se posait vraiment.

Le commissaire Spence pointait son gros index vers Poirot pour lui dire qu'il n'avait encore jamais vu pendre un innocent et qu'il n'avait pas l'intention de commencer. Ghote lisait cela et l'idée ne lui venait pas que l'inspecteur Meenakshisundaram était peut-être en train d'arrêter un dacoït quelconque, innocent de ce crime-là au moins, et se préparait à lui arracher des aveux par un interrogatoire musclé. Ou pire, que Son Excellence finirait par faire arrêter, aux termes de la Section 302, un membre du Club qui n'aurait en fait perpétré aucun meurtre d'une habileté diabolique.

Poirot disait à son « Cher Spence » que, Mrs McGinty ayant été une femme de ménage tout ordinaire, ce devait être le meurtrier qui était extraordinaire, et si puissant était le charme que l'idée ne vint même pas à Ghote que Son Excellence, qui avait sans doute lu ces mots une demi-douzaine de fois, aurait pu puiser là toute sa théorie ridicule.

Un des suspects remarquait plaisamment que ce qu'il aimait dans les romans policiers, c'était les indices qui signifiaient tout pour le détective mais rien jusqu'à la fin pour le lecteur, qui se mordait alors les doigts de ne pas les avoir vus.

Ghote savait que, oui, lui aussi, en feuilletant les pages pour savoir qui était le coupable, il en avait laissé passer une demi-douzaine, mais pas un instant il ne se morigénait d'être si stupide, lui, officier de la police de Bombay. Il était dans un monde où les faits de l'existence quotidienne ne comptaient pour rien.

Enfin, Hercule Poirot ôtait les souliers qui le serraient — ceux qui avaient été salis par la boue anglaise à son grand déplaisir — et enfilait des pantoufles qui lui permettaient de se plonger dans un état de transe sans être distrait. Un état comme ceux dont le professeur Godbole avait parlé, à cela près que ses exemples étaient des Grands Détectives qui recouraient non pas à des pantoufles, mais à leur pipe. Donc, Poirot ne tarderait pas à savoir.

De fait, Poirot ne tarda pas à savoir et Ghote se mordit les doigts comme prévu.

Mais il s'aperçut avec un mélange de déception et de soulagement que la réponse à l'énigme posée par la mort de Mrs McGinty n'avait finalement jeté aucune lumière sur ce qui s'était passé au Club d'Ootacamund.

Et il était deux heures du matin.

Il eut un instant de panique. Il s'était promis de se lever avant l'aurore pour mettre la main sur Gauri la balayeuse à l'heure où, selon Son Excellence, une armée de ses semblables montait du Bazar pour que le Club soit toujours impeccable. Pourrait-il s'éveiller assez tôt ? Mais il se dit sévèrement qu'il le ferait quand ce serait nécessaire. Puis il laissa le livre de Son Excellence glisser par terre et au bout de deux minutes il dormait à poings fermés.

Quand il s'éveilla, une trace de lumière gris-blanc apparaissait à peine dans le ciel encadré par les hautes fenêtres de sa chambre. Il se leva, s'habilla en hâte et sortit sans bruit du bâtiment.

Pour trouver à son grand étonnement l'herbe élastique des vastes pelouses recouverte de blanc.

Du givre, se dit-il. C'est du givre qui transforme tout. Il fait d'Ooty un pays enchanté des contes occidentaux. Ce qu'il est, ce qu'il est sûrement. Un pays enchanté. Un endroit irréel.

Comme le livre qu'il avait dévoré avant de s'endormir.

Celui-là aussi avait été quelque peu transfiguré par le givre. Un filet magique de cristal blanc jeté sur les formes ternes de la vie quotidienne. Pendant qu'il était sous le charme, il avait très volontiers cru qu'il existait des gens faisant ce que Dame Agatha leur faisait faire. Il avait voulu accepter les cerceaux de cirque qu'elle tendait pour que les gens sautent au travers et les enchevêtrements de mystifications qu'elle avait disposés à leur usage, assurément selon des règles strictes. Et c'était en effet un cirque, son univers. Un cirque où tous les numéros réussissaient.

Mais il y avait un autre univers, celui du petit policier indien, où fort peu de numéros réussissaient et, quand ils le faisaient, quelque chose tournait en général très mal ensuite, laissant désordre et souffrance derrière eux. Un univers qu'aucun givre ne transfigurait.

Puis, relevant la tête, il vit la bande haillonneuse des balayeurs qui traversait la pelouse et il remarqua que, derrière elle, ce n'était plus la blancheur aux reflets étincelants, mais un noir boueux, foulé aux pieds.

Il examina attentivement le groupe qui approchait.

« Gauri ? » appela-t-il quand ils furent assez près pour qu'il pût se faire entendre sans élever la voix ni troubler le silence de l'aube. « Qui est Gauri ? »

Il crut d'abord qu'il n'aurait pas de réponse. Gauri n'était peut-être pas venue ce matin-là. Elle était peut-être malade. Ou morte, même. Ou disparue au milieu des masses pullulantes en bas dans les plaines.

Mais non.

Du groupe une vieille femme se détacha, méfiante, mais fière. Décharnée, maltraitée par l'âge, elle avait des cheveux grisonnants bien tirés en arrière. La peau sombre — ses parents avaient dû vouloir bien des années auparavant s'acharner à nier la réalité pour lui donner le nom d'une déesse célébrée pour sa blondeur —, des bras dont la peau collait aux tendons, un cou maigre et sillonné de cordes là où il émergeait du choli orange fané, le corsage à manches courtes qu'elle portait sous un sari de cotonnade bon marché tout fripé par le sommeil.

Il s'approcha d'elle.

« Gauri, lui dit-il, je connais très mal le tamoul. Tu parles anglais ?

— Je parle, oui, sahib. Pour travailler au Club, c'est bon.

— Très bien. Alors, je vais te dire que je viens de Bombay pour enquêter sur la mort du sieur Pichu. Tu as été la première à le voir mort, oui ?

— Oh, oui, sahib. J'ai vu ce vieux diable sur le billard, mort-mort, répliqua Gauri en souriant, sans le moindre embarras, comme s'il avait bu encore, la figure rose-rose comme des fleurs et la bouche toute pleine de bave. »

Ghote sentit une onde de soulagement le réchauffer. Enfin quelqu'un avec qui parler librement, aisément, malgré la difficulté du langage, quelqu'un de simple, de gai, qui acceptait la vie comme elle venait.

Mais avait-elle quelque chose d'intéressant à lui dire ?

« Vieux diable, tu dis ? demanda-t-il. Alors tu le connaissais bien ?

— Oh, celui-là ! J'entrais dans la salle de billard, toujours-toujours il ronflait devant les coupes en argent. A cause de biture. »

Satisfait d'avoir obtenu au moins cette confirmation des iniquités de Pichu, Ghote se lança.

« Oui, cette ivrognerie. Tu sais où il se procurait à boire dans un État qui est sec ? »

Gauri secoua sa tête grise.

« Oh, non, sahib. Qui peut dire où un type comme ça trouvait à boire ? En volant au Club ? Ou en achetant au Bazar où ils en font avec des fruits pourris et des chiens crevés ?

— Tu le voyais le matin seulement ? Ou à d'autres moments aussi ?

— Oh, je ne reste pas au Club quand les burra sahibs sont levés et se promènent par-ci par-là. Non, non. C'était le matin seulement que je le voyais, ce démon. Tout juste réveillé et il voulait déjà coller sa bouche puante sur ma figure.

— Ah, ça aussi ?

— Tout ce qui est mal, il l'était, sahib. Bouc-bouc, voleur, ivrogne, tout-tout.

— Et quand tu l'as trouvé mort, c'était sur la table de billard, pas là où il se couchait toujours, devant l'almirah ?

— Oui, sahib, ce jour-là, il n'était pas à cet endroit-là. Mais j'ai vu. Au milieu... milieu de la table. »

Et la vieille femme, leste comme une chèvre, lança les bras en l'air et les ouvrit, sauta les jambes écartées, ouvrit la bouche et resta là devant Ghote, dans l'air pétillant du matin.

Leurs haleines se mêlèrent en longs panaches nuageux.

Ghote eut presque l'impression d'avoir vu de ses yeux le corps dans la salle de billard.

« Et tu as vu la blessure qui l'a tué ? demanda-t-il, alors que Gauri achevait sa pantomime.

— Oui, oui, sahib, j'ai vu. Sur la veste blanche-blanche un petit rond de sang rouge-rouge.

— Et l'arme ? Le couteau, le poignard ou autre chose, tu as vu ?

— Parti, sahib, parti. »

Bien sûr, c'eût été très extraordinaire, vraiment trop demander que le fameux « instrument tranchant » de Son Excellence eût encore été dans le corps au moment où Gauri l'avait vu et qu'elle l'eût tout bonnement rangé, par pure ignorance — si l'arme disparue n'était décidément pas l'épée ordinaire des dacoïts que le voleur-meurtrier avait emportée avec lui, selon la version du crime chère à l'inspecteur Meenakshisundaram.

« Alors, il y avait juste cette tache de sang sur la veste du pauvre Pichu ? demanda-t-il pour confirmation.

— Pauvre-pauvre, non. Un démon, je dis. Bon débarras. »

Oui, cette façon plutôt rude d'envisager la mort violente n'était pas sans mérites. Elle était certainement plus conforme à la réalité, plus proche de la vie que le sang de papier si généreusement répandu par Son Excellence à la suite d'Agatha Christie dans ses livres.

« Dis-moi, dans cette pièce que tu balaies tous les jours, tu n'as rien vu de différent ce matin-là, rien du tout ?

— Mais si, sahib.

— Oui, oui ?

— Pichu sur la table, pas devant l'almirah.

— Non, je voulais dire... »

Mais tandis qu'il posait ces dernières questions de routine dont il n'espérait rien apprendre de plus, il avait vaguement perçu le bruit d'un moteur qui devenait de plus en plus fort. Et, à cet instant, celui-ci était devenu un tel rugissement qu'il détourna complètement l'attention de Ghote.

Regardant au loin, il vit, gravissant la pente à toute vitesse comme dans un film, une jeep de la police avec l'inspecteur Meenakshisundaram au volant, à moitié sorti de la portière, et deux agents en uniforme qui s'accrochaient désespérément derrière lui.

Le véhicule freina juste au-delà du groupe de balayeurs intrigués qui avaient observé Ghote pendant qu'il parlait avec Gauri, les pneus si rudement sollicités qu'ils firent voler les cailloux de l'allée.

« Inspecteur ! hurla Meenakshisundaram, montez, vite. Ce dacoït, il est là. Deux-trois minutes et on le saute. »

Sans prendre le temps de réfléchir, Ghote bondit à côté de Meenakshisundaram et le véhicule démarra en trombe dans un effroyable hurlement du moteur.

XVI

A la grande surprise de Ghote, l'inspecteur, au lieu d'opérer un virage sur l'aile et de repartir toujours rugissant vers l'entrée du Club, fonça droit dans l'herbe pour suivre avec force cahots toute la longueur du bâtiment.

Derrière eux, Ghote vit en se retournant que l'herbe blanchie de froid était labourée par la double cicatrice des larges pneus noirs.

Il se pencha vers le visage mafflu de son voisin.

« Où allons-nous ? hurla-t-il.

— Derrière. Prendre un informateur. »

Un informateur ? Quel informateur ? Et sur quoi aurait-il pu être informé ? A une heure aussi matinale ?

Ghote se demanda s'il valait la peine de hurler des questions assez fort pour dominer le rugissement de la jeep. Et décida que non.

D'ailleurs, elles n'allaient pas tarder à recevoir des réponses — et des réponses très inattendues.

Après avoir tourné l'angle du bâtiment, ils découvrirent Mr Habibullah dans la pâle lumière du matin, assez semblable à une tente blanche soutenue par le gros mât noir de son inévitable canne à pommeau d'argent.

« Ah ! beugla Meenakshisundaram, maintenant on va voir. »

Il arrêta la jeep avec une brutalité qui précipita tous ses occupants en avant.

« Montez, montez, lança-t-il à Mr Habibullah. Bougrement vite et dites-nous où il faut aller. »

Avec une rapidité et une légèreté étonnantes, l'interpellé se hissa à bord et s'assit à l'arrière, tel une gigantesque vesse-de-loup, entre les deux agents massifs et imperturbables.

« Au cimetière, inspecteur, cria-t-il dans l'oreille de celui-ci tandis que le moteur continuait à vibrer comme un tonnerre. Je l'ai repéré là-bas.

— Est-ce qu'on peut y arriver en jeep ?

— Non, non. J'ai bien peur que non. »

L'air furibond, Meenakshisundaram se tourna vers ses deux acolytes.

« Filez là-bas à pied, brailla-t-il. Et plus vite que ça. Coupez-lui la route. On va faire le tour par le chemin et le prendre à revers. »

Les deux hommes sautèrent à terre tandis que l'inspecteur opérait un virage en épingle à cheveux. Avec force cahots et embardées, il revint devant le Club en laissant deux profonds sillons noirs de plus sur la surface blanchie de l'herbe.

Quelques instants après, ils dévalaient la pente vers le petit chemin menant à l'église St Stephen. Sur cette surface un peu meilleure, le véhicule faisait moins de bruit et Ghote estima que la conversation serait possible à un diapason raisonnable.

Il se pencha en arrière vers Mr Habibullah.

« Comment avez-vous fait pour repérer ce type ? demanda-t-il.

— Oh, cher Mr Ghote, depuis que je suis en retraite j'aime observer les oiseaux. C'est mon passe-temps favori. J'aime voir ces petites créatures sautiller de-ci de-là, en toute liberté.

— Et vous avez des jumelles ? Vous avez observé cet individu à l'endroit où l'argenterie du Club a été déterrée ?

— Exactement. Le Grand Détective voit tout. »

Ghote resta silencieux. Un silence renfrogné.

A grand renfort de dérapages plus ou moins contrôlés, Meenakshisundaram amena en deux minutes leur équipage à l'embranchement de la large route qui conduisait à l'église, dont le clocher trapu se détachait sur un fond d'arbres verts très denses.

Et puis, juste au moment où Ghote commençait à se demander si l'inspecteur allait foncer droit dans l'une des barrières de bois au milieu du mur du cimetière, un homme vêtu de shorts kaki et d'un maillot blanc descendit la pente devant eux à toute allure et sauta par-dessus le mur bas.

« Par Dieu, c'est lui ! hurla Meenakshisundaram. Et je crois bien que je le connais. »

Le fugitif, qui suivait le bord de la route en direction de la petite chapelle blanche primitivement construite en dehors du cimetière pour les domestiques indigènes, semblait plus conscient des policiers à sa poursuite que du véhicule qui approchait. L'inspecteur donna un furieux coup de volant et fonça droit sur lui.

« Je l'ai, le salaud. »

Et il faillit bien, en effet, dire vrai. Juste à l'angle de la palissade entourant la chapelle, il toucha le fugitif qui multipliait feintes et esquisses — le choc fut nettement ressenti — mais dut aussitôt opérer un virage violent pour ne pas percuter le mur du petit édifice.

Mais enfin, leur gibier ne semblait pas gravement atteint. En se retournant, Ghote vit qu'il était toujours capable de courir et se dirigeait vers la haute silhouette de la Bibliothèque des Nilgiris.

« La prochaine fois, ça y sera », aboya l'inspecteur, mettant en marche pour prendre son élan avant l'assaut suivant.

« Non ! » hurla Ghote presque sans savoir qu'il l'avait fait.

Un instant plus tard il se retrouvait sur la route poussiéreuse, galopant à toutes jambes dans la direction du fuyard. La chasse ne dura pas longtemps. Il apparut en effet que le blessé était plus atteint qu'on avait pu le croire. Il courait toujours, mais en s'appuyant lourdement sur la jambe gauche, et Ghote n'eut pas de difficulté pour le rattraper avant qu'il tournât le coin.

« Arrête-toi, lui dit-il haletant. Arrête-toi si tu ne veux pas être accroché une deuxième fois. ».

Le type avait-il compris ? Ghote n'en sut rien. Mais ce qui est certain, c'est qu'il s'arrêta et resta sur place, tête penchée, bouche large ouverte pour aspirer l'air à grosses lampées, visage zébré de sueur, un filet de sang coulant de l'endroit où la jeep l'avait heurté.

Ghote décida qu'il n'était pas nécessaire de se saisir d'une telle loque.

Au bout d'un moment, il entendit la jeep s'arrêter derrière lui et un bruit sourd lorsque l'inspecteur sauta à terre.

Le Tamoul avait visiblement des notions différentes sur la manière d'appréhender les suspects. Il alla droit au prisonnier de Ghote, l'étendit d'un revers du bras, puis tout aussitôt l'empoigna par son maillot et le remit sur pieds.

« Je te connais, espèce de salaud ! hurla-t-il. Ton nom ? Ton sacré nom ? »

Le captif haletant, couvert de poussière, la joue gauche désormais peinte en rouge vif, s'efforça de produire un son.

Paf.

Meenakshisundaram gifla l'homme du plat de la main.

« Je te demande ton nom. »

Cette fois, les yeux blancs de peur, l'homme parvint à répondre.

« Balakumar.

— Balakumar, monsieur.

Autre gifle violente.

« Monsieur, monsieur, Balakumar, monsieur.

— Oui, Balakumar, Balakumar, c'est ça. Un des mauvais garçons sur ma liste, par Dieu. Tu as volé beaucoup de coupes en argent au Club d'Ootacamund, non ?

— Non, inspecteur, non. »

La gifle qui suivit envoya Balakumar une fois de plus sur le sol. Pour être une fois encore remis debout de force.

« Tu as volé cette argenterie. »

La main se leva de nouveau, serrée cette fois en un poing menaçant.

Pendant un instant, Balakumar resta silencieux, mais ses yeux papillotèrent en direction du poing de Meenakshisundaram.

« Tu le dis, inspecteur, marmonna-t-il, oui, monsieur, monsieur, monsieur.

— Je le dis, oui. Je dis que tu as volé et je dis que tu as tué un domestique là-bas.

— Non. »

Mais la protestation était à peine exprimée que l'inspecteur projetait brutalement son genou vers le haut.

Plié en deux, Balakumar poussa un gémissement. Meenakshisundaram étendit le bras et le redressa.

Spectateur silencieux, Ghote savait que ce n'était pas le moment d'intervenir. Un interrogatoire était en cours. Peut-être pas dans les strictes limites du code de procédure criminelle institué autrefois, au temps des Britanniques, mais selon les procédés expéditifs de la vie. Et peut-être ferait-il apparaître la vérité, ou une partie de la vérité. Dans ce cas, était-il important que le misérable à la merci de Meenakshisundaram passât un mauvais moment ? Un petit peu ? Très ? Trop ? Dans quelle mesure ?

Impossible de tracer une ligne de démarcation précise.

« Oui, gronda Meenakshisundaram, avançant son lourd visage tout contre celui de Balakumar souillé par la peur et la sueur. Oui, tu as tué un domestique là-bas. »

C'était à peine une question. Mais elle exigeait une réponse.

« Sahib, sahib. Monsieur. Oui, oui, si tu veux.

— Pas si je veux. Tu as tué ce domestique. Dis-le là. Dis-le devant ces témoins. »

Ghote s'aperçut que Mr Habibullah était descendu de la jeep et se tenait juste derrière lui. Il se demanda ce que le musulman pouvait bien penser. Peut-être, s'étant libéré des règlements du chemin de fer qui avaient dominé sa vie professionnelle, l'était-il aussi de tout le reste.

Mais l'inspecteur poursuivait avec une détermination implacable la réponse qu'il voulait avoir.

« Tu as tué le domestique. Dis-le. Avoue. Assassin. »

Le genou qui s'était déjà enfoncé dans l'aine de Balakumar avec une force suppliciante, commençait déjà à frémir d'impatience.

« Sahib, j'ai tué. J'ai tué elle.

— Suffit. »

Meenakshisundaram empoigna sa victime par le bras et la jeta presque dans la jeep, puis il se tourna vers Ghote et Mr Habibullah.

« Gentlemen, dit-il, le moment venu, je vous demanderai de signer des déclarations strictement conformes à toutes les procédures. Vous voulez que je vous ramène ?

« Non, dit Ghote.

— Oh, non, non, non, merci », répondit Mr Habibullah en écho.

Côte à côte, ils regardèrent en silence la jeep s'éloigner dans un tintamarre assourdissant de vitesses maltraitées, le prisonnier effondré sur le siège arrière. Au bout d'un petit moment, les policiers qui avaient levé celui-ci dans le cimetière arrivèrent en boitillant. Ni Ghote ni Mr Habibullah ne soufflèrent encore mot.

Mais quand les deux poursuivants épuisés eurent tourné l'angle de la bibliothèque, Ghote se tourna prudemment vers le Bibendum à ses côtés.

« Vous avez entendu ce que disait ce Balakumar ? » demanda-t-il.

Mr Habibullah soupira. Une grosse lampée d'air inspirée et expirée qui se changea encore en vapeur dans la fraîcheur du matin.

« Oui, dit-il. Oui, cher Mr Ghote, j'ai entendu.

— Qu'est-ce que vous avez entendu ? » demanda Ghote inflexible.

Autre soupir qui cette fois déplaça moins d'air.

« J'ai entendu ce que vous avez entendu. »

Ghote comprit que sa tentative pour pousser l'ancien cadre des chemins de fer à faire une déclaration libre d'influence n'allait pas réussir.

« Ce Balakumar a dit *elle*. Il a supposé que le domestique dont parlait Meenakshisundaram était une femme. N'est-ce pas ?

— Oui. Ah oui, mon cher ami, et nous, nous savons que la victime n'était pas une femme. »

Ce fut au tour de Ghote de soupirer.

« Mais la confusion de Balakumar ne prouve pas à

cent pour cent qu'il n'était pas effectivement en train de tuer Pichu dans la salle de billard, dit-il. Avec des méthodes pareilles pour l'interroger, je crois qu'il aurait pu dire presque n'importe quoi.

— Oui, oui, on a entendu dire que la police... Mais mon cher, je m'aventure peut-être là en terrain défendu. N'êtes-vous pas un officier de police ? Il est vrai que vous êtes bien davantage. Vous avez d'autres moyens de découvrir la vérité. »

L'espace d'un instant, pour la centième fois peut-être depuis son arrivée à Ooty, Ghote songea à rejeter véhémentement le manteau posé sur ses épaules. Mais une fois encore, il se rendit compte que cela ne servirait pas à grand-chose. Au lieu de cela, il posa une autre question à Mr Habibullah.

« Quand vous avez repéré ce type, il y a un moment, vous vous serviez de jumelles pour observer les oiseaux, d'après ce que vous avez dit. Mais qu'est-ce que vous avez vu au juste ?

— Eh bien, répondit Mr Habibullah, certains jours j'aime à me lever très tôt, et certains jours très tard. Aujourd'hui, il s'est trouvé que c'était un jour de la première catégorie. Mais j'étais à peine sorti du lit que je me suis demandé ce que mes petits amis les oiseaux faisaient à une heure si matinale. Alors, encore en vêtements de nuit, j'ai pris ces jumelles dont vous avez si subtilement déduit qu'elles devaient être en ma possession et j'ai regardé dehors le monde tout blanc de givre.

— Et vous avez vu ? demanda Ghote assez rudement.

— J'ai vu dans le cimetière, non pas tout à fait contre la tombe à la mémoire bienheureuse d'Annie épouse du Capitaine Henry Browne, mais pas loin, l'individu présentement entre les mains du redoutable inspecteur Meenakshisundaram. Et il se comportait de manière suspecte, pour ne pas dire carrément furtive, subreptice.

— Comment ça, suspecte ? »

Mr Habibullah réfléchit.

« Courbé, fureteur, regardant de droite et de gauche.

— Mais il aurait pu être tout simplement en train de chercher des baies comestibles ou des choses comme ça. »

Mr Habibullah poussa un soupir encore plus énorme que les précédents.

« Oui, dit-il. Oui, ça aurait pu être ça, bien que sur le moment, l'idée ne me soit pas venue du tout.

— Je vois. Et aussitôt vous avez appelé le commissariat de la police urbaine ?

— Oui, oui. J'ai pensé qu'il y avait là quelque chose qui réclamait une intervention résolue. Oui, une intervention résolue. Et je suis intervenu.

— Oui. Oui, c'est bien ce que vous avez fait. »

Ils se mirent en route pour rejoindre le Club. En silence.

Et Ghote laissa ses pensées vagabonder. Ce qui s'était passé prouvait-il que la version du meurtre adoptée par Meenakshisundaram était exacte ? Oui et non. Oui dans la mesure où ce dernier avait mis la main sur un délinquant notoire qu'on avait vu se comporter de manière suspecte près de l'endroit où les trophées du Club avaient été retrouvés. Non dans la mesure où les aveux arrachés par les mauvais traitements au susdit avaient sonné faux sur un point essentiel au moins. Non aussi parce que les mouvements dans le cimetière décrits par Mr Habibullah auraient pu être tout à fait innocents. Pourtant, les aveux étaient peut-être sincères, mis à part cet unique détail arraché sous la menace.

Cependant, si la réponse était vraiment non, alors la version de Son Excellence était-elle la bonne ? Et le meurtrier, l'une des cinq personnes couchant au Club ? Avec peut-être l'adjonction de Mr Iyer ?

Mais il y avait encore une autre possibilité...

Tandis qu'ils marchaient dans le soleil tiédissant qui commençait à faire fondre les plaques de givre sur les touffes d'herbe le long du chemin, Ghote glissa un regard de biais à son compagnon.

Était-il bien un vieux retraité du chemin de fer, comme il en avait l'air ? Ou un homme sans racines, jouet du vent qui, c'était très possible, se levait à l'aube et se mettait aussitôt à observer les oiseaux ? Ou, comme la description de son aspect physique pouvait le laisser supposer, un grand criminel en fuite ? Un homme très capable de repérer un innocent quelque part derrière les terrains du Club et de sauter sur l'occasion pour se décharger d'un crime sur ses épaules, en devinant peut-être aussi les méthodes de Meenakshisundaram pour mener un interrogatoire musclé ?

Le gros musulman tanguait à ses côtés, souriant doucement à part lui. Indéchiffrable.

Arrivés à l'entrée des jardins du Club, ils entamèrent la montée le long de la pente ombragée jusqu'au bâtiment lui-même. L'idée d'un breakfast d'Ooty avec porridge fumant, toast et confiture d'orange pour remplacer le thé du matin supprimé par le départ si matinal effleura l'esprit de Ghote.

Et puis soudain, une longue silhouette sortie de la galerie du Club s'approcha d'eux en gesticulant comme quelque oiseau sauvage au plumage hérissé. Son Excellence.

Sa surexcitation était presque palpable.

Le moral de Ghote tomba à zéro. Il sentit que son breakfast n'était peut-être pas aussi imminent qu'il l'avait cru.

« Ghote ! Ghote ! Ah, mon cher ! »

Le vieil ambassadeur arrivait presque en courant.

« Oui, monsieur ? Oui ? Qu'est-ce que c'est, s'il vous plaît ? »

Son Excellence freina, attendit un instant pour reprendre souffle.

« Ah, dit-il. Exactement l'homme qu'il me faut. Heureux de vous voir. C'est le deuxième meurtre, voyez-vous. »

XVII

Un deuxième meurtre ? Qui avait donc été supprimé ? Et pourquoi ? Est-ce que cela voulait dire, se demanda Ghote, que Son Excellence avait vu juste dans toute cette affaire ? Ou alors Balakumar, le prisonnier de Meenakshisundaram, avait-il pénétré dans le Club avant d'être vu par Mr Habibullah et tué de nouveau — qui ? Qui ?

Puis une idée plus inquiétante encore, une idée terrible, lui traversa l'esprit.

Gauri. Quelqu'un, sur la liste de Son Excellence, ou Balakumar, l'avait-il vue en train de parler avec lui dehors et tuée parce qu'il la redoutait comme témoin ? Était-il, lui, Ghote, responsable du drame ?

« S'il vous plaît, bégaya-t-il. S'il vous plaît, qui ? Qui est cette victime ?

— Ah. J'espérais que vous alliez pouvoir me le dire », répondit Son Excellence sur un ton beaucoup moins consterné qu'on s'y serait attendu.

— Moi ? Moi, je pourrais le savoir ? Mais comment ?

— Ma foi, je pensais que si vous aviez maintenant une assez bonne idée du premier meurtrier, vous sauriez qui risque d'être sa deuxième victime. »

Ghote se demanda si Son Excellence n'avait pas

perdu la raison. Fallait-il l'enfermer dans le pagal khana ?

« Cette deuxième victime, demanda-t-il précautionneusement. Est-ce que vous voulez dire que vous comptez seulement qu'il y en aura une ?

— Bien sûr, mon cher. Il survient dans beaucoup de livres d'Agatha Christie, après tout, ce deuxième meurtre. Poirot ou Miss Marple commencent à brûler, le criminel s'affole et il commet le deuxième meurtre, parfois pour faire disparaître un témoin dangereux, parfois pour lancer sur une fausse piste. »

Ghote respira profondément et leva les yeux sur la haute silhouette vêtue de tweed en face de lui.

« Vous dites que dans la vraie vie, dans cette vie que nous vivons maintenant, même si c'est seulement ici à Ooty, quelqu'un va commettre un meurtre simplement pour brouiller les pistes ? »

Son Excellence piqua brusquement du nez en direction de ses brodequins bruns bien cirés.

« Eh bien, n'oubliez pas, dit-il, Dame Agatha était remarquablement fine. Remarquablement fine. Je veux dire... Enfin... Enfin, ça pourrait se produire vous savez. Vraiment. Parfois.

— Mais ça ne s'est pas produit ici au Club, maintenant ?

— Non. Non. C'est ce que j'étais venu vous dire. Si ça doit arriver, ça pourrait être bientôt. »

Il se ragaillardit tout à coup.

« Et puis, il y a autre chose que je voulais vous dire, poursuivit-il. Si nous voulons éviter le deuxième crime — et Poirot y arrive dans certains des livres, bien sûr —, alors est-ce qu'il ne serait pas temps d'organiser la Grande Confrontation ?

— Une confrontation ? Une qui est grande ?

— Eh bien, oui. Ça n'est pas le procédé classique, en somme ? Réunir tous les suspects, en général dans la bibliothèque ou au salon, et puis les passer en revue un à un en montrant comment chacun pourrait être le coupable et puis finalement dire que non, bien sûr, ça n'était aucun d'entre eux, et vous vous retournez contre le vrai criminel, quelqu'un que vous aviez eu l'air d'écarter auparavant et vous le faites craquer — lui ou elle, il ne faut pas oublier les dames, Dieu les bénisse — et avouer alors qu'en réalité il n'y a pas assez de preuves pour l'inculper. Vous devez connaître ça. »

Oui, se dit Ghote dans un éclair d'illumination brusque. Oui, bien sûr. Je connais ça. Le livre irréel, surgelé, *Mrs McGinty,* tout ça s'y est passé.

« Vous parlez de livres ? demanda-t-il. C'est comme la fin de l'affaire McGinty ?

— Exactement, mon cher. Exactement. Enchanté que vous ayez fini le bouquin. Il vous aidera énormément pour mener votre Grande Confrontation ce soir.

— Ce soir ? Quel soir ?

— Oh, je ne vous ai pas dit ? Eh bien, vous comprenez, comme vous avez accepté de venir au Cercle culturel pour la conférence du professeur Godbole, j'ai trouvé que l'occasion était si belle qu'il ne fallait pas la manquer.

— Une occasion pour quoi, exactement ?

— Eh bien, pour les réunir tous dans un même endroit. Dès que les quelques autres personnes susceptibles de venir seront parties, à l'exception peut-être du Dr Fatbhoy qui est toujours un peu difficile à déloger, même du Club, ici, il ne vous restera plus que le groupe des suspects. Alors vous pourrez les prendre un à un et éventuellement démasquer le vrai meurtrier. »

A ce moment, Ghote aurait voulu lancer avec toute la force dont il disposait cette simple syllabe : « Non. » Mais malgré le demi-triomphe remporté quelques minutes auparavant quand il avait fait un peu honte à Son Excellence avec son idée ridicule que dans le monde réel quelqu'un irait jusqu'à commettre un meurtre sanglant, malpropre et maladroit simplement pour brouiller les pistes, il ne se sentait pas en mesure de défier ainsi brutalement un personnage aussi influent.

Il aurait aimé dire que chercher dans la mort de Pichu autre chose qu'un effet secondaire autant qu'aléatoire du vol de l'argenterie était ridicule. Il aurait aimé dire que sa présence à Ooty n'était absolument pas nécessaire et ne l'avait jamais été. Il aurait aimé tourner les talons et descendre tout droit jusqu'à la place qu'ils appelaient Charing Cross pour sauter à bord d'un car attendant, moteur vrombissant, tout prêt à l'emmener par des tours et des détours et des lacets et des virages tout en bas, jusque dans les plaines torrides et les complications, les demi-succès et les trois quarts d'échecs du travail de la police dans le monde réel.

Mais sa valise et les quelques objets qu'il avait apportés avec lui étaient là, mis hors de sa portée par Son Excellence, dans le Club même. D'ailleurs, aucun car ne partirait pour Coimbatore avant plusieurs heures.

Pire, il n'était pas du tout certain que l'idée folle de Son Excellence n'eût pas été juste au moins pour l'essentiel. Après tout, la solution de Meenakshisundaram présentait bien des failles.

« Bien, dit-il, s'armant de courage. J'ai promis au Dr Fatbhoy d'aller au Cercle culturel et j'irai. »

Mais il ajouta dans le secret de son cœur que, pour la Grande Confrontation, on verrait.

« Bravo, voilà qui est sport. »

Et puis tout à coup, au moment où il rejetait les implications contenues dans les félicitations de Son Excellence, une idée lui traversa l'esprit et s'y planta solidement. Peut-être en se tournant un peu pour ne pas regarder son interlocuteur droit dans les yeux en lançant ce demi-mensonge au sujet du Cercle culturel, avait-il aperçu au loin le yogin-colonne assis contre le panneau du Club, immobile dans le froid matinal. Peut-être fut-ce par hasard. Ou peut-être l'allusion au professeur Godbole lui avait-elle rappelé cette étrange demi-heure dans la pièce déserte en haut de la Bibliothèque des Nilgiris, là où le petit brahmane surexcité avait exposé sa théorie sur le caractère unique des Grands Détectives capables de combiner dans une transe ennuagée de tabac les intuitions du poète et du mathématicien, éclairant ce qui n'a encore jamais été.

Enfin, quelle que fût la raison, l'idée lui était venue : puisqu'ils disent sans cesse que je suis un grand détective, voyons si c'est vrai. Je vais entrer en transe. Pas une transe occidentale à la Sherlock Holmes. Non. Je vais faire juste ce que j'essayais toujours de réaliser chez moi à Bombay, me remettre entre les mains du Dr K.S. Joshi, M.S.C., M.A., Ph. D., célèbre auteur du *Yoga dans la vie quotidienne*.

« Voyons, Excellence, dit-il prestement, il ne faut pas que je reste toute la journée ici à ne rien faire. Je vais d'abord prendre un bon petit déjeuner et puis j'ai du travail. Surtout pas d'interruption, s'il vous plaît. »

Il avait dû faire sonner la note d'autorité voulue parce que Son Excellence s'effaça aussitôt et Mr Habibullah n'essaya pas de l'accompagner tandis qu'il se dirigeait à grandes enjambées vers le Club.

Bientôt réconforté par un breakfast conforme à ses désirs, porridge anglais crémeux et roboratif, œufs à la coque tenus au chaud chacun dans son cosy de laine, enfin toast avec une épaisse couche de marmelade d'oranges Dundee, foncée, épicée et qui respirait l'assurance (pourquoi ?), il se retira dans son énorme chambre. Là il posa un instant la main sur la couverture bariolée, jaune, rose et noire du livre écrit par le

Dr Joshi — inutile de feuilleter ses pages bien connues — et, s'asseyant par terre, il prit la position du lotus.

Oui, se dit-il, le plancher d'une chambre au Club d'Ootacamund, nettoyé tous les jours par des domestiques dressés à maintenir le niveau d'excellence le plus élevé, est certainement un endroit tout indiqué pour pratiquer les techniques du yoga. Un endroit, selon les termes du Dr Joshi, bien protégé de la menace des bêtes, des rongeurs et des insectes. Et s'il contrevenait à un autre des préceptes de l'auteur en entreprenant l'estomac plein les postures assises, les *asanas,* on pouvait considérer que c'était un cas spécial. Le yoga à Ooty. Des règles différentes étaient nécessaires. Et il avait au moins évité, comme le Dr Joshi le recommandait tant, trop de piments et d'épices.

Il se mit alors résolument en devoir d'atteindre le stade du *dharana* qui lui avait si souvent échappé auparavant. Cette fois, il jura de se concentrer inébranlablement sur ce point à l'extrémité du nez, d'éliminer toute trace d'agitation dans son esprit, les pensées vaines, les fantaisies et les lubies qui s'étaient si souvent poursuivies auparavant dans sa tête, telle une portée de souris.

Il attendrait le *dharana.* Et à partir de là, qui sait ? Il s'apercevrait peut-être qu'il était entré dans le *dhyana,* que son esprit, selon les termes du Dr Joshi, devenait aussi stable que la flamme d'une lampe dans une atmosphère très calme. Et alors... Alors il connaîtrait la réponse à cette énigme nauséabonde qui lui avait été jetée à la tête. Est-ce que Meenakshisundaram...

Non. Non. Oublier Meenakshisundaram. Oublier Son Excellence. Oublier Ooty. Ne penser qu'au bout de mon nez. Et si tard que survienne la fin de cette méditation, voir ce qui s'est alors passé dans ma tête.

Le bout de mon nez. Le bout de mon nez. Le bout...

Il semblait y avoir du tonnerre. Agni, dieu du Feu, lançait ses foudres massives. La fureur des cieux.

C'était la porte. Des coups sur la porte de — où ça ? Oui, de sa chambre. Au Club. Le Club d'Ootacamund. A Ooty.

« Oui ? demanda une voix croassante qui devait être la sienne. Oui ? Quoi ?... Qu'est-ce ?... Entrez, s'il vous plaît. »

La porte s'ouvrit. Il se tourna vers elle. Sur le seuil une haute silhouette maigre au visage boucané. C'était — bien sûr, bien sûr — Son Excellence.

Il se remit sur pied.

« S'il vous plaît, oui, belle matinée, dit-il.

— Mon cher, c'est le soir, figurez-vous. Vous avez dormi ? Ma foi, même le grand Sherlock Holmes dormait parfois, c'est signalé, mais il s'éveillait en général avant Watson, hein ? A son chevet pour annoncer : “ Le chocolat est dans la pièce à côté et le gibier est levé ”, hein ?

— S'il vous plaît ? répéta Ghote.

— Eh bien, je suis venu vous chercher, mon vieux, le Cercle culturel va commencer dans une demi-heure et je croyais que je vous aurais déjà rencontré quelque part, piaffant d'impatience.

— Dans une demi-heure ? Juste une demi-heure ? Mais... mais qu'est-ce qu'il est arrivé au temps ?

— Vous avez dormi, je suppose. Je dois dire que quand vous êtes parti d'un air si décidé ce matin en disant qu'il ne fallait pas vous déranger, j'ai cru que vous alliez retrousser vos manches et trouver l'auteur du crime comme Poirot dans *Mrs McGinty* quand il a ôté ses souliers qui le serraient, vous vous rappelez ? »

Ghote se rappelait. Il se rappelait qu'il s'était vu retirant non pas des souliers trop justes mais, disons, les règles trop étroites qui l'avaient empêché de voir ce qu'il avait peut-être sous les yeux depuis le début. Et il se rappelait la façon très particulière qu'il avait pensé employer pour y parvenir, une façon différente et encore meilleure que celle de Poirot et de Holmes avant lui.

Mais comment dire à Son Excellence, à cet ancien ambassadeur dans un pays européen, cet homme imprégné de culture occidentale jusqu'aux romans policiers qu'il passait son temps à admirer, comment dire à une telle personne qu'il avait essayé de se mettre en état de *dharana* et même espéré atteindre le *dhyana ?*

La voix nette et tranchante de Son Excellence le tira d'embarras.

« Eh bien, vous venez ? Il ne s'agit pas d'être en retard, hein ? Invité d'honneur et tout et tout. Mettez donc cette cravate que je vous ai prêtée et filons.

— Oui, oui. Deux minutes seulement, s'il vous plaît. Je vous retrouverai sous le porche. Deux minutes seulement. »

Dès qu'il fut seul, Ghote se trempa vite le visage dans une cuvette d'eau, saisit son peigne, qu'il se passa avec application dans les cheveux, mit la cravate de Son Excellence autour du cou et la noua, enfila son jersey d'Ooty, jura, se recoiffa et sortit de la chambre au trot.

Son Excellence l'attendait.

« J'ai pensé que nous prendrions ma voiture, dit-il. Le Cercle se réunit à l'Indian Union Club, bien entendu. Territoire du vieux Fatbhoy. D'ailleurs, on ne voit que lui là-haut. »

La vieille Morris majestueuse, importée d'Angleterre une quarantaine d'années auparavant peut-être, mais qui conservait toujours une peinture grise et des chromes aux reflets bleu argent impeccables, attendait dans l'allée.

Docile, Ghote se hâta de monter. Son Excellence se

glissa derrière le volant. Un domestique apparut comme sur un signal, tourna vigoureusement la manivelle qui se balançait à l'avant du capot, et aussitôt le moteur se mit en marche avec un chaud ronronnement. Le domestique bien entraîné sauta alors de côté avec la manivelle et la fixa à sa place.

Ghote avait conservé juste assez de lucidité pour s'étonner de cette manœuvre d'un autre âge avant que Son Excellence embrayât. La voiture s'ébranla.

Le trajet jusqu'à l'autre Club, moins glorieux, où se réunissait le Cercle culturel, créé à l'origine par les Indiens distingués habitant Ooty, ne prit pas longtemps. Ghote demeura silencieux de bout en bout, perdu dans une sorte de brouillard.

Cercle culturel. Cercle culturel. Il ne cessait de répéter inlassablement ces mots comme un mantra. Un mantra non pas d'aspiration mais de doute.

Comment avait-il pu être assez stupide pour se laisser piéger de la sorte ? Non seulement aller à cette réunion mais, cent fois pire, y aller comme le Grand Détective en personne ? Et pour couronner le tout, l'ex-ambassadeur avait-il fait ce qu'il avait annoncé ? Était-il parvenu à réunir tous ceux qu'il soupçonnait du meurtre de Pichu ? Une fois la conférence du professeur Godbole terminée, cette absurde Confrontation Générale aurait-elle lieu ?

L'espace d'un instant, il eut même l'idée que le misérable figurant sur la liste des individus douteux, Balakumar, serait là lui aussi, sous l'autorité féroce du brutal Meenakshisundaram. Mais non. Les suspects — si suspects il y avait vraiment — se limiteraient à la parade rassemblée sur la table du petit déjeuner par Son Excellence. Poivrier, moutardier, Ketchup Dipy's, sucrier, pot à lait et salière.

Et devrait-il, conformément aux souhaits de Son Excellence — non de ses ordres —, défier chacun d'eux à tour de rôle pour identifier finalement celui qui avait commis le meurtre dans la salle de billard du Club ? Comment pourrait-il le faire ? Il n'avait pas la moindre idée de l'identité du coupable. Il n'était même pas sûr que l'un d'entre eux eût un rapport quelconque avec le crime. Ce qui était sûr, par contre, c'est que son effort pour arriver à une solution par le yoga n'avait apparemment mené à rien. Était-il même parvenu au *dharana ?* Ou s'était-il simplement endormi, comme Son Excellence en était persuadée ? Cet énorme breakfast anglais avait-il finalement provoqué sa déroute ?

Mais ils s'arrêtaient déjà devant l'Indian Union Club, long bungalow bas à l'extrémité d'une courte allée que criblaient des nids de poule, entouré par un jardin laissé à l'abandon au contraire de celui du Club d'Ootacamund.

« Venez, venez, mon cher », dit Son Excellence en le précédant à vive allure dans une grande salle dont le plafond en tôle ondulée était recouvert de poutres peintes entrecroisées. Trente ou quarante chaises pliantes en toile étaient alignées devant une estrade basse sur laquelle on avait disposé une table couverte d'un tapis orange à dessins portant une carafe d'eau et un unique verre. Derrière elle, sur l'une des deux chaises, une guirlande de soucis répandait une odeur âcre que Ghote sentit depuis le fond de la pièce.

Mais, parmi l'assemblée dispersée dans les rangées de chaises, ses yeux détachèrent aussitôt cinq personnes comme si chacune était sous le feu d'une lampe à arc éblouissante. Le Maharaja de Pratapgadh avec sa Maharani, séparés par une chaise à la peinture grise écaillée. Mr Habibullah, débordant, semblait-il, sur deux rangées de sièges, vêtu comme toujours de blanc impeccable, sa lourde canne entre les genoux, les mains croisées sur le pommeau d'argent. Mrs Trayling un peu à l'écart, tricotant furieusement un vêtement indéfinissable en laine mousseuse jaune vif. Enfin, Mr Iyer, lui aussi à l'écart dans la dernière rangée, lançant des regards furtifs de côté et d'autre, retranché derrière ses lunettes comme s'il n'avait pas dû être là.

Il ne manque plus que le professeur Godbole, le suspect le moins vraisemblable, pour que la réunion soit complète, se dit Ghote, envahi par une moite résignation. Son Excellence avait évidemment réussi à les faire venir tous. Précisément l'homme qu'il fallait pour cela.

Et à ce moment, comme si le fait de penser au professeur l'avait fait apparaître, une porte s'ouvrit au fond de la pièce et le petit brahmane déboula, poussé par les moulinets amortis du Dr Fatbhoy toujours efflanqué, l'œil avide et le cheveu grisonnant.

Enfin, se dit Ghote, pendant que le professeur parlera — et il parlera sûrement longtemps — je pourrai passer en revue tous les aspects de l'affaire, strictement selon les préceptes du Dr Hans Gross et les règles apprises à l'école de la police. Et peut-être, à la fin, serai-je parvenu à me frayer un chemin au travers des embrouillaminis et des lambeaux de contes de fées dont elle est couverte, voire à discerner une réponse. Ou peut-être pas.

Il s'assit à côté de Son Excellence. Le Dr Fatbhoy se lança dans son petit discours de présentation et, quand il l'eut terminé, il décrocha habilement la guirlande en réserve sur la chaise derrière lui et la glissa par-dessus la tête du professeur.

Un immense sourire fendit le visage de celui-ci d'une oreille à l'autre.

Moins, devina Ghote, à cause de l'honneur qui lui était fait qu'à l'idée de pouvoir parler sans être interrompu sur son sujet favori pendant de nombreuses minutes.

Et aussitôt, confirmant ainsi cette supposition, Godbole commença.

« Mesdames et messieurs, j'ai l'honneur, ce soir, de vous présenter l'une des figures tutélaires de notre époque, Sherlock Holmes, le Grand Détective, et de me demander avec vous s'il est vivant ou mort. Le Grand Détective, un mythe de notre temps, pas moins. Un mythe qui a certainement pris vie parmi nous. Ou au moins ce semblant de vie qu'est la littérature. Parce que, soyons bien clairs sur ce point dès le début, par sa nature même le Grand Détective ne peut pas exister dans la réalité. »

A ces derniers mots, Ghote fut envahi par un flot de gratitude tel qu'il en oublia sur-le-champ sa résolution de ne pas prêter attention aux paroles du professeur pour se colleter avec les réalités du meurtre dans la salle de billard.

XVIII

Libéré de l'idée vertigineuse qu'il lui incombait de représenter quelque créature impossible, Ghote s'aperçut qu'il écoutait, fasciné, ce que le professeur Godbole avait à dire sur l'investigateur dans le monde des livres, le monde des livres et nulle part ailleurs. Très vite il se mit à penser que les conceptions de l'orateur, qui lui avaient paru extravagantes quand il les avait entendues pour la première fois, renfermaient pas mal de bon sens.

« Nous sommes, n'est-ce pas, disait le petit brahmane en gratifiant son auditoire clairsemé d'un sourire malicieux, pris au piège, chacun d'entre nous. Au piège de notre propre personnalité. Au long des années, nous peignons un tableau de nous-mêmes dans notre esprit, quelqu'un avec qui nous pouvons accepter de vivre, peut-être même souvent quelqu'un dont nous sommes fiers en secret. »

Ma foi, se dit Ghote, je sais bien une chose : c'est que Son Excellence est bougrement fière de l'image qu'elle s'est faite d'elle-même, celle d'un homme passionné de romans policiers, vivant dans une sorte d'Angleterre transposée, ça c'est une certitude.

« Mais, poursuivit l'orateur en décochant à chacun un rapide coup d'œil féroce, une représentation créée ainsi pour nous a un effet terrible. Elle nous entoure de limites. Elle nous impose des règles que nous n'osons pas enfeindre bien qu'elles aient été imaginées par nous et nous seuls. Mais le Grand Détective... Ah, le Grand Détective ! Il — ou parfois elle — peut, dans les pages de ces livres dont nous raffolons, nous montrer par la seule force de son génie comment briser ces règles de notre invention. Il peut nous montrer comment échapper aux prisons que nous élevons pour nous-mêmes. »

Oui, admit Ghote en réfléchissant intensément, ce qu'il dit est vrai. Moi-même je suis dans l'une de ces prisons. Toute ma vie j'y ai purgé une peine de perpétuité, tel un homme fixé dans la forme d'un policier. Pis encore, ces derniers jours à Ooty-Paradis, je me suis trouvé dans une prison encore plus sévère, où le directeur qui décide des lois et règlements n'est même pas moi, mais — il lui jeta un regard de biais — cet homme influent qu'on m'a infligé. Donc je peux...

Mais le professeur était encore lancé à fond de train.

« Oui, le Grand Détective peut, tandis que nous suivons avec un plaisir sans complication le récit de ses triomphes, nous enseigner par les voies secrètes des œuvres d'imagination qu'il est possible de s'évader des prisons, des pièces fermées à clef que nous impose notre propre ego. Quel est l'un des procédés, le plus frappant peut-être, au moyen desquels cette leçon nous est présentée ? Eh bien, par le procédé simple mais toujours piquant du déguisement. Dans le récit remarquable intitulé *Scandale en Bohème*, nous apprenons que Mr Holmes s'est déguisé en palefrenier ivre, et transformé totalement — notez-le bien — en un personnage sentant à parts égales le cheval et la bouteille. Et nous nous rendons compte alors, sans nous rendre compte que nous nous en sommes rendu compte, que les autres existent. De même que ce saïs en vient à exister pleinement pour et dans un Holmes, une autre personne également étrangère à nous peut être perçue comme existant vraiment, aussi réelle que nous-mêmes. »

Ghote jeta un rapide coup d'œil aux rares auditeurs du professeur. Se rendaient-ils compte qu'ils pouvaient devenir des saïs ivres ? D'après leur expression poliment barbée, on ne l'aurait pas cru.

« Oui, nous sommes amenés à voir, continuait le petit homme au visage simiesque, qu'il est possible à n'importe lequel d'entre nous, si noble que soit notre vie, si puissante que soit notre intelligence, d'entrer dans l'âme — dans l'âme, je n'hésite pas à le dire — de n'importe lequel de nos semblables, si vil soit-il. »

Oui, se dit Ghote en tâtonnant précautionneusement, peut-être que si maintenant, ou dans un moment, je pouvais entrer dans les cinq-six âmes des suspects réunis ici, je réussirais à trouver la solution de toute l'affaire pour laquelle on m'a fait venir à Ooty.

Mais une fois encore le professeur Godbole déversait le torrent mêlé de ses innombrables idées, et Ghote se retrouva en train de l'écouter malgré lui.

« Remarquez bien ceci. Dans le récit intitulé *Scandale en Bohème* où Mr Holmes rabroue le Dr Watson en prononçant ces paroles à jamais fameuses : “ Vous voyez, mais vous n'observez pas ”, dans ce récit, donc, le déguisement dans lequel Holmes s'est plongé est percé à jour. Par une femme. Par cette Mme Irène Adler dont on dit que par la suite il ne l'appela jamais que La Femme. Et parce que son déguisement a été percé à jour, Holmes échoue dans cette aventure-là. Oui, le Grand Détective montre qu'il n'est rien de plus qu'un prophète. Il n'est pas le Dieu Tout-Puissant. Il ne pénètre pas dans tout ce qui existe, mais seulement dans certaines âmes, certains palefreniers ivres. Il doit donc reconnaître que pour lui et pour nous aussi, tout le monde extérieur est là. Un monde au-delà de lui, le monde des autres. Parfois il échoue. Oui, le grand Mr Sherlock Holmes pouvait échouer — et c'est dans cet échec que résidait sa force native. »

Comme un écho, Ghote se répéta, il échoue. Et il se rendit compte que même si Son Excellence n'avait pas absorbé assez de ce que le professeur avait dit pour le délivrer de l'écrasante qualité de Grand Détective — et il y avait peu d'espoir qu'un homme possédé par des idées aussi fixes l'eût fait — il lui serait néanmoins permis de ne pas réussir dans l'affaire qui lui avait été imposée. Il pourrait éventuellement quitter Ooty avec cette énigme toujours sans solution, en estimant qu'il n'avait pas manqué à son devoir.

Il risqua un autre coup d'œil de côté à son Watson. Celui-ci semblait presque imperceptiblement soucieux. Était-ce d'entendre ébranler sa foi simple dans les Grands Détectives ? Ou essayait-il de se rappeler une occasion où Shri Poirot avait échoué ?

Avant que Ghote pût répondre à cette question, le professeur avait repris : « Ces fragments de simple divertissement que nous lisons ont en fait beaucoup plus d'importance que la nature même des livres pourrait le laisser supposer. En un sens, ce sont bien des lectures faciles, oui, des œuvres d'imagination destinées à distraire. Mais ce sont aussi, avec ou sans la connivence de leurs auteurs, beaucoup plus que ça. »

Le petit brahmane malicieux laissa planer un silence tandis qu'il promenait son regard pétillant sur ses rares auditeurs. Ghote lui-même ruminait frénétiquement, essayant de voir en quoi des livres comme *Mrs McGinty,* voire *Dans la vallée de la mort,* qu'il avait toujours tenus pour des contes de fées, pouvaient être beaucoup plus.

« Que sont donc ces histoires toutes simples ? poursuivit le professeur, mettant enfin un terme au suspense. Ce ne sont rien moins que des constructions profondément symboliques. Leurs héros sont purement mythiques, bien qu'à la longue le mythe se dilue. Mais leurs histoires sont celles de la lutte éternelle entre le Bien et le Mal. Des récits dans lesquels l'arme du Bien entre les mains du Grand Détective est au moins pour moitié la Raison. La Raison luttant pour restaurer, dans un monde où le Mal a apporté déséquilibre et chaos, cet ordre que chacun d'entre nous ne peut que désirer. Et pour moitié aussi, bien sûr, l'intuition, la vision du poète. »

Assis sur sa chaise de toile alanguie, Ghote sentit monter en lui un flux de vigueur militante. Ces investigateurs que le professeur avait décrits, qui combattaient le mal et le chaos, qui s'efforçaient de rétablir l'ordre, il en était. Eux se trouvaient dans des livres. Lui vivait dans le monde, où l'ordre était incomparablement plus difficile à maintenir. Mais mettre de l'ordre était la tâche de sa vie comme de la leur. Et il en était fier. Mettre de l'ordre. De l'ordre. De l'ordre.

Le mot se répétait, murmurant, dans sa tête. Il le plongeait presque dans ce stade de la méditation qu'il avait essayé d'atteindre pendant la plus grande partie de la journée écoulée, en concentrant toutes ses pensées sur le bout de son nez. A moins qu'il n'ait dormi.

Presque plongé, mais pas complètement. Il avait encore conscience, confusément, de la voix du professeur Godbole qui continuait, continuait à couler comme un robinet d'eau tiède. Des mots isolés le frappaient toujours.

Mr Sherlock Holmes

Dr Watson

Encore, en ce sens, vivant.

Hercule Poirot. Lord Peter Wimsey. Commissaire Maigret. Le Grand Détective. Le Grand Détective.

Puis, émergeant abruptement de sa demi-catalepsie,

il se rendit compte que la poignée d'auditeurs applaudissaient poliment. Le professeur Godbole avait enfin achevé son discours.

Le Dr Fatbhoy se levait. Il remercia l'orateur, parlant d'un véritable festin, et annonça qu'après la pause-café, l'éminent spécialiste répondrait sûrement bien volontiers aux questions.

Sur ce, deux domestiques entrèrent avec des plateaux portant des tasses de café et des biscuits au glucose. Ghote prit une tasse quand on la lui présenta. Le breuvage était d'une coupable faiblesse, mais il le sirota avec autant de délectation qu'il en pouvait simuler. Ainsi occupé, il s'estima dégagé de l'obligation d'entretenir la conversation avec Son Excellence, ce qu'il avait moins envie de faire que jamais. Inutile aussi de compter qu'il bavarderait avec un des autres visiteurs du Club d'Ooty, ce qu'il ne voulait même pas envisager.

Bientôt la récréation prit fin. Les tasses furent rassemblées et les assiettes de biscuits presque vides, emportées. A l'évident soulagement de Ghote, l'autorité ayant déclaré le Grand Détective simple personnage de fiction, le Dr Fatbhoy avait estimé qu'il n'était pas indiqué d'attirer l'attention sur la présence d'un quelconque policier-wallah de Bombay parmi eux. Il demanda s'il y avait des questions à poser à l'honorable conférencier.

Il n'y en avait pas.

Après une pose suffisamment longue pour être embarrassante, pendant laquelle le professeur Godbole se leva de son siège et se rassit par petits bonds successifs, le Dr Fatbhoy répéta presque mot pour mot son petit discours précédent, puis déclara la réunion terminée. La plupart des assistants se levèrent assez rapidement et sortirent dans la nuit fraîche.

Ghote se dit qu'ils avaient dû être assommés par les

idées torrentueuses du professeur, ce qui n'était pas son cas.

Il envisagea d'aller trouver le petit brahmane pour le lui dire — jusqu'au moment où il se rendit compte que les gens qui n'étaient pas encore partis étaient précisément les suspects collectionnés par Son Excellence, avec la seule adjonction de l'inamovible Dr Fatbhoy, maigre et chauve.

La Grande Confrontation. Avec une sensation de descente aux abîmes, Ghote comprit qu'elle allait avoir lieu sur-le-champ. Là. Immédiatement. Au prix des manœuvres et des actes d'autorité nécessaires, Son Excellence avait planté le décor.

Les suspects étaient rassemblés, ils l'attendaient.

Il y avait Mrs Trayling, qui aurait pu tuer l'homme responsable, selon elle, de la noyade de son mari hébété par la boisson. Il y avait Mr Habibullah, qui n'était peut-être pas Mr Habibullah du tout mais un grand criminel dénoncé au marqueur trop curieux. Il y avait la Maharani de Pratapgadh, dont la liaison avec un certain Mr Amul Dutt, étudiant, ne faisait aucun doute et qui ne voulait à aucun prix être répudiée par son très riche mari. Il y avait le Maharaja, qui, retournant la situation à son profit, était sans doute très décidé à ce que sa femme ne sût pas qu'il renouait avec la voluptueuse Sarla Kumar, et qui avait peut-être jugé plus facile de tuer le maître chanteur Pichu que de payer son silence. Il y avait Mr Iyer, si efficace pour tenir les comptes du Club qu'il n'était nullement inconcevable qu'il les eût saignés à blanc.

Il y avait même le professeur Godbole en personne, sans raison imaginable pour avoir tué un vieux domestique du Club qu'il n'avait jamais vu jusqu'à une date récente, mais qui faisait néanmoins partie de cette poignée de personnes sur place pendant la nuit fatale. Le suspect le moins vraisemblable.

A moins — une soudaine idée — que cet honneur fort discutable pût échoir au Dr Fatbhoy. Après tout, il avait été autorisé (pourquoi ?) à rester dans la pièce que Son Excellence avait transformée en bibliothèque ou en salon, lieu traditionnel de la Grande Confrontation. Bien sûr, Shri Mehta avait dit qu'il était très difficile de se débarrasser du Dr Fatbhoy. Mais il avait dit aussi que c'était un type terrible et surtout qu'on le voyait souvent non pas à son propre club mais à celui d'Ootacamund, scène du crime. Aurait-il pu y être la nuit du crime, caché quelque part ? Ce n'était pas tout à fait impossible.

Il y avait aussi — moins probable encore — Mr Biswas, le propriétaire de l'hôtel Bengale Végétarien. Il avait un lien avec Pichu : cette carte. Mais le vieux marqueur se contentait-il de lui vendre de temps en temps quelques bouteilles volées au Club ? Ou s'agissait-il d'autre chose ?

Et il était là, lui, Ghote, avec son Watson toujours aux aguets qui comptait le voir diriger cette confrontation. Mais il n'avait pas la moindre idée, pas l'ombre d'une idée, fût-ce sur l'ordre dans lequel il devait prendre chacun des suspects, faire croire que c'était lui ou elle qui avait commis le crime, puis montrer ensuite qu'il n'en était rien et cela jusqu'à ce qu'il pût finalement épingler le vrai coupable parmi eux.

Il vit que l'ex-ambassadeur, remonté sur l'estrade désertée, tripotait le gobelet et la carafe d'eau sur la table nappée d'orange. A cet instant, il replaça l'un sur l'autre avec un bruit sec.

Tous les assistants assis dans la pièce au-dessous de lui levèrent la tête.

« Mesdames et messieurs, dit-il d'une voix qui résonna sous le haut plafond aux poutres apparentes, je crois que Mr Ghote, notre visiteur de Bombay, a quelque chose à vous dire maintenant. Quelque chose de très important. »

Ghote se leva.

Il n'avait rien à dire.

Et puis il s'aperçut, comme si un joyau étincelant avait été jeté dans ses mains, qu'il avait quelque chose à dire. A son insu, pendant cette longue journée de retraite hypnotisée dans sa chambre au Club, il avait eu une révélation. Elle se manifestait clairement à lui au dernier moment. Elle lui revenait à l'esprit. Elle faisait surface.

C'était donc bien le *dharana,* et non pas le sommeil, qui l'avait vaincu. Peut-être même le *dhyana.* Mais enfin, quoi que ce fût, quelque chose en lui avait relié entre eux d'autres éléments qu'il avait vus mais sans les observer ou sans se rendre compte qu'il les observait. Il avait fait exactement comme un Sherlock Holmes d'après le professeur Godbole : fusionné, pour en créer un ensemble nouveau, les produits de la raison et les éclairs bondissants de l'intuition. Il avait découvert *ce qui ne s'était encore jamais produit.*

Désormais, il savait exactement comment il se faisait que Pichu, marqueur et maître chanteur, avait été assassiné.

Il l'avait su, il s'en rendait compte, dès l'instant où Son Excellence, en frappant à la porte de sa chambre, lui avait empli la tête d'images apparemment incohérentes d'Agni, dieu du feu et de ses foudres. Et parce que l'intrus avait été là, le pressant impatiemment de se rendre au Cercle culturel, le souvenir de ce qui lui avait été donné pendant sa transe avait été pour un temps chassé de son esprit.

Assez comme s'il avait oublié une petite tâche sans importance parce que quelque chose de plus urgent s'était soudain présenté.

Mais ce qu'il avait oublié et se remémorait désormais, n'était pas peu important. C'était aussi important que possible. Une affaire de vie ou de mort. De la mort d'un homme assassiné et peut-être, dans l'avenir, de la vie d'un assassin.

Il écarta les chaises pliantes qui le gênaient et monta d'un pas décidé sur l'estrade, prit place derrière la table et se pencha sur elle.

« Mesdames et messieurs, dit-il, Son Excellence, je crois, s'attendait à ce que j'accuse d'un crime chacun d'entre vous, l'un après l'autre, avant de constater que vous étiez tous innocents sauf un. Mais je ne vais rien faire de tel. Je ne le peux pas. Je ne sais pas du tout qui a tué Pichu, le marqueur de billard. »

Il sentit que Son Excellence reculait, sous le coup de la consternation indignée. Mais il poursuivit résolument.

« Non, ça je ne le sais pas. Je ne le sais pas encore. Mais ce que je sais, c'est comment Pichu est mort. Parce que, voyez-vous, Pichu n'a pas été assassiné une fois. Il a été assassiné deux fois. »

XIX

Après cette annonce, les huit personnes dans la grande pièce fixèrent Ghote avec des expressions aussi diverses que changeantes. Choc, stupeur, une sorte de scepticisme méprisant, quelque chose qui pouvait être de la peur. Y avait-il aussi parmi elles, se demanda Ghote, une hostilité férocement dissimulée ?

Il chassa cette pensée et poursuivit.

« Oui, c'est une affaire bien étonnante. Mais je vous l'assure : Pichu a été assassiné en deux occasions. Laissez-moi vous dire comment je suis arrivé à le savoir. »

Il marqua un arrêt, rassemblant dans un enchaînement aussi logique que possible les diverses bribes de connaissances et d'observations dont il avait pu faire surgir la véritable explication du meurtre de Pichu pendant ses heures de transe.

« Les choses se sont passées de la façon suivante, reprit-il. La première remarque que j'ai faite, bien que sur le moment elle ne m'ait pas frappé comme il aurait fallu, c'est que la table de billard sur laquelle le corps de Pichu était allongé ne portait aucune tache de sang. Pourtant, Pichu avait été frappé en plein cœur avec un instrument tranchant. Or, comme vous le savez peut-être, ce genre de blessure, à moins que l'arme soit laissée dans le corps, saigne énormément. Alors, pourquoi y avait-il juste une petite tache de sang sur la veste blanche du domestique ? Son Excellence m'a dit qu'il en était ainsi quand elle a examiné le corps très peu de temps après sa découverte. Et j'en ai eu confirmation quand j'ai pu parler à la personne qui a fait cette découverte justement, une certaine Gauri, une femme de ménage. »

Désormais, il n'y avait qu'une réaction parmi les huit auditeurs : une attention extrême.

« Je suis donc forcé de conclure, si impossible que cela paraisse, que Pichu n'a pas été tué au moyen de cet instrument tranchant quel qu'il soit. Pourtant, il avait une blessure profonde à la poitrine. Gauri l'a vue. Mr Iyer, vous l'avez vue aussi. Excellence, vous l'avez vue. L'inspecteur Meenakshisundaram l'a vue également et c'est à cause d'elle qu'il a conclu, avec toutes les bonnes raisons possibles de son côté, que le meurtre était l'œuvre d'un dacoït, celui qui avait volé toutes les coupes et les trophées en argent de l'almirah fermé à clef dans cette même salle de billard. Alors, comment cette blessure qui n'a presque pas saigné a-t-elle été infligée ? La réponse est simple. Après que le sang avait cessé de circuler dans le corps, ou presque cessé. Et qu'est-ce qui fait que le sang cesse de circuler ? C'est la mort. La mort elle-même. »

Il jeta un rapide coup d'œil aux huit visages qui le fixaient. A ce stade de la révélation, l'un d'eux trahirait-il quelque chose ?

Mais non. Rien que les témoins muets d'un mélange d'ahurissement mêlé à une attention soutenue.

Il poursuivit.

« C'est Gauri, la femme de ménage, qui m'a appris certains faits des plus importants au sujet du corps, bien que, je dois l'avouer, au moment où elle m'en a parlé, j'aie été trop occupé à chercher d'autres choses pour lui prêter toute mon attention. Mais au moins, je me rappelle ce qu'elle m'a dit. Elle m'a dit que le visage de Pichu était rose-rose comme des fleurs. Ce sont ses mots. Elle croyait que c'était parce qu'il était ivre, comme ça lui arrivait souvent. Mais si le corps avait été mort, même depuis peu de temps, la couleur de la boisson aurait disparu. Non, ce que décrivait Gauri en disant que le visage de Pichu était rose comme des fleurs, c'était des marbrures, des taches, et quand elle disait que la bouche était pleine de beaucoup de salive, j'aurais dû penser tout de suite " poison ". Ce sont les signes de l'empoisonnement au cyanure. Donc, il est évident que Pichu avait absorbé une dose fatale peu de temps avant, dans cette salle de billard où il était couché sur le rayonnage de l'almirah comme il le faisait toujours, et c'est là qu'est entré le dacoït que l'inspecteur Meenakshisundaram avait soupçonné dès le début.

— Meenakshisundaram aurait raison ? demanda Son Excellence, tirée par l'excès de frustration du silence où l'avaient tenue jusqu'alors les explications accumulées par Ghote.

— Oui, répondit Ghote. L'inspecteur est un officier de police bien entraîné. On peut penser qu'il sait reconnaître la façon dont un crime a été commis, n'est-ce pas ?

— Alors vous voulez dire que l'individu qu'il tient coffré au commissariat de police, d'après ce qu'on raconte, est l'assassin ?

De nouveau Son Excellence semblait incrédule.

« Oh, je ne veux pas nécessairement aller jusque-là. Un policier peut parfois arrêter un suspect en raison de présomptions solides et constater en l'interrogeant qu'il s'est trompé.

— Avec les méthodes de l'inspecteur Meenakshisundaram, glissa Mr Habibullah, je me demande bien si l'un de ses détenus serait jamais libéré ensuite. »

Ghote estima qu'il n'avait pas de commentaire à faire.

« Le dacoït qui a indiscutablement pénétré dans la salle de billard du Club et volé les trophées en argent est-il ou n'est-il pas le meurtrier de Pichu ? Question très difficile parce que, voyez-vous, celui qui a administré le cyanure doit nécessairement être aussi l'assassin.

« Joli problème, très joli problème, s'exclama le professeur Godbole, les yeux brillant d'une joie sans mélange. J'aimerais le poser à mes collègues de la Faculté de Droit. J'imagine qu'ils s'arracheraient les yeux de belle façon.

— Mais seraient-ils capables de dire quelle personne devrait être inculpée aux termes de la Section 302 du Code pénal ? demanda Ghote. Parce qu'à un moment ou à un autre, ce sera le problème que l'inspecteur Meenakshisundaram devra résoudre.

— Oh, les implications pratiques, répondit le professeur en haussant les épaules, pour ce qui est de cela je ne peux pas vous aider. Ni, j'en suis sûr, aucun de mes collègues. »

L'intervention semblait avoir eu pour effet d'ouvrir une discussion générale sur le sujet.

Ce fut alors Mrs Trayling qui apporta sa contribution.

« Je suis peut-être stupide, dit-elle, mais ce que je n'ai pas compris, c'est comment le malheureux Pichu a finalement atterri sur cette table de billard. Je veux dire que s'il a été empoisonné — je n'y comprends rien non plus, mais enfin admettons — s'il a été empoisonné et puis s'est couché là où il le faisait toujours devant l'almirah, comme il ne cessait de nous le répéter, comment est-il passé sur ce billard ? Il a sauté ou quoi ? Je ne comprends pas.

« Oh ! Inutile de vous casser la tête à ce propos-là, Mrs Trayling, répondit Ghote. Pichu a été déplacé par le dacoït venu voler les trophées. Je soupçonne cet individu d'avoir appris que Pichu était souvent ivre le soir et compté qu'il suffirait de le bâillonner et de le ligoter. Mais quand il l'a touché, le corps était secoué par les dernières convulsions qui sont aussi un des symptômes de l'empoisonnement au cyanure. Alors, sous le coup de la peur et de la surprise, le dacoït l'a frappé avec l'épée qu'il avait prise pour fracturer l'almirah. Ensuite, il a vite déplacé le corps pour pouvoir s'emparer de son butin.

— Oui, mais, attention, attention, coupa Son Excellence, rattrapant un peu de son autorité. Et la façon dont le corps était placé, au beau milieu du billard ? Vous avez dit vous-même, quand je vous en ai parlé pour la première fois, que c'était une circonstance bougrement significative. Le message au monde d'une victime du chantage. Pas moins.

— Oui, admit Ghote. Oui, c'était mon avis à ce moment-là. Mais j'ai eu tort d'y croire à cent pour cent. Certainement, c'était une explication possible et même vraisemblable. Mais bien sûr, ce n'était pas la seule. Dans la vie, de nombreux facteurs peuvent s'additionner pour donner naissance à une circonstance particulière. Ce qui a dû se passer là, je crois, c'est que le dacoït, pour retirer Pichu de devant l'almirah, l'a mis sur ses épaules et puis s'est retourné et a fait un pas ou deux. Il s'est alors trouvé devant la table de billard. Il a jeté le corps dessus et c'est par hasard qu'il est tombé dans cette position-là.

— Hum », grogna Son Excellence, dubitative.

Mais Ghote reçut tout à coup un soutien inattendu de la part de Mr Habibullah.

« Oh oui ! dit-il. Oui, oui. Certainement. Nous avons trop tendance, dans nos faits et gestes quotidiens, à négliger les bizarreries du hasard. Trop tendance. Je peux bien croire à l'explication de Mr Ghote. Parfaitement. »

Et de certains autres au moins monta un murmure d'assentiment.

Cependant, Son Excellence n'avait pas fini.

« Tout ça est bel et bon, mais il y aussi la façon dont l'argenterie a été cachée. Je vous l'ai signalé dès le début, Ghote. Un dacoït n'aurait eu aucune raison de cacher sa prise si près du théâtre des opérations. C'est exactement la même situation que dans *Mrs McGinty est morte*.

— S'il vous plaît, dit Ghote, ça n'est pas du tout la même chose. *Mrs McGinty* n'est qu'un roman policier, un livre où ce que l'auteur présente comme la seule chose possible est la seule chose possible. Mais le cas du corps dans la salle de billard n'est pas du tout un roman policier. C'était un vrai corps qui avait simplement été mis à mort dans des circonstances tout à fait exceptionnelles, telles qu'elles peuvent parfois arriver du fait de coïncidences dans le monde que nous habitons.

— Mais...

— Non, Excellence. Ce qui s'est passé dans ce monde où nous sommes et qu'une seule conversation avec le veilleur de nuit du Club aurait pu nous indiquer, c'est que ledit veilleur avait entendu le bruit d'une vitre cassée dans la salle de billard, mais ne s'était pas rendu sur les lieux tout de suite, peut-être pour de très bonnes raisons. En fait, il n'est arrivé qu'au moment où le coupable venait de s'enfuir avec son butin. Alors il a donné l'alarme. Le dacoït s'est donc dépêché de cacher les preuves de ses méfaits sans savoir que, dans ce cas, l'alerte ne serait pas suivie d'effet. »

Il fixa bien en face Son Excellence, qui essaya de soutenir son regard. Toute la théorie qui lui avait fait appeler ce Grand Détective supposé à la rescousse était en jeu. Une volonté farouche de ne pas être pris en défaut était inscrite dans chacune des lignes du long visage boucané.

Ghote rassembla ses idées.

« Mais oui, dit-il, c'est une épée de dacoït qui a infligé cette blessure. Ce n'est pas du tout comme dans certains romans policiers, où chaque personnage concerné a dissimulé d'une façon ou d'une autre un objet qui aurait pu être l'arme du crime. Ce qui nous occupe, c'est la vie, la vie simple, sinon toujours claire. Non, le crime n'a pas été commis avec l'une des longues aiguilles à tricoter en métal de Mrs Trayling, bien que j'aie remarqué leur existence quand je croyais que l'affaire n'était qu'une sorte de fiction pour détective. Non, il n'a pas davantage été commis avec un long coupe-papier en ivoire comme le professeur Godbole en utilise parfois. Et une fois encore, non, la canne à pommeau d'argent de Mr Habibullah n'est pas une gupti avec une lame à l'intérieur.

— Hélas, je crains bien qu'une idée aussi fantasque... » murmura le Bidendum musulman.

Ghote ne fit pas attention à lui.

« Une fois encore, non, poursuivit-il, bien que Son Altesse la Maharani de Pratapgadh se rende parfois dans une partie du Bazar où travaille souvent un rémouleur, aucune arme bien aiguisée n'a été fournie par lui. Et une fois encore, non, dans le sac de golf du Maharaja, bien qu'il le garde si jalousement, il n'y a pas l'épieu qu'il maniait si habilement dans sa jeunesse pour chasser le sanglier. »

Enfin, cet inexorable catalogue semblait avoir accompli son œuvre.

Sous la barre blanche impeccable de sa moustache, la bouche de Son Excellence s'était contractée en une amère grimace de défaite, ses yeux étaient baissés vers le sol.

Il revenait donc à quelqu'un d'autre de relever le défi que l'explication de Ghote avait lancé à tous.

Ce fut le Maharaja qui intervint.

« Je veux bien croire que vous avez raison pour le poison et tout cela, inspecteur, dit-il. Après tout, vous êtes un policier-wallah de Bombay et vous devez connaître votre métier. Mais quand même, si vous avez raison, vous ne pouvez rien prouver. A moins que vous connaissiez le nom de la personne qui d'après vous a donné du cyanure à cet affreux vieux marqueur. »

Une fois de plus, Ghote regarda le cercle de visages autour de lui. Ils n'étaient plus ni ahuris ni consentants. Dans tous les yeux apparaissait une lueur de combativité.

Il avala sa salive.

« Oui, c'est exact, admit-il. Si je ne peux pas dire avec certitude qui a mis du poison dans le verre d'alcool que Pichu buvait habituellement avant de s'endormir, comme vous, Mr Iyer, vous m'avez appris qu'il le faisait, alors je ne serai pas en mesure de prouver que les choses se sont bien passées comme je vous l'ai indiqué. Or, ce nom, je ne peux pas vous le donner. »

Quelqu'un, dans la grande salle, poussa-t-il un soupir de soulagement ? Si oui, il était si faible que Ghote ne put le localiser.

Il décida de voir s'il pouvait produire une réaction plus révélatrice.

« Je ne peux pas vous donner ce nom, répéta-t-il. Mais je peux vous dire une chose : la personne qui a administré du poison audit Pichu n'a pu le faire sans être poussée par une nécessité urgente. Son Excellence m'a appelé de Bombay pour enquêter sur ce meurtre parce qu'elle était sûre que Pichu avait menacé de laver certain linge sale et qu'une personne inconnue avait pris une mesure dramatique pour l'en empêcher. Une personne résidant au Club d'Ootacamund pendant la nuit du crime. Et sur ce point, le raisonnement de Son Excellence est toujours valable à cent pour cent. »

Il essaya de jauger d'un seul coup d'œil tous les visages dans la pièce.

Y aurait-il eu un muscle crispé, un souffle retenu qui serait un aveu ?

Mais les visages étaient trop lointains, dans une pièce trop grande.

Et le manque de réaction à la bombe qu'il avait tenté de lancer renouvela aussitôt l'opposition qu'il avait sentie. Elle venait désormais surtout de la Maharani.

« En fait, je crois que vous racontez de sacrées foutaises, lança-t-elle. Le cyanure. Comment est-ce que moi — moi ou n'importe lequel d'entre nous d'ailleurs — nous pourrions nous en procurer ? Ou connaître quoi que ce soit aux poisons ? Dites-moi un peu. »

Ghote réprima une poussée de colère.

« Eh bien, oui, je peux vous le dire. Je pense que vous allez tous à un moment ou à un autre à la Bibliothèque des Nilgiris. Et là, sur les rayons, à la disposition de tout le monde, il y a le livre d'Alfred Swaine Taylor sur les poisons. Il date de 1848, il n'est donc pas à jour ; mais vous y trouverez tout ce que vous avez besoin de savoir sur le cyanure, ou, comme on l'appelait parfois, l'acide prussique.

— Très astucieux, répondit la Maharani en dissimulant à peine un ricanement méprisant. Et quand nous aurons réuni tout ce que nous avons besoin de savoir, où allons-nous nous procurer cette denrée ? A Ooty ? C'est se foutre du monde. »

Mais Ghote était désormais mieux préparé.

« A Ooty même, il y a beaucoup-beaucoup de chiens qui sont tous les jours, comme vous dites “ endormis ”. J'ai entendu l'expression plusieurs fois depuis que je suis ici. Et qu'est-ce qui est le plus recommandé pour les endormir ? Un poison. Un poison à base de cyanure comme le savent tous les enquêteurs. »

Il sentit alors qu'il avait repris l'initiative.

« Donc, poursuivit-il fermement, rien de ce que j'ai vu ou entendu ici n'a rendu sans valeur la théorie de Son Excellence qui m'a fait appeler à Ooty. Selon elle, la personne qui a tué Pichu devait être quelqu'un de votre petit groupe, uniquement. J'ai dit qu'à la date d'aujourd'hui je ne pouvais pas mettre un nom sur cette personne. Mais c'est néanmoins un devoir impérieux pour moi, sachant maintenant que Pichu est mort empoisonné, d'informer mon collègue sur place, l'inspecteur Meenakshisundaram. Et je ne doute pas qu'il tiendra à questionner chacun d'entre vous sans exception. »

Une fois encore il regarda l'alignement des visages, bien qu'avec moins d'espoir qu'auparavant. Et au bout d'un moment, il dut convenir qu'avec un effet de choc qui jouait de moins en moins en sa faveur, sa menace n'avait eu aucun succès.

Il se redressa.

« Mesdames et messieurs, dit-il sèchement, je vous souhaite le bonsoir. »

Il passa devant eux pour sortir dans la nuit fraîche éclairée par les étoiles et se rendit au poste de police, où il fut un peu étonné de trouver l'inspecteur Meenakshisundaram encore dans son bureau.

« Ah, Ghote bhaï, mon frère, bien content de vous voir. Vous avez aussi une femme qui criaille-pinaille nuit et jour ? »

Ghote, qui avait l'impression de trahir sa petite Protima, là-bas à Bombay, troussa une réponse qui n'excluait pas cette possibilité. Non plus que son appel implicite à la solidarité masculine.

Profitant de l'atmosphère chaleureuse ainsi créée, il se lança aussitôt dans le récit de ce qui avait dû se passer au Club d'Ooty la nuit du crime, glissant autant qu'il le pouvait sur des points comme le fait que l'inspecteur n'avait pas interrogé le vieux veilleur.

Le Tamoul prit assez bien la chose. Une fois qu'il fut parvenu à comprendre tous les détails.

« Bien, bien, Ghote bhaï, dit-il. A la première heure demain matin je monte au Club avec des questions pour chacun de ces bougres. »

Après quoi, Ghote retourna enfin au Club, théâtre du crime et, fuyant le contact de tous ceux avec lesquels il avait eu sa non-confrontation au Cercle culturel, il se glissa dans son lit et s'efforça de s'endormir.

Mais malgré la réconfortante bouillotte trouvée entre ses draps, il ne pouvait empêcher son esprit de tourner et retourner à toute allure les faits de la journée. Il essaya non pas une fois mais dix de retrouver l'état de transe féconde qui lui avait apporté la moitié de la réponse à son problème. Mais il eut beau se concentrer sur le bout de son nez, le bout de sa langue ou un point exactement entre ses deux sourcils, ses pensées continuaient à tournoyer comme un manège de chevaux de bois. Le Maharaja. La Maharani. Le professeur Godbole — mais comment auraient-ils pu ? Mrs Trayling. Habibullah-Bibendum. Mr Iyer, l'Efficace Baxter.

Rien n'émergea.

Il se mit à désirer simplement l'oubli de son mal. Mais même lui ne voulait pas venir. N'avait-il pas finalement dormi la plus grande partie de la journée ? N'avait-il pas finalement atteint le *dharana ?* La révélation provenait-elle non pas d'une transe yogique mais d'un somme, tout ordinaire et banal ?

Et cela ferait-il de lui un plus ou moins Grand Détective ?

XX

Le professeur Godbole fut le premier suspect que l'inspecteur Meenakshisundaram souhaita rencontrer quand il arriva le lendemain au Club, aussi tôt qu'il l'avait promis. Était-ce pour éliminer tout de suite le candidat le moins prometteur, ou pour suivre quelque obscur principe ? Ghote ne s'en enquit pas.

Il se trouvait désormais carrément en opposition avec son collègue tamoul. D'abord celui-ci lui avait fait clairement comprendre qu'il ne souhaitait pas sa présence pendant qu'il interrogeait les empoisonneurs éventuels. Ghote se demanda aussitôt s'il allait les soumettre au même genre de traitement que celui infligé à un fugitif comme Balakumar.

Cette perspective l'emplit d'un désarroi tel qu'il se demanda s'il était déjà devenu membre de la communauté d'Ooty au point de commencer à juger ses collègues du Club différents du reste de l'humanité livrée au hasard.

Quelle que fût la réponse, il n'hésita pas, quand la porte du bureau de Mr Iyer réquisitionné par Meenakshisundaram eut été refermée, à s'installer dans les profondeurs d'un des divans voisins, aux aguets.

Mais ce qu'il entendit filtrer au travers du lourd battant bien astiqué l'étonna beaucoup. Les aboiements de Meenakshisundaram paraissaient matés, comme si le limier déchaîné était devenu subitement l'un des caniches dociles du haut-Ooty. Quant aux jacasseries aiguës et maigrelettes du professeur Godbole, elles semblaient tout aussi incoercibles que le jour où il avait exposé pour la première fois ses théories sur le Grand Détective à la Bibliothèque des Nilgiris.

Des lambeaux de phrases traversaient le lourd battant en teck.

« ... vous pourriez dire, inspecteur, que dans ce cas tout à fait exceptionnel la vie écrit un roman policier dans la réalité, la vérité pour une fois sans voile, toute nue. »

Puis après un passage inaudible, les grondements amortis de Meenakshisundaram montés au diapason de l'étonnement tonitruant.

« S'il vous plaît, mettons ça bien au clair. Vous me dites que c'est vous qui avez tué ce type comme une sorte d'expérience ? Oui, ou non ? S'il vous plaît.

— Seulement un exemple, mon cher inspecteur. Si tel était le cas, vous ne vous attendriez tout de même pas... »

Rechute dans les couinements et grondements.

Puis de nouveau la voix du professeur très claire.

« ... le poète, je pourrais dire et le mathématicien en une seule personne...

— Mais moi, je ne fais jamais de vers-fers. Jamais.

— ... dans des nuages de fumée, une véritable affaire à trois pipes... »

Et enfin, le grondement s'enflant pour atteindre la fureur ultime.

« Professeur, je ne comprends pas. Pas une sacrée chose-pose. Allez-vous-en, s'il vous plaît. Allez-vous-en maintenant. »

Et le petit Godbole sortit tout guilleret en se frottant les mains, évidemment ravi.

Invisible dans son poste d'observation discret, Ghote se demanda quelle pouvait être la vraie cause d'un tel plaisir. Simplement la possibilité supplémentaire d'exposer ses théories ? Ou, à peine possible, le triomphe d'avoir jeté autant de poudre aux yeux de Meenakshisundaram ?

Avec un soupir il abandonna ses vaines spéculations.

L'entretien avec Mr Habibullah parut d'abord suivre le même cours paisible que le précédent à ses débuts.

« ... semblait procéder de la façon la plus méthodique dans le cimetière, mon cher inspecteur, me rappelant l'effroyable régularité que j'ai si longtemps... »

Descente au niveau de simple murmure.

Mais au bout d'un certain temps, une note nouvelle. La voix du gros musulman nettement plus forte dans ses réponses.

« Inspecteur, je ne suis pas étonné du tout. Bien sûr, vous n'auriez pas trouvé de A. A. Habibullah dans la liste des noms. »

Pas de Habibullah employé par les Chemins de fer indiens ?

Ghote se leva d'un bond, s'approcha de la porte du bureau et sans se soucier d'être vu, colla l'oreille très fort contre elle.

Meenakshisundaram avait posé une autre question, qu'il avait manquée, mais la réponse lui parvint, très claire au travers de la porte.

« Non, non, inspecteur, c'est très simple. Je souhaitais — qu'Allah le Miséricordieux me pardonne — effacer toutes les traces de ma servitude envers les Chemins de fer indiens, leurs nombreuses règles et leurs montagnes de règlements. Je ne voulais pas être poursuivi par les millions de griffes de leur bureaucratie. Inspecteur, j'ai pris un nouveau nom. J'ai même une nouvelle personnalité. »

Borborygmes bas, menaçants et incompréhensifs de Meenakshisundaram.

« Ma foi, mon cher, croyez-le ou ne le croyez pas, c'est comme vous voulez. Mais non, je n'ai pas l'intention de vous donner ce nom honteux. »

Grrr. Grrr.

« Si vous voulez, inspecteur. Je ne peux pas dire que la perspective d'une cellule de la police m'enchante, mais on ne sait jamais, elle aurait peut-être des charmes insoupçonnés. »

Bruit d'une chaise qu'on repousse.

Ghote battit précipitamment en retraite derrière le coin le plus proche.

En conséquence, quand il se glissa de nouveau à sa place dans les profondeurs du divan, il ne put discerner qui avait suivi le musulman désinvolte, presque incroyablement irresponsable, dans le parloir de l'araignée Meenakshisundaram.

Il eut beau tendre l'oreille, il put tout juste démêler que les voix derrière la porte échangeaient rapidement questions et réponses. Même sans ses méthodes habituelles, l'inspecteur avait-il levé un lièvre ?

Au bout d'un moment, il eut la certitude au moins que l'autre voix calme était celle d'un homme. Mr Iyer ? Le Maharaja ? Shri Mehta ? Peut-être que même lui pouvait être appelé comme témoin.

Puis enfin, la voix s'éleva un peu, juste une fois, et il se rendit compte que c'était celle du Maharaja. Un des descendants des princes guerriers rajpoutes, aussi étrangement radouci que Meenakshisundaram.

Il se demanda s'il allait de nouveau coller l'oreille à la porte. Mais même s'il prenait le risque d'être surpris dans cette posture peu digne par quelque domestique au pas léger, il ne pensait pas qu'il pourrait entendre quelque chose d'intéressant tant les deux hommes à l'intérieur étaient discrets.

Donc, il attendit.

Il commençait même à se demander si, à la suite d'un si long échange, il n'allait pas voir sortir un Meenakshisundaram triomphant et un Maharaja menottes aux mains.

Mais quand la porte s'ouvrit, ce fut le prince qui sortit seul.

Pendant deux secondes, Ghote vit un homme abattu qui mit la main à son front pour essuyer la sueur qui y avait perlé malgré la fraîcheur d'Ooty. Mais presque aussitôt la silhouette courbée se redressa et un sourire de défi crispa le beau visage aristocratique avant que le suspect ne s'éloigne à grandes enjambées.

Quelques instants plus tard, sa femme, qui pour une fois ne portait pas de pantalons aux couleurs éclatantes mais serrait toujours son pékinois exophtalmique sous le bras, passa rapidement et entra dans le bureau. Ghote se dit que le sari de lourde soie devait proclamer statut et invulnérabilité.

Il se demanda d'abord ce qu'il pourrait entendre de l'entretien. Mais la réponse ne tarda pas. La voix assurée de la dame traversait l'épais battant comme s'il eû été en papier.

« Je n'en ai pas honte. Absolument pas. J'ai un amant. Et oui, il est plus jeune que moi. Et oui, il est pauvre. Un simple étudiant. Mais il est à moi et personne ne m'empêchera de faire ce que je veux. »

La réponse de Meenakshisundaram fut inaudible.

« Oh, je me moque bien qu'il le sache. Il ne peut rien faire, maintenant. J'ai tout autant de munitions contre lui qu'il peut en avoir contre moi. Avec tous ses atermoiements, un coup à droite, un coup à gauche, la loi ne peut rien y changer. Mon mari a été assez stupide pour se laisser pincer par cette traînée. Il s'est laissé aller à son foutu instinct une fois de trop. Et je le tiens maintenant, je peux faire exactement ce que je veux et qu'il aille au diable. Au diable. »

Une fois encore, en posant la question suivante, l'inspecteur semblait complètement amorti.

« Si Amul avait pu acheter un sacré poison pour chien ? Et après ? répliqua la voix de trompette, vous ne pourrez pas le prouver. Et je vous préviens, inspecteur, si vous essayez vos procédés de fier-à-bras avec lui, vous n'aurez pas trop de votre vie pour le regretter. Je connais des gens qui pourraient faire sauter vos galons avant que vous n'ayez eu le temps de dire Chakravarty Rajgopalachari. Alors, tenez-vous-le pour dit. »

Le discret murmure qui suivit cette menace prouvait à l'évidence qu'elle avait été prise au sérieux.

Mais avait-elle été faite simplement pour protéger un innocent jeune homme attendant l'amour à l'hôtel Bengale Végétarien ? Ou pour protéger quelqu'un qui, alors que la Maharani n'avait pas encore achevé d'assurer son emprise sur son mari, s'était rendu au Bazar et y avait acheté une certaine quantité de poison pour chien ?

Entendant la porte du bureau qui commençait à s'ouvrir, il se rejeta dans les profondeurs du divan. La Maharani, les yeux étincelants, le pékinois triomphalement brandi devant elle, le repéra aussitôt.

« Ah, c'est vous. Je vais vous demander de faire quelque chose pour moi. »

Ghote se leva précipitamment, en s'efforçant de faire croire qu'il s'était trouvé là en train de paresser par le plus grand des hasards.

Y avait-il quelque formule magique qu'il pût employer pour obliger cette arrogante créature, enivrée par son succès, à répondre aux questions qu'il se posait ?

Mais l'inspiration ne lui vint pas. Et il en fut réduit à balbutier : « Oui, oui.

— Trouvez Mrs Trayling, voulez-vous, et dites-lui que cet enquiquineur veut lui parler. Je ne vais pas lui faire ses courses. »

Elle s'en alla. Fière comme Artaban.

Ghote resta un instant sur place, essayant de trouver ce qui pourrait ébranler la façade d'airain qui lui avait été opposée, mais il ne trouva rien.

Tristement, il partit voir si Mrs Trayling se trouvait quelque part dans le Club comme on avait dû le lui demander.

Il la trouva assise dehors sur le porche et l'informa que l'inspecteur voulait la voir.

Elle se leva en hâte de sa chaise longue en rotin, fit tomber son sac à ouvrage, plongea pour le ramasser et jeta à terre son sac à main de l'autre côté.

Ghote tourna autour du siège pour les ramasser et remit dans le large sac de cretonne fleurie une grande aiguille en métal comme celle dont il s'était demandé, à quelque temps de là, si elle ne pouvait pas être le fameux instrument tranchant de Son Excellence.

« Mr Ghote, dit Mrs Trayling, dites-moi...

— Oui, je vous écoute.

— L'inspecteur... Ah, j'ai encore oublié son nom !

— L'inspecteur Meenakshisundaram.

— Oui. Oui. Lui. Est-ce qu'il est... »

La question se perdit dans le silence.

« Il est quoi ?

— Eh bien, je veux dire, est-ce qu'il... Est-ce qu'il, enfin, est-ce qu'il va me rudoyer, Mr Ghote ? Vous comprenez, je m'embrouille parfois et je... et je ne sais pas ce que je pourrais dire s'il commence à crier et à frapper du poing sur la table, et... et tout le reste. »

La première pensée de Ghote fut de se demander s'il pouvait faire quelque chose pour protéger cette pauvre dame sans défense. Mais tout aussitôt il se rappela qu'il n'était pas encore impossible qu'elle ait voulu tuer celui qui selon elle avait l[...] se noyer. Elle avait certainement fait [...]ux à un moment donné pour qu'on le re[...]

Alors, était[...]ment sans défense ? Ou sous ses airs un peu[...]s cachait-elle une volonté de fer au service d'une décision prise dans le trouble secret de ses propres pensées ?

Il la regarda — et mentit.

« Vraiment, je ne crois pas qu'un officier ayant la position de l'inspecteur Meenakshisundaram rudoierait une dame comme vous. Mais dans tous les cas, permettez-moi de me tenir devant la porte du bureau où il se trouve et si vous estimez que vous avez besoin d'assistance, vous n'aurez qu'à m'appeler.

— C'est... c'est très généreux à vous, inspecteur. »

Inspecteur, se dit-il tout en l'accompagnant chez Meenakshisundaram. Donc, Trayling Memsahib sait très bien que moi aussi je suis officier de police. Est-ce par calcul, alors, qu'elle veut avoir mon aide ? Voire pour donner l'image d'une innocente à cent pour cent ?

Il frappa lui-même à la porte, mais quand Meenakshisundaram cria : « Entrez ! » il ne l'ouvrit pas et recula en prenant bien soin que son collègue ne le voie pas. Cependant, il eut beau écouter de toutes ses oreilles, il n'entendit ni cris, ni coups sur la table, ni bousculade. Et au bout de cinq minutes, Mrs Trayling sortit, passa droit devant lui en serrant ses sacs et disparut.

Il se dit qu'il n'y avait plus que Mr Iyer. Mais apparemment, le Tamoul ne tenterait pas d'ébranler l'alibi établi par le secrétaire adjoint dont Ghote lui avait fidèlement rapporté les détails la veille au soir. Parce que, sans le moindre avertissement, il sortit lui-même du bureau en claquant la porte.

« Ah, vous êtes là, dit-il en voyant Ghote.

— Oui, oui, j'étais assis là, tranquillement.

— Hein ? Eh bien, je vais vous dire. Pas une onceponce de renseignement utile à tirer de ces bougres-là. Ils s'en tiennent à leurs histoires du premier mot au dernier ou pis encore, ils essaient de me donner des bougresses-foucresses d'idées que je ne peux pas suivre du tout. Et ils répètent tous que non, non, ce n'est pas eux qui ont fourré du poison dans la cochonnerie que buvait ce salopard de Pichu. »

Ghote ne s'attendait certes pas à ce que l'inspecteur réglât l'affaire définitivement, quel que fût le type d'interrogatoire choisi. Mais il ne put empêcher une impression d'accablement lourd comme du plomb de l'écraser devant ce nouvel échec.

Si tous les suspects que Son Excellence avait alignés — salière, poivrier, sucrier, etc. — persistaient à nier avec succès tout lien avec l'empoisonnement, le mystère ne serait jamais éclairci. Et tout en se disant que ce n'était pas vraiment son affaire, que de l'aveu même du professeur Godbole, Sherlock Holmes avait parfois échoué, que même si le dossier devait rester ouvert, il figurerait au compte de l'inspecteur Meenakshisundaram et non au sien, il ne pouvait étouffer en lui le désir tout simple de savoir…

Il s'arrêta un instant dans ses cogitations pour trouver les termes exacts qu'il lui fallait.

Et puis, ils lui vinrent.

Savoir qui l'avait fait. Juste ça.

« Eh bien, dit-il à son collègue. Je pense que vous pourriez essayer de questionner les domestiques. L'un d'eux sait peut-être quelque chose — ne serait-ce que la façon dont Pichu s'est procuré cette boisson. »

Les yeux du Tamoul brillèrent.

« Oui, par Dieu, dit-il. Je pourrai sûrement tirer quelque chose de l'un ou de l'autre — avec une méthode un peu énergique. Par Dieu, sûrement. »

Tout ragaillardi, il fila vers cette tâche plaisante, mais arrivé au coin, il se retourna.

« Et vous, Ghote bhaï, lança-t-il, donnez-nous donc un échantillon de cette astuce-puce style Bombay, hein ? Faites donc travailler un peu plus votre cervelle-douelle et dénichez une explication-complication comme hier soir. Oui ? Oui ?

— Je vais essayer », répondit Ghote.

Sans enthousiasme.

Il resta un instant figé sur place par la dépression. Une fois encore, il souhaita de toutes ses forces ne pas être là où il était, à Ooty, dans la fraîcheur et l'isolement. Il regretta Bombay. Il regretta même de ne pas avoir été chargé d'une tâche misérable, harassante, dégoûtante comme de rechercher un tueur fou dans un énorme bidonville inexploré. Il regretta surtout de ne pouvoir se libérer du désir incoercible de savoir qui avait fait le coup, qui s'était employé à empoisonner Pichu, le maître chanteur.

Mais — il commençait lentement à se l'avouer — n'y avait-il pas après tout un moyen de répondre à cette question harcelante ?

Meenakshisundaram lui avait demandé de réfléchir. Et ça, c'était quelque chose qu'il pouvait faire. Non pas comme il en avait eu l'habitude, assis dans son box au Q.G. de Bombay, reconstituant par la logique ce qui avait pu se passer dans un cas particulier, puis voyant si l'on pouvait trouver des indices probants. Mais d'une manière différente qu'il avait déjà utilisée une fois avec succès. Une manière différente, là à Ooty si différent.

Ne pouvait-il pas essayer de nouveau la méthode du Grand Détective ?

Oui, certes, la veille au soir, il n'avait pu atteindre cet état de transe yogique qui lui avait si bien réussi auparavant. Mais... mais il y avait une autre approche. Celle du Grand Détective, la vraie.

Le professeur Godbole l'avait indiquée plus d'une fois.

Il pivota sur ses talons, sortit du Club, descendit la colline d'un bon pas, dépassa le yogin sans lui prêter la moindre attention, entra en ville — et fut arrêté net dans son élan.

Le magasin Spencer où il s'était vu entrer était fermé le dimanche.

Mais après avoir fureté un peu aux alentours il trouva, en descendant quelques marches en face de la Bibliothèque des Nilgiris à côté du Salon de coiffure Royal, également fermé le dimanche, un marchand de paan. Et là, il acheta non pas un mélange de bétel rafraîchissant à mâcher, mais une pipe, des allumettes — deux boîtes parce qu'elles étaient probablement de très mauvaise qualité — et un gros paquet de tabac étonnamment bon marché.

XXI

Ghote attendit d'être sorti de la ville haute avec ses habitants d'un âge certain dans leurs tweeds épais ou leurs pardessus confortables réservés aux promenades du dimanche matin, des chiens de tout poil aux talons, obéissants et bien dressés. Puis il s'arrêta et s'essaya à bourrer la pipe nouvellement acquise avec le tabac grossier à l'odeur sucrée. Il ne l'avait encore jamais fumée et tenait à faire ses expériences sans être observé.

Au bout d'un moment, le fourneau bourré d'une manière qu'il jugea satisfaisante, il mit le tuyau entre ses dents, prit une allumette, la gratta — elle s'alluma — et appliqua la flamme contre le tabac. Il aspira vigoureusement. La fumée lui emplit la bouche, piquante et âcre.

Mais, se dit-il, je me suis rendu maître de cet art du premier coup. Un bon présage. Sûrement.

Il reprit sa promenade, marchant, suçant sa pipe, aspirant et soufflant. Partout, des cottages et des maisons plus importantes, Glen View, Runnyside, Harrow-sur-la-colline — à peine une colline, mais le nom était chargé des souvenirs du passé britannique —, Stella Cottage, Dahlia Bank. Il regardait chacune en passant devant elle, toujours dans l'attente de la transe engendrée par la pipe dont le professeur Godbole avait garanti qu'elle se produirait.

Il songeait vaguement à ces maisons, fragments si essentiellement typiques d'Ooty, venues d'un autre monde que l'Inde qui grouillait et se tordait tout en bas, avec leurs toits en pente aux tuiles d'un rouge atténué, parfois de petites tourelles miniatures en briques dans les teintes chaudes, leurs fenêtres aux vitres en losanges, leurs vérandas bien astiquées et leurs balcons qu'on eût dit sortis de jeux de construction.

Une fois il faillit s'arrêter devant un jardin particulièrement bien tenu, plein de toutes sortes de fleurs pâles qu'il n'avait encore jamais vues, cultivées depuis bien des années certainement à partir de graines nées en Angleterre. Ces grandes tiges minces, étaient-ce les roses trémières que le général Trayling n'avait pas pu faire parader en rangs bien droits ? Peut-être.

A chaque grille les plaques portant les noms, pourtant presque tous indiens, étaient si nettes et si bien ordonnées qu'elles n'enlevaient rien au caractère typiquement britannique de l'ensemble — Col. & Mrs D. C. Sexena, Gen. & R. K. Singh, Dr & Mrs Pochkhanawala, Com. J. K. Bell.

Devant cette dernière, il s'arrêta. Ainsi, c'était la maison du vieux commandant Bell, l'endroit où, d'après ce qu'avait dit Son Excellence, des voleurs de bois avaient déraciné un arbre entier. Facile de voir comment. Le jardin était retourné à un état proche de la jungle et le cottage, aperçu derrière les buissons envahissants, jamais taillés, était tout aussi négligé. Des tuiles manquaient sur le toit en pente, une fenêtre au moins avait un carreau cassé, et l'humidité d'innombrables hivers avait constellé les murs crème d'énormes taches vert jaunâtre. L'allée moussue près de la barrière de guingois — le nom de la maison, Ma Demeure, était tout juste déchiffrable grâce au soleil dardant —

témoignait que le vieux Nemrod avait depuis longtemps cessé de pouvoir se gratter un emplacement convenable pour satisfaire ses besoins naturels.

Voilà donc à quoi un vétéran d'Ooty pouvait être réduit.

Il n'appréciait pas particulièrement l'idée des sahibs blancs d'autrefois, ni de leurs prétentions à la supériorité en toutes choses, encore parfois acceptées. Mais ces signes de déchéance, d'ancienne sécurité tombée à rien, l'attristaient et le troublaient.

Cependant, il n'était pas venu là pour pleurer la disparition du Raj britannique. Il était venu avec un but bien précis.

Et cette sacrée pipe qui s'était éteinte. Elle avait dû lui faire le coup pendant qu'il musardait devant la maison du commandant.

Tout hérissé d'irritation, il la bourra de nouveau, gratta une allumette, puis une autre, une autre encore et parvint enfin à rallumer l'engin. Il repartit alors, tirant des bouffées en mesure et attendant la sagesse qui viendrait de l'union magique du poète avec le mathématicien. La sagesse qui ferait jaillir la réponse dans un éclair de lumière.

Bientôt il gravit la pente qui menait à une vaste étendue herbeuse qu'on appelait les Downs. Dans le lointain, le pic du mont Dodabetta s'élevait, majestueux. Le panorama était magnifique. Derrière lui, les bâtiments entassés de la ville, l'éclat métallique du lac et, sur un côté, le long ovale du champ de courses avec les énormes couvertures en chaume de ses écuries. Plus près, les toits rouge fané des cottages devant lesquels il venait de passer ressortaient sur le vert universel. Ici et là les rectangles tirés au cordeau des terrasses cultivées sur les pentes des collines — autant de couleurs que de cultures différentes.

Il marchait, marchait. Il fumait, fumait.

Mais pas encore le moindre signe d'un événement quelconque.

Il poursuivit son chemin.

Il s'arrêta de nouveau pour recharger sa pipe laissant cette fois un énorme cercle d'allumettes brisées sur le sol.

Il repartit.

Fallait-il essayer de combiner le yoga pipier avec celui du Dr Joshi ? En se concentrant peut-être non pas sur le bout de son nez mais sur le fourneau fumant de son ustensile ?

Ce qu'il ne fallait faire à aucun prix, ça il le savait, c'était laisser ses pensées retourner à la question directe du responsable de ce cadavre dans la salle de billard. Le faire, ce serait essayer de résoudre l'énigme par des processus ordinaires de la logique, plus les conjectures hasardeuses familières à la police. Or cette affaire n'était plus de celles que l'on pouvait traiter ainsi. Non, la voie du professeur Godbole était désormais la seule qu'on pût emprunter.

Mais où — bouffée — était l'entrée de cette voie ?

Il marchait toujours. Les Downs unies avaient cédé la place à un terrain plus accidenté. Il y avait des ravins boisés (des sholas, à ce qu'on lui avait dit) où peut-être aujourd'hui même un léopard pouvait se dissimuler, sauvage et imprévisible.

Toujours marcher. Toujours fumer. Il montait, montait.

Il commençait à avoir un peu mal au cœur. L'air raréfié à cette altitude ? Ou le tabac ?

Celui-ci avait été vraiment bon marché. Ou alors était-ce la pipe elle-même ? Elle aussi avait coûté moins que ce qu'il aurait cru et c'était la seule que le paan-wallah avait eue à vendre, encrassée de poussière collée par des années passées à attendre un amateur. Il devait convenir que jusqu'alors il n'avait pas éprouvé le moindre plaisir à la fumer. Mais sans doute Sherlock Holmes, lui, appréciait-il le rite. Peut-être ne pouvait-on atteindre une véritable transe tabagique révélatrice si l'on n'était pas un pipe-wallah parfaitement accoutumé et un amateur comblé.

Brusquement, il se sentit vraiment très mal à l'aise. Il s'arracha la pipe empestée de la bouche et alla s'écrouler sur le rocher gris le plus proche. Au-dessous de lui, un filet d'eau argenté clapotait au fond d'un petit ravin. Il eut une envie folle d'aller se tremper le visage dans cette eau fraîche.

Mais il lui sembla que s'il se mettait debout pour le faire, le pire risquait d'arriver.

Au lieu de cela, il essaya d'inspirer profondément l'air pur des Nilgiris.

Ce qui eut un certain effet. Seulement, après quelques respirations, il se rendit compte qu'il respirait aussi les âcres relents de la pipe laissée sur le rocher à côté de lui. Il la ramassa, la regarda puis, rassemblant ses forces d'un seul élan, lança l'engin puant à travers les airs.

Il tomba dans le ruisseau au fond du ravin, s'enfonçant dans l'eau claire avec un sifflement qui le fit ressembler à un démon ophique vaincu et furieux.

Mais il se dit que c'était lui, Ghote, qui était vaincu. Vaincu dans sa tentative pour devenir un vrai Grand Détective fumeur de pipe.

Ne saurait-il jamais qui était le coupable ? Qui avait commis le meurtre dans la salle de billard ?

Il conclut qu'il allait simplement rester là où il était pendant longtemps, longtemps. Il ne retournerait pas au Club pour risquer de rencontrer Shri Mehta, de nouveau débordant de théories et exigeant que lui, Ghote, exécutât des tâches impossibles. Il ne retournerait pas à la ville endormie dans son calme dominical où il risquait de tomber sur Meenakshisundaram pour apprendre que celui-ci avait ou n'avait pas progressé un peu, en brutalisant et terrorisant les domestiques du Club. Il allait rester assis, assis, assis là où il était.

Au lieu de cela il se leva, retourna dans la direction d'où il venait et se mit à descendre la pente qu'il avait montée quelques instants auparavant.

Il lui fallut à peu près trois quarts d'heure pour atteindre la lisière de la ville, et il s'aperçut alors que jaillissait de l'église St Stephen une sonnerie de cloches, douce, mélodieuse, qui semblait répéter gentiment mais avec insistance *Ootacamund, Ootacamund, Ootacamund.*

Et tandis qu'il restait sur place immobile, pour mieux apprécier ce son extraordinaire pour lui, il s'avisa d'une chose : il avait finalement connu la transe du Grand Détective.

Quelque part au cours de sa longue marche, sans l'aide fût-ce d'une bouffée de tabac, il avait *su* qui était l'empoisonneur de Pichu. La révélation en avait fleuri dans son esprit. Mystérieusement, tout s'était recomposé dans les profondeurs les plus secrètes de sa tête. Tandis qu'il arpentait les Downs, il avait fait sans y penser — oui, il l'avait fait — ce dont le professeur Godbole avait parlé une seule fois : il s'était tapi dans la posture de l'empoisonneur guettant une victime de toute sa haine.

Désormais, il savait.

Il continua de marcher sous les ondes sonores des cloches, comme vidé par le choc de sa découverte.

Et puis une voix le héla.

« Ah, Ghote, bravo. Impossible de m'arrêter maintenant, je vais à l'église. Mais je vous verrai après ? »

Son Excellence, complet bleu foncé, chemise blanche, cravate aux couleurs du régiment.

« Non, dit Ghote tiré de son état somnambulique.

Non, non, non. Excellence, je veux aller à l'église avec vous.

— Vraiment, mon vieux ? Vous êtes chrétien ?

— Non, non, non, pas du tout.

— Eh bien, alors, vous n'êtes pas obligé d'y aller. Surtout ne vous croyez pas tenu.

— Non. Mais il faut que j'y aille. Oui. Il faut absolument que j'y aille avec vous. »

Son Excellence haussa les épaules.

« Ma foi, si vous êtes sûr. Mais il va falloir accélérer. Pas question d'être en retard, vous comprenez. Surtout quand on lit la leçon.

— Oui », dit Ghote qui ne suivait pas du tout, mais ne voulait plus entendre un seul mot de conversation.

Ensemble, ils filèrent vers le pied de la colline, là où l'inspecteur Meenakshisundaram avait arraché une douteuse confession au misérable Balakumar, et franchirent les grilles de l'église, largement ouvertes ce matin-là. Sous le porche profond, Ghote aperçut la plaque dont Son Excellence lui avait parlé, il s'en souvenait : *Construit aux frais du très honorable Stephen Rumbold Lushington.* Il eut juste le temps de se rappeler que la charpente du toit avait été prise au palais assiégé de Tippoo Sahib avant d'être incorporée au bâtiment lui-même.

Ce qui le frappa aussitôt et l'impressionna fortement, ce fut l'ambiance : silence et recueillement. Bien qu'il y eût vingt-cinq ou trente personnes éparpillées sur les rangées de sièges à dossier canné, pour la plupart des Indiens avec une demi-douzaine d'Européens, pas un ne parlait. On entendait bien de la musique, poussive, lente, turgescente, mais jouée si discrètement sur quelque harmonium géant — non un orgue, ça s'appelait un orgue — qu'elle semblait à peine un véritable son. On eût plutôt pensé à une simple enveloppe autour du silence général.

Quelle différence, se dit-il, avec le temple bruyant et bavard, tout vibrant de la clameur des cloches et d'une demi-douzaine d'hymnes, de bhajans différents chantés à pleine voix.

Comme ces petites filles, robes bien propres et cheveux nattés, assises si sagement avec l[illegible] grosse maman et leur papa plus gros encore, aurai[illegible] cassé si elles avaient été hindoues et couru au[illegible] grands piliers blancs en s'arrêtant de temps à [illegible] pour adorer le dieu !

Shri Mehta s'était assis sur l'un des bancs à dossier canné et Ghote, repérant une place libre juste derrière lui, s'y installa précautionneusement.

Au bout d'un instant, le voyant prendre un genre de coussin compact sous le banc devant lui et s'agenouiller dessus dans l'attitude de la prière tranquille, Ghote prit de même son coussin dur à lui et s'agenouilla. Il voulait avant tout que personne ne s'aperçût qu'il n'était pas habitué à ces manœuvres, qu'il n'était pas là comme un fidèle ordinaire.

Son mentor avait porté la main à son front comme pour écarter les rayons de la puissance du dieu en face de lui. Seulement, il semblait n'y avoir ni dieu, ni image, ni idole. Ghote l'imita et, embusqué derrière ses doigts écartés, regarda attentivement autour de lui.

Oui, comme il s'y était attendu, le commandant Bell était l'une des personnes assises ou agenouillées, de même que Mrs Lucy Trayling. Son Excellence avait bien dit le premier soir que le commandant avait fait partie du conseil de fabrique à St Stephen pendant des années ? Seulement, pourquoi ne fabriquait-il rien, alors ?

Il abandonna ce puzzle chrétien et laissa son regard masqué errer plus loin. Il lut une plaque incrustée dans le mur juste à portée de vue : *A la mémoire bénie de Helen Cecilia, épouse de John Sullivan.* John Sullivan, fondateur d'Ooty. Et il avait laissé sa femme, là, morte. Mais elle n'avait pas été oubliée, semblait-il ; cent cinquante ans après, un petit univers conservait encore en lui assez d'ordre et de structures pour se souvenir. Il les conservait encore, mais de justesse.

C'est alors qu'une perturbation se produisit au fond [illegible] — une perturbation des plus discrètes.

Voyant que Son Excellence s'asseyait et tournait la tête, Ghote en fit autant.

Une petite procession remontait l'allée centrale : un Indien portant une sorte de kurta blanche bordée de dentelle sur un long vêtement noir ressemblant à une robe et quatre fillettes semblablement vêtues. Tous les cinq franchirent une grille qui délimitait certainement la partie la plus sainte de l'édifice ; là, les petites filles se séparèrent et s'assirent, deux d'un côté, deux de l'autre, sur des bancs qui se faisaient vis-à-vis. L'Indien — était-ce un prêtre ? — se retourna.

« Nous allons chanter le n° 165 dans *Hymnes anciennes et modernes,* annonça-t-il. “ O Dieu notre secours ”. »

L'orgue changea les méandres discrets de sa musique contre quelque chose de plus rythmé. Entraînée par les quatre jeunes personnes entrées en procession, l'assistance entonna le chant. Un chant plutôt plaintif.

« O Dieu notre secours dans les âges passés, notre espoir pour les temps à venir, notre refuge contre le vent d'orage, et notre demeure éternelle. »

Tandis qu'il réussissait à reconstituer les paroles, Ghote se mit à y réfléchir. Ooty était effectivement un refuge contre le vent d'orage et cela au moins depuis l'époque de John Sullivan, administrateur de district. Mais ils avaient beau chanter, ce n'était pas une demeure éternelle. Les choses changeaient. Même là. Et ce n'était pas non plus un refuge sûr contre la mousson. Même là, au cœur d'Ooty si protégé, l'affreux vent du crime avait fait irruption.

Puis, tandis que les voix s'élevaient et retombaient autour de lui comme la lourde houle de la mer, là-bas à Bombay, quand la mousson menaçait, il se reprit à évoquer de nouveau la révélation qu'il avait eue pendant sa promenade sur l'attitude du meurtrier de Pichu, tapi aux aguets.

Il prêta peu attention au reste du service, imitant automatiquement Son Excellence qui se levait, s'agenouillait et s'asseyait, se retenant juste à temps de sortir du rang à sa suite quand le vieil homme alla se placer devant un haut pupitre.

Là il proclama un passage de quelque livre sacré chrétien — sans doute la « leçon », supposa Ghote, mais il n'apprit rien.

Il se rendit compte aussi qu'à un autre moment, ie commandant Bell était passé de rang en rang, une écuelle à la main pour recueillir les aumônes. Bizarrement, il se souvint ensuite que ce genre de plat avait un rond de feutre sur le fond, sans doute pour que le cliquetis des pièces ne troublât pas l'ambiance générale de calme. Mais il ne put se rappeler s'il avait trouvé un peu d'argent pour mettre dans le récipient, ni si c'était à ce moment-là ou un peu plus tard qu'il s'était demandé si le commandant, pauvre comme il était, avait parfois la tentation de prendre un des billets froissés que les autres avaient mis.

Mais enfin, la cérémonie s'acheva. Les fidèles sortirent à la queue leu leu non sans échanger quelques mots avec le prêtre sous le porche.

Ghote serrait son compagnon d'aussi près que possible et, quand ce dernier finit par descendre vers la grille du cimetière, il pressa le pas pour le rattraper.

« Excellence, dit-il. J'ai quelque chose de la plus extrême gravité à vous dire. »

L'autre lui lança un bref coup d'œil inquiet.

Puis au bout d'une seconde, il parla.

« Eh bien, dites ce que vous avez à dire, inspecteur. Le moment en vaut bien un autre.

— Oui, Excellence. »

Ghote resta silencieux un court instant tandis qu'ils marchaient gravement, côte à côte en direction du Club.

« Je sais qui est le meurtrier, dit-il enfin.

— Oui ?

— Oui. Ce n'est pas votre suspect le moins probable, même si le professeur Godbole aurait pu être intéressé par l'idée de tuer quelqu'un pour faire une expérience.

— Pas Godbole ? Très bien.

— Ce n'est pas le Maharaja de Pratapgadh : bien qu'il descende d'ancêtres rajpoutes, il est faux et tricheur comme le savent tous ceux qui se sont trouvés avec lui sur un terrain de golf. Il n'aurait sûrement pas eu recours à l'action directe pour riposter à un essai de chantage.

— Je vois.

— Ce n'est pas non plus la Maharani, qui est au contraire trop directe pour ne pas acheter tout simplement un homme aussi pauvre que Pichu, comme elle a essayé de m'acheter moi-même, au lieu de l'assassiner. »

Son Excellence tourna la tête et regarda Ghote droit dans les yeux.

« Si vous me donniez enfin le nom, inspecteur ? dit-il, la voix coupante.

— Ce n'est pas Mr Habibullah, répondit Ghote sans se démonter. Un criminel notoire en fuite, si c'est son cas, aurait pu lui aussi faire taire Pichu avec quelques billets au moins le temps nécessaire pour aller se cacher ailleurs.

— Lucy Trayling ? demanda Son Excellence.

— Non, non. Pas du tout. Si elle avait voulu mettre du poison dans la boisson de Pichu, elle aurait tout juste réussi à le mettre dans le mauvais verre, ou à verser un liquide inoffensif dans le bon verre.

— Vous avez sans doute raison. Lucy a toujours eu la tête un peu perdue, bien que votre raisonnement ne me paraisse pas inattaquable.

— Je peux vous l'assurer, ce n'est pas Mrs Trayling. Parce que je sais bien qui est le coupable.

— L'alibi d'Iyer ? Vous allez me dire qu'après tout il ne tient pas ?

— Non, je ne vous dirai pas ça. Il tient.

— Alors, inspecteur, vous en êtes arrivé au point où les six suspects possibles sont mis hors de cause.

— Mais pourquoi six ? Ils pourraient être sept.

— Sept ? Je ne vois pas...

— Il y a encore quelqu'un dont il n'a pas été question, qui a une chambre au Club et qui devait y être la nuit en question.

— Mais...

— Oui, dit Ghote, dès le moment où vous êtes allé me chercher une cravate pour mettre dans la salle à manger conformément au paragraphe 13, le soir de mon arrivée, je me suis dit que vous aussi, Excellence, vous pourriez être sur la liste des suspects. »

XXII

Son Excellence s'arrêta net. Ils n'étaient qu'à quelques mètres de l'entrée du Club. Le yogin était toujours là, bien sûr, pilier de pierre à côté du poteau de bois de l'écriteau avec le nom du Club.

« Oui, répéta Ghote. Sept suspects. Vous ne m'avez pas dit un jour que c'était le titre d'un livre très-très célèbre d'un auteur britannique ?

— Michael Innes ; c'est le titre américain », répondit automatiquement Son Excellence, l'esprit visiblement ailleurs.

Ghote eut l'impression que cette fois son Watson omniprésent avait été mis définitivement à sa place.

« Bien sûr, reprit-il, je n'ai jamais sérieusement pensé que c'était vous qui aviez tué Pichu. Même si je savais que vous vous étiez habillé une fois en Écossais avec dans votre longue chaussette un poignard qui aurait pu être l'arme du crime. Et aussi que vous auriez pu avoir un motif.

— Un motif ?

— Oui, oui. Vous auriez pu avoir le motif qui est dans l'histoire que vous vous étiez procurée en secret à la Bibliothèque de Nilgiris, *Dans la vallée de la mort,* écrite par Miss Evelyn Hervey. Là, on fait chanter le meurtrier parce qu'il a obtenu la Victoria Cross par des moyens frauduleux. Et vous, vous avez la Military Cross.

— Mais...

— Mais vous avez raison, il n'y a que dans les romans policiers qu'une personne qui a commis un délit relevant de la Section 302 ferait appel à un détective réputé pour établir à cent pour cent sa propre innocence.

— Oui, dit Son Excellence, avec un soupir las. J'imagine qu'une chose pareille ne pourrait guère se produire dans la vie réelle. »

Le vieil homme regarda vaguement autour de lui pendant quelques instants. Puis une légère grimace plissa son visage tanné.

« Mais si vous avez vraiment éliminé les six... les sept personnes qui auraient pu...

— Voyez-vous, dit Ghote, à partir du moment où il était certain que Pichu avait été poignardé par un dacoït — quel qu'il soit, Balakumar ou un autre — et empoisonné en plus, alors la personne qui avait versé le poison n'avait pas forcément couché au Club. Ça n'était pas nécessaire. Le bâtiment n'était plus, comme vous disiez, encerclé par les neiges. Nous ne savons pas encore comment Pichu se procurait tous les soirs une boisson alcoolisée, mais il n'est pas du tout impossible qu'elle lui ait été apportée avant que le Club soit fermé et le personnel parti dans son aile.

— Un autre domestique, alors ? » demanda Son Excellence visiblement ragaillardie.

Ghote estima que l'affaire Watson-Holmes étant définitivement liquidée par ses soins, il pouvait épargner au vieil homme l'allusion aux domestiques inacceptables comme meurtriers.

« Non, dit-il simplement, ce n'était pas un domestique. N'oubliez pas que si Pichu a été tué, c'est parce que c'était un maître chanteur. Et il n'allait pas pressurer un autre domestique, un camarade qui ne pourrait presque rien lui donner.

— Je pense que vous avez raison. Qui alors ? Je crois comprendre qu'il s'agit de quelqu'un qui est en relation avec le Club ?

— Oui.

— Attendez. Fatbhoy ? C'est un affreux Parsi qui se fourre partout.

— Non. Il vient parfois au Club, certes, mais pour quelle raison Pichu l'aurait-il fait chanter ?

— Mais alors, pour l'amour du ciel, qui ? »

Ghote marqua une pause.

Certes, il avait trouvé qu'ironiser sur les domestiques dans les romans policiers eût été inutilement cruel. Mais il avait droit à une petite revanche aux dépens de quelqu'un qui lui avait empoisonné l'existence à ce point.

« Vous m'avez raconté une fois que Shri Poirot avait fait la liste de quatre choses importantes. Je crois que c'était l'odeur de la peinture à l'huile, une carte postale, la visite d'un critique d'art et un bouquet de fleurs en cire.

— Vous avez une excellente mémoire, inspecteur.

— Oh oui, je me rappelle beaucoup-beaucoup de choses. Mais je ne peux pas toujours les réunir en une seule comme j'ai pu aujourd'hui réunir la mort du chien appelé Spot, plus un régime de bananes, plus la date exacte de la mort de Pichu, plus les effets de la Deuxième Guerre mondiale sur la qualité du jeu de snooker au Club d'Ooty. »

Son interlocuteur plissa le front sous l'effort d'une contention d'esprit intense, mais cela ne dura pas.

« Non, dit-il avec un soupir de frustration. Il faut m'expliquer.

— Oui, c'est ce que je vais faire, répondit Ghote. Réfléchissez, s'il vous plaît. Le chien de Mrs Trayling,

Spot, a été — comment dites-vous ? — “ endormi ” à cause de son âge. Et numéro deux, alors que Mrs Trayling qui n’est pas riche peut encore acheter beaucoup de choses chez Spencer, il y a quelqu’un qui est obligé de se contenter de bananes, au Bazar. Et Pichu est mort immédiatement avant le dernier samedi du mois, le jour où le Cercle culturel se réunit toujours. Or, vous savez bien, je suis sûr, que partout les gens sont particulièrement à court d’argent avant le premier du mois, date à laquelle on paie les salaires, etc. Or, voilà que c’est le moment où Pichu demande l’argent de son chantage. Et s’il a été tué alors, c’est parce qu’il avait menacé de révéler le secret qu’il avait peut-être gardé pendant des années à condition de toucher régulièrement une certaine somme à la date voulue. Et enfin, quel a été le résultat de la mort à la guerre de tant et tant de bons joueurs de snooker ? Pourquoi le commandant Bell, qui n’était pas excellent et n’a jamais joué depuis, a-t-il remporté la coupe cette année-là ?

— Ringer Bell ? dit Son Excellence, une lueur de lointaine compréhension commençant à poindre dans ses yeux.

— Oui, le commandant Bell qui a remporté cette coupe alors que, vous me l’avez dit vous-même, personne ne regardait cette partie. Mais Pichu, lui, comme marqueur, devait être là. Et il a dû voir quand le commandant trichait, peut-être en déplaçant juste un tout petit peu une boule au moment où son adversaire tournait la tête. Et à cause de cela, mois après mois, pendant des années, il a touché sa somme en espèces des mains du commandant. Pas étonnant donc qu’il m’ait foudroyé du regard quand j’ai fait allusion à son succès au billard, le jour où l’argenterie a été retrouvée. Pas étonnant non plus qu’il refusait toujours de saquer Pichu à la demande de Trayling Memsahib.

— Mais enfin, sûrement... Non, non, je vois que

vous avez raison. Un type comme Bell paierait aussi souvent qu'il le faudrait plutôt que d'être noté d'infamie. Oui, je crois ça.

— Et il payait et payait, le cours de la monnaie baissait, baissait, alors que les pensions qu'il avait n'augmentaient pas aussi vite. Alors finalement, il a été obligé, tout burra sahib qu'il était, d'acheter seulement des bananes au Bazar, et vous-même m'avez dit qu'à un moment donné il avait été question de lui accorder des secours. Et puis enfin, il est arrivé un jour où le commandant Bell n'a plus pu payer la somme due à la fin du mois et alors... Alors il a dû faire usage du poison déjà acheté pour mettre fin à la vie de son vieux-vieux chien Nemrod. Alors qu'il aurait été préférable pour tout le monde qu'il soit endormi comme le Spot de Trayling Memsahib.

— Oui. Oui. Je n'avais jamais pensé à ça. Mais décemment, Nemrod aurait dû être liquidé il y a longtemps. »

Son Excellence contemplait le sol à ses pieds, songeant peut-être aux fins de vie, au passage du temps, à l'inexorable déclin.

Puis il releva la tête.

« Maintenant, qu'est-ce qui va se passer ?

— Eh bien, dit Ghote, je ne sais pas au juste. C'est la raison pour laquelle je voulais vous mettre au courant des faits. Vous comprenez, si je suis sûr que c'est ce qui s'est passé, je ne dispose pas de preuves qui résisteraient à un tribunal.

— Non, non. Je vois. Gênant.

— Alors ce que je crois, c'est que je vais aller trouver le commandant Bell et lui exposer toute l'affaire. »

Son Excellence réfléchit un peu, puis dit enfin :

« Oui. Je suppose que c'est la seule chose à faire. Je

ne peux pas dire que je vous envie. Toute cette affaire est consternante.

— Oui », dit Ghote.

Il se redressa.

« Eh bien, je pense que c'est le moment. J'ai vu le commandant s'en aller dans la direction de sa maison après la réunion à l'église, n'est-ce pas ?

— Oui, oui. Il fait toujours ça. Il n'aime pas laisser son chien seul trop longtemps. La pauvre bête hurle, vous comprenez. »

Son Excellence regarda de nouveau ses souliers noirs bien cirés portés avec le complet bleu.

« Nemrod, dit-il.

— Alors, je m'en vais, dit Ghote.

— Oui, oui. Bonne chance. Bonne chance, mon vieux. »

Il ne fallut pas longtemps à Ghote, même en marchant avec des semelles de plomb, pour arriver à la vieille maison délabrée appelée Ma Demeure. A la barrière, il s'arrêta un instant. Mais il semblait qu'il n'y avait plus lieu de tergiverser et il dépassa les débordements incontinents de Nemrod pour parvenir jusqu'à la porte.

Il y avait une sonnette en cuivre qui avait dû être astiquée avec soin autrefois. Il la tira prudemment, mais se rendit compte aussitôt que rien ne s'était produit à l'autre extrémité. Il frappa donc vigoureusement la peinture écaillée de la porte avec le poing.

Au bout d'un instant il entendit — ce qu'il avait à moitié espéré ne pas entendre — des pas traînants qui venaient vers lui. Puis le battant s'ouvrit.

Le commandant, avec Nemrod plus décrépit que jamais sur les talons.

Le vieil homme le considéra longtemps sans un mot, son visage tavelé de rouge blêmissant un peu plus à chaque seconde.

Enfin, il parla.

« C'est vous. Inspecteur Ghote, Bombay. J'ai d'abord cru que c'était quelqu'un d'autre, bien que, Dieu sait, personne ne frappe plus à cette porte maintenant.

— Oui », dit Ghote.

A défaut de quelque chose de mieux à dire.

« Eh bien, il vaut mieux que vous entriez, je pense.

— Si vous voulez bien. »

Le commandant se retourna et, suivi par Nemrod, traversa un vestibule complètement vide, à l'exception d'un casque colonial posé par terre.

Une forte odeur de moisi prenait au nez.

« Salon », dit le commandant.

Il poussa une large porte de teck, mais ne put guère l'ouvrir que d'une trentaine de centimètres, car elle s'était affaissée sur ses gonds usés et grattait par terre. Il se glissa dans l'entrebâillement et Ghote, qui s'apprêtait à en faire autant, dut attendre que le chien fût passé, en se traînant pas à pas.

« Il faudra que je fasse arranger cette porte », marmonna le commandant.

Et puis, brusquement, il se retourna, son visage marbré de plaques rouges à moins de vingt centimètres de l'inspecteur.

« Eh bien, non, dit-il plus fort et plus nettement. Le temps de ce genre de chose est passé, n'est-ce pas ? Le reste de ma vie en prison, je suppose. Si l'on ne me pend pas. »

Ghote, resté sur le seuil, vit que la pièce était à moitié vidée et en ruine. Le seul fauteuil perdait son rembourrage. D'une longue bibliothèque en rotin une moulure s'était à moitié détachée. Les livres sur les rayons étaient uniformément verdis par l'humidité d'innombrables moussons. Au-dessus, une rangée de photographies encadrées avait passé au point de n'être plus guère que des rectangles sépia unis.

« Donc, j'ai raison », dit-il en réponse à la déclaration du commandant, non sans regretter de ne pas avoir autre chose à dire.

« Mais oui. Dieu sait comment vous avez découvert ça. A la fin, j'ai été obligé de me débarrasser de cet individu. Après toutes ces années. Payer, payer, toujours payer. Mais quand j'ai vu que tout allait être perdu, j'ai décidé que je devais faire quelque chose. Je savais, bien sûr, qu'il prenait du whisky tous les soirs dans la Salle du Commandant Jago. J'ai essayé de lui dresser le poil à ce propos-là un jour, mais il m'a dit que c'était bien moins grave que de déplacer une boule sur le billard. Il n'avait peut-être pas tort.

— C'était juste enfreindre une seule règle dans un jeu, dit Ghote.

— Oui, mais les règles sont les règles, vous comprenez. Sinon les jeux n'ont pas de sens. »

Ghote soupira.

« Non, sans doute pas. »

Le commandant redressa un peu ses épaules affaissées.

« Savez-vous, dit-il, que j'ai cru m'en tirer. Je trouvais que j'avais plutôt bien manœuvré, en fait. Un jour où j'étais au Bazar en train d'acheter des bananes — je vis plus ou moins de ces foutues saletés maintenant — j'ai repéré un type que je connaissais pour être un affreux gredin. Un dacoït toujours à l'affût d'un coup pour se faire un peu d'argent. Alors, j'ai dit exprès à très haute voix au marchand de légumes qu'il y avait des pièces d'argenterie au Club et que notre veilleur était un vieil abruti, absolument bon à rien. Et ça a marché. Le type est venu dans la nuit, il a volé l'argenterie et en prime, il a même lardé Pichu d'un coup d'épée. Vrai... mais vous aviez vu clair dans tout ça, hein ?

— Eh bien, oui. Oui. »

Ghote remarqua que le chien reniflait mélancoliquement l'angle de la bibliothèque que, à en juger par les taches foncées sur le plancher, il avait souvent visité auparavant.

« Alors, maintenant ? demanda le commandant.

— Eh bien, je dois vous demander de m'accompagner jusqu'au commissariat où je mettrai l'inspecteur Meenakshisundaram au courant de tout ce qui s'est passé.

— Oui. Oui, je suppose que c'est ce qu'il faut faire. »

Au coin de la bibliothèque, Nemrod, sentant peut-être quelque catastrophe, s'écroula soudain sur le derrière et poussa un faible gémissement.

« Nemrod, dit le commandant. Pauvre vieux. Qu'est-ce que je vais en faire ? »

Ghote ressentit la complication comme un ultime fardeau, presque insoutenable, qui lui était imposé.

« Je... je ne sais pas. Oh, si, attendez. Oui, je crois que je vois ce qu'il faut faire. Mrs Trayling. Si je le lui demande, je suis sûr qu'elle viendra au secours de Nemrod. Oui, j'en suis sûr.

— Lucy Trayling ? Oui, elle viendra. Elle se chargera aussi de le faire endormir, je pense. C'est ce que j'aurais dû faire moi-même, seulement... »

Ghote attendit, pendant que le commandant manœuvrait pour sortir en ouvrant aussi peu la porte que possible. Puis il se faufila à son tour en retenant le chien d'un pied bien placé.

Quand ils eurent repoussé le battant sur l'animal décrépit, ils restèrent à le regarder, sans mot dire. A l'intérieur, le silence. Plus éprouvant encore pour les nerfs que de faibles protestations.

Enfin le commandant se détourna, ramassa son casque par terre, s'en coiffa soigneusement et regarda Ghote.

« Eh bien, dit-il. Nous partons, n'est-ce pas ?

— Oui. »

Ils sortirent dans le jardin envahi par les herbes folles.

« Je ne ferme rien à clef, dit le commandant. Rien à voler, maintenant, et Lucy pourra entrer plus facilement.

— Oui », répéta Ghote.

Ils se mirent en route.

Le commandant marchait avec une incroyable lenteur, tête baissée, dos voûté.

Ils n'avaient pas fait plus de cinquante mètres dans le chemin que de la maison derrière eux, sans le moindre avertissement, le bruit des lamentations de Nemrod leur parvint.

Le commandant s'arrêta.

Il resta sur place, silencieux. Ghote, après lui avoir jeté un regard, garda les yeux résolument fixés droit devant lui. Il avait cru voir des larmes glisser sur les joues grisâtres.

Après un moment qui parut long, le commandant parla.

« Choclox, dit-il.

— Pardon ?

— Choclox. Je pourrais donner le dernier à ce pauvre vieux compagnon. Ses favoris, vous comprenez. Je ne pouvais plus en acheter depuis longtemps, mais j'en gardais quelques-uns dans une boîte. Une petite gâterie. Noël. Tout ça.

— Voulez-vous que je retourne le lui donner ? demanda Ghote. Vous avez l'air bien fatigué.

— Non, non. Il vaut mieux que je le fasse moi-même. Il pourrait s'échapper et faire le fou. »

Ghote se dit que c'était bien peu vraisemblable. Et bien invraisemblable aussi que le commandant, s'il était autorisé à retourner seul chez lui, tentât une audacieuse évasion.

« J'attendrai, dit-il.

— Vous êtes bien bon. Je n'en ai pas pour longtemps.

— Prenez votre temps, je vous en prie. »

Le vieil homme s'éloigna en traînant les pieds. Avant même qu'il eût atteint la barrière du jardin, Nemrod avait cessé ses lamentations.

Ghote resta où il était en essayant de ne penser à rien. Surtout pas à ses devoirs d'officier de police.

Les minutes passèrent.

Il regarda sa montre. Combien de temps, depuis que le commandant était parti à la recherche du Choclox ?

Il décida de lui accorder encore cinq minutes et suivit l'aiguille de sa montre avec un soin scrupuleux.

A la fin du temps mesuré, toujours pas signe du vieil homme.

Ghote revint sur ses pas rapidement. La barrière déjetée avait été laissée ouverte au large. Il regarda la maison. La porte d'entrée était un peu entrebâillée.

Sans se soucier des déjections de Nemrod, il remonta l'allée en courant, entra dans la maison et regarda autour de lui dans le vestibule vide.

La porte du salon était poussée autant qu'elle pouvait l'être. Il se précipita vers elle et passa la tête.

Le commandant gisait face contre terre. Près de lui, un carton vide marqué « Choclox ». A côté de lui, Nemrod reniflait lentement un endroit contre le cou de son maître.

Ghote alla s'agenouiller à côté de l'animal.

Quand il glissa une main sous le corps inerte du commandant, il ne fut pas étonné de constater que le cœur avait cessé de battre. Il se rappela qu'au moment où ils avaient examiné l'argenterie retrouvée dans le cimetière, celui-ci avait fait allusion à son vieux palpitant qui risquait de le lâcher.

Il se leva.

« Eh bien, Nemrod, dit-il non sans se maudire dès qu'il eut commencé son soliloque, c'est la fin. Pour ton maître. Pour toi bientôt aussi. Pour moi à Ooty. »

L'inspecteur Ghote regardait le petit train bleu et beige qui entrait tout essoufflé dans la gare de Ramgar, prêt à entreprendre son voyage de retour vers les plaines en bas.

Quand il avait appris des lèvres de Mr Iyer, toujours efficace et renseigné, qu'aucun autocar ne partirait pour Coimbatore avant plusieurs heures, la rage et la déception évidentes sur son visage avaient incité le secrétaire adjoint à lui signaler le train. Il avait juste le temps de l'attraper.

Ghote avait alors couru dans sa chambre, tiré sa valise de l'énorme almirah dont elle occupait un coin et bourré ses affaires dedans avec une hâte quasi frénétique.

S'étant aperçu alors qu'un pan de chemise sortait encore d'un côté, il décida qu'il avait le temps de hisser le bagage sur le banc de ciment, juste à côté de lui — sous l'arbre N° 3 à l'intérieur du grillage, numéro peint sur un carré jaune taillé bien net dans le tronc —, l'ouvrit et fit disparaître dans ses profondeurs le morceau de cotonnade à carreaux blancs et rouges qui lui offensait la vue.

L'ordre ainsi rétabli, il empoigna la valise et se dirigea vers les voitures curieusement hautes sur pattes du train qui attendait. Il choisit celle dont les sièges marqués A 1-6 semblaient n'avoir tenté aucun des voyageurs quittant Ooty-Paradis, car il était habité par un intense désir d'être seul avec ses pensées.

A son grand soulagement, il ne fut rejoint par aucun retardataire affolé avant que l'un des porteurs à casquette rouge frappât à grand bruit la barre de fer bringuebalante du signal donnant le départ. Le chef de train mit alors son sifflet à la bouche et souffla, produisant un ululement grêle et strident.

La locomotive répondit par un grondement grave et harmonieux, puis s'ébranla lentement.

Je quitte Ooty, se dit Ghote dans une explosion de joie sans mélange.

Puis, presque aussitôt, il pensa qu'il y avait eu des moments à Ooty-Enfer où il avait éprouvé de vifs plaisirs. Certainement pas pendant les quelques dernières heures fébriles, tandis qu'il signalait la mort du commandant Bell à l'inspecteur Meenakshisundaram, téléphonait à Lucy Trayling pour qu'elle se charge de Nemrod, informait Son Excellence de tout ce qui s'était passé et prenait congé sans laisser voir trop clairement qu'il avait l'intention de secouer la poussière de ses pieds sur Ooty le plus rapidement possible.

Mais il avait éprouvé un plaisir intense, presque insoutenable, dans ce monde hors du monde qu'il quittait, quand il avait réussi par deux fois à devenir effectivement, pendant quelques minutes, un Grand Détective.

Il s'était mis dans un état de transe et avait vu comment le misérable Pichu était mort : mort une fois, puis mort de nouveau, bien qu'on ne dût jamais savoir l'ordre dans lequel les deux événements s'étaient produits. Et induit par un autre moyen, certes, que la pipe bourrée de tabac d'un Sherlock Holmes, une deuxième transe qui lui avait enfin permis de se retrouver en train de marcher voûté, plié, les yeux aux aguets comme ce triste criminel, le commandant.

Et il avait mangé du porridge et de la marmelade d'oranges de Dundee.

Le train descendait à bonne allure, suivant alternativement des saignées taillées dans la roche vive, à peine plus larges que sa locomotive, et des lacets à flanc de montagne découvrant d'immenses panoramas vertigineux faits de vallées sauvages enchevêtrées et de lointaines crêtes rocheuses allongées sur des kilomètres et des kilomètres. Bientôt, le vert sombre des forêts d'altitude commença à prendre des teintes plus claires. Les stations de la ligne s'égrenaient une par une. Lovedale, Wellington, Runnymede, Hillgrove.

Ghote les remarquait à peine, avec leurs noms anglais curieusement déplacés. Un monde qui n'était pas figé entre les pages d'un roman policier l'attendait dans la chaleur d'étuve, en bas.

Le Livre de Poche / Thrillers

Extrait du catalogue

Adler *Warren*
La Guerre des Rose

Attinelli *Lucio*
Ouverture sicilienne

Bar-Zohar *Michel*
Enigma

Benchley *Peter*
Les Dents de la mer

Breton *Thierry*
Vatican III

Breton *Thierry* et **Beneich** *Denis*
Softwar " La Guerre douce "

Browne *Gerald A.*
19 Purchase Street

Clancy *Tom*
Octobre rouge
Tempête rouge
Jeux de guerre
Le Cardinal du Kremlin

Coatmeur *Jean-François*
La Nuit rouge
Yesterday
Narcose
La Danse des masques

Cook *Robin*
Vertiges
Fièvre
Manipulations
Virus
Danger mortel
Syncopes
Sphinx

Cooney *Caroline B.*
Une femme traquée

Coonts *Stephen*
Le Vol de l'Intruder

Crichton *Michael*
Sphère

Crumley *James*
La Danse de l'ours

Cruz Smith *Martin*
Gorky Park

Curtis *Jacques*
Le Parlement des oiseaux

Cussler *Clive*
L'Incroyable Secret
Panique à la Maison Blanche
Cyclope
Trésor

Daley *Robert*
L'Année du dragon
La Nuit tombe sur Manhattan
L'Homme au revolver

Dickinson *William*
Des diamants pour Mrs. Clark
Mrs. Clark et les enfants du diable
De l'autre côté de la nuit
(Mrs. Clark à Las Vegas)

Erdmann *Paul*
La Panique de 89

Fast *Howard*
La Confession de Joe Cullen

Follett *Ken*
L'Arme à l'œil
Triangle
Le Code Rebecca
Les Lions du Panshir

Forbes *Colin*
Le Léopard

Forsyth *Frederick*
Le Quatrième Protocole
Le Négociateur

Giovanni *José* et **Schmitt** *Jean*
Les Loups entre eux

Goldman *William*
Marathon Man

Granger *Bill*
Un nommé Novembre

Hayes *Joseph*
La Nuit de la vengeance
La Maison des otages

Heywood *Joseph*
L'Aigle de Sibérie

Higgins *Jack*
Solo
Exocet
Confessionnal
L'Irlandais
La Nuit des loups

Higgins Clark *Mary*
La Nuit du renard
La Clinique du docteur H
Un cri dans la nuit
La Maison du guet
Le Démon du passé
Ne pleure pas ma belle
Dors ma jolie

Highsmith *Patricia*
L'Homme qui racontait des histoires

Hunter *Stephen*
Target

Irish *William*
Du crépuscule à l'aube

Kakonis *Tom*
Chicane au Michigan

Katz *William*
Fête fatale

Kerlan *Richard*
Sukhoï

King *Stephen*
Dead Zone

Kœnig *Laird*
La Petite Fille au bout du chemin

Koontz *Dean R.*
La Nuit des cafards

Le Carré *John*
Comme un collégien
La Petite Fille au tambour

Lenteric *Bernard*
La Gagne
La Guerre des cerveaux
Substance B
Voyante

Le Roux *Gérard* - **Buchard** *Robert*
Fumée verte
Fumée rouge

Ludlum *Robert*
La Mémoire dans la peau
Le Cercle bleu des Matarèse, *t. 1 et 2*
Osterman week-end
L'Héritage Scarlatti
Le Pacte Holcroft
La Mosaïque Parsifal, *t. 1 et 2*
La Progression Aquitaine
La Mort dans la peau
Une invitation pour Matlock
Sur la route de Gandolfo

MacDonald *Patricia J.*
Un étranger dans la maison
Sans retour

Melnik *Constantin*
Des services « très » secrets

Morrell *David*
La Fraternité de la Rose
Le Jeu des ombres
Les Conjurés de la pierre
La Cinquième Profession

Nathan *Robert Stuart*
Le Tigre blanc

Pronzini *Bill*
Tout ça n'est qu'un jeu

Randall *Bob*
Le Fan

Ryck *Francis*
Le Piège
Le Nuage et la Foudre
Autobiographie d'un tueur professionnel

Salinger *Pierre* et **Gross** *Leonard*
Le Scoop

Sanders *Lawrence*
Péchés mortels
Les Jeux de Timothy

Simmel *Johannès Mario*
Le Protocole de l'ombre
On n'a pas toujours du caviar
Et voici les clowns...

Spillane *Mickey*
L'Homme qui tue

Topol *Edward*
La Substitution

Topol *Edward* et **Neznansky** *Fridrich*
Une place vraiment rouge

Uhnak *Dorothy*
La Mort est un jeu d'enfants

Vachss *Andrew*
La Sorcière de Brooklyn

Wallace *Irving*
Une femme de trop

Wiltse *David*
Le Baiser du serpent

Dans Le Livre de Poche policier

Extraits du catalogue

Astafiev *Victor*
Triste polar

Bachellerie
L'Ile aux muettes

Baudou *Jacques* (Sous la direction de)
Mystères 88
Anthologie du mystère

Borniche *Roger*
Vol d'un nid de bijoux
L'Affaire de la môme Moineau
Le Coréen

Chaplin *Michael*
Ballade pour un traître

Christie *Agatha*
Le Meurtre de Roger Ackroyd
Dix Petits Nègres
Les Vacances d'Hercule Poirot
Le Crime du golf
Le Vallon
Le Noël d'Hercule Poirot
Le Crime de l'Orient-Express
A.B.C. contre Poirot
Cartes sur table
Meurtre en Mésopotamie
Cinq Petits Cochons
Meurtre au champagne
Les Sept Cadrans
L'Affaire Prothero
Mister Brown
Le Couteau sur la nuque
La Mort dans les nuages
Cinq heures vingt-cinq
Mort sur le Nil
Je ne suis pas coupable
Un cadavre dans la bibliothèque
Pourquoi pas Evans?
L'Heure zéro
Un, deux, trois
N. ou M.?
Rendez-vous à Bagdad
Une poignée de seigle
La Maison biscornue
Le Train de 16 heures 50
Le Major parlait trop
Le Flux et le reflux
Témoin à charge
Les Indiscrétions d'Hercule Poirot
Drame en trois actes
Poirot joue le jeu
Les Pendules
Le Crime est notre affaire
Miss Marple au Club du mardi
Le Club du mardi continue
Rendez-vous avec la mort
Un meurtre sera commis le...
Trois souris...
Le Miroir se brisa
Le Retour d'Hercule Poirot
Le Chat et les Pigeons
Le Cheval pâle
La Nuit qui ne finit pas
Jeux de glaces
Allô, Hercule Poirot
Le Cheval à bascule
Pension Vanilos
Un meurtre est-il facile?
Mrs Mac Ginty est morte
Le Mystère de Listerdale
Destination inconnue
Témoin indésirable
Némésis
La Dernière Enigme
Associés contre le crime
Le Bal de la Victoire
A l'hôtel Bertram
Le Crime du golf

Delacorta
Vida
Lola

Dickinson *Peter*
L'Oracle empoisonné

Doyle *Sir Arthur Conan*
Sherlock Holmes : Étude en Rouge
suivi de Le Signe des Quatre
Les Aventures de Sherlock Holmes
Souvenirs de Sherlock Holmes
Résurrection de Sherlock Holmes
La Vallée de la peur
Archives sur Sherlock Holmes
Le Chien des Baskerville
Son dernier coup d'archet

Doyle *Sir A. Conan* et **Carr** *J.D.*
Les Exploits de Sherlock Holmes

Ellin *Stanley*
Miroir, miroir dis-moi

Exbrayat *Charles*
Chant funèbre pour un gitan
L'inspecteur mourra seul
Quel gâchis, inspecteur
Les Menteuses
La Honte de la famille
Encore vous, Imogène!
Quand Mario reviendra
Le Petit Fantôme de Canterbury
Avanti la mùsica!
Cet imbécile de Ludovic
Le plus beau des Bersagliers
Les Douceurs provinciales

Goodis *David*
La Lune dans le caniveau
Cassidy's girl
La Garce
Descente aux enfers

Hitchcock *Alfred* présente :
Histoires à ne pas lire la nuit
Histoires à faire peur
Histoires diablement habiles
Histoires à n'en pas revenir
Histoires macabres
Histoires angoissantes
Histoires piégées
Histoires riches en surprises
Histoires de mort et d'humour
Histoires troublantes
Histoires noires
Histoires médusantes
Histoires qui défrisent
Histoires à sang pour sang
Histoires pour tuer le temps
Histoires explosives
Histoires déroutantes
Histoires à corps et à crimes
Histoires avec pleurs et couronnes
Histoires à risques et périls
Histoires d'argent, d'armes et de voleurs
Histoires de la crème du crime

Irish *William*
Alibi noir
Rendez-vous mortel

James *P.D.*
La Proie pour l'ombre
L'Ile des morts
Meurtre dans un fauteuil
La Meurtrière
Un certain goût pour la mort
Sans les mains
Une folie meurtrière
Meurtres en blouse blanche
Mort d'un expert
A visage découvert

Jaouen *Hervé*
La Mariée rouge
Histoires d'ombres

Leblanc *Maurice*
Arsène Lupin, gentleman cambrioleur
Arsène Lupin contre Herlock Sholmès
La Comtesse de Cagliostro
L'Aiguille creuse
Les Confidences d'Arsène Lupin
Le Bouchon de cristal
813
Les 8 Coups de l'horloge
La Demoiselle aux yeux verts
La Barre-y-va
Le Triangle d'Or
L'Ile aux 30 cercueils
Les Dents du Tigre
La Demeure mystérieuse
L'Éclat d'obus
L'Agence Barnett et Cie
La Femme aux deux sourires
Les Trois Yeux
Le Formidable événement
Dorothée, danseuse de corde
Victor de la Brigade mondaine
La Cagliostro se venge

Leonard *Elmore*
La Loi de la cité
Un drôle de pèlerin
Gold Coast
La Brava
Bandits
D'un coup d'un seul

Leroux *Gaston*
Le fantôme de l'Opéra
Le Mystère de la chambre jaune
Le Parfum de la dame en noir
Le Fauteuil hanté

Lovesey *Peter*
Trois flics dans un canot
À chacun son Dew

Mcdonald *Gregory*
Flynn joue et gagne

Flynn se fâche
Flynn s'amuse

McGivern
Une question d'honneur

Millar *Margaret*
Un étranger dans ma tombe
D'entre les morts

Monteilhet *Hubert*
La Part des anges
Mourir à Francfort
Le Retour des cendres
Les Mantes religieuses

Raynal *Patrick*
Fenêtre sur femmes

Rendell *Ruth*
L'Analphabète
Le Lac des ténèbres
Ces choses-là ne se font pas
Le Jeune Homme et la mort
Un enfant pour un autre
La Demoiselle d'honneur
L'Homme à la tortue

Reouven *René*
L'Assassin du boulevard
La Raison du meilleur est toujours la plus forte

Steeman *Stanislas-André*
L'assassin habite au 21

Thomson *June*
Le Crime de Hollowfield
Champignons vénéneux
Claire... et ses ombres
La Mariette est de sortie

Topin *Tito*
Un gros besoin d'amour

Traver *Robert*
Autopsie d'un meurtre

Vachss *Andrew*
Flood

Vickers *Roy*
Service des affaires classées 1 - Un si beau crime
Service des affaires classées 2 - L'ennemi intime
Service des affaires classées 3 - Le Cercle fermé
Service des affaires classées 4 - Le Mort au bras levé

Wambaugh *Joseph*
Soleils noirs
Le Crépuscule des flics

Composition réalisée par BUSSIÈRE 18200 Saint-Amand-Montrond

IMPRIMÉ EN FRANCE PAR BRODARD ET TAUPIN
Usine de La Flèche (Sarthe).
LIBRAIRIE GÉNÉRALE FRANÇAISE - 6, rue Pierre-Sarrazin - 75006 Paris.
ISBN : 2 - 253 - 06218 - 9 30/9554/4